JN095203

# 演能空間の詩学

——〈名〉を得ること、もしくは
「演技する身体」のパフォーマティブ——

深沢 徹

武蔵野書院

アメリカ文学を専攻しつつも、
能を見るのが好きだとつねづね語っていたK君に、
本書を捧げる。

狩野柳雪筆『能之図』より「殺生石」(国立能楽堂蔵)

# はじめに　――名前をめぐる問い――

名の下に、名によって、名において、しばしばことが行われる。神の名の下にジハード（異教徒の殺戮）がなされ、人民の名によって奇妙な果実（縛り首にされた死体）が枝にゆれる。身近なところでは大統領の名において、広島、長崎への原爆投下がなされた。かくも強大な権能を有する〈名〉とはいったいなんなのか。名前への問いが、こうしてはじまる。[1]

二〇〇八年に封切られた押井守監督のアニメ映画『スカイクロラ』は、原作者である森博嗣の一連のシリーズを二時間ほどに集約した傑作であったが、そこに登場するキルドレと呼ばれる若者たちは、十六歳から十八歳くらいの年齢のまま成長が止まってしまい、事故等の外的な働きかけのないかぎり永遠に生き続ける存在として設定されている。そのキルドレたちに与え

［1］第三十三代アメリカ大統領ハリー・トルーマンによる原爆投下の決定に対しての評価をめぐっては、E・アンスコム「トルーマン氏の学位」（『インテンション』岩波書店、二〇二二所収）を参照のこと。

られた唯一の仕事（社会のなかでのその居場所、役割）が戦闘機乗りのパイロットで、使い捨ての消耗品よろしく、空中戦が行われるたびにその半数は撃墜され、次々と命をおとしていく。だが代わりはいくらでもいて、ただちに別のキルドレが補充され、その穴を埋めていく（映画の開始早々、そのオープニングでくりひろげられる戦闘シーンは、太平洋戦争末期に学徒動員され、神風特攻隊として洋上に散っていった、かつての若者たちの姿を彷彿させた）。

キルドレたちはひとりひとり別の名前を持っていて、その名でもって呼ばれはする。しかしその名には一箇の人格としての実質がともなわず、単なる記号のあつかいでしかない（かつて商家の使用人たちが、その本名とは別に「おたけ」とか「せいきち」などの代替可能なありふれた名で呼ばれたように[2]）。クローンとしてい

「スカイ・クロラ　The Sky Crawlers」©2008 森 博嗣 /「スカイ・クロラ」製作委員会

くらでも複製可能で匿名化された存在でしかない彼ら彼女らは、その固有の〈名〉も固有の〈顔〉もついに認知されることなく、たとえば次の発言にもあるように、まさしく固有名を欠いた世界を生きている。[3]

固有名を僕は覚えない。人の名前でさえ、すぐに忘れてしまう。もう、例のドライブインのウェイトレスの名前さえも僕は思い出せないくらいだ。地名も同じ、〈中略〉人や土地と、その名前の文字を、結びつけることの必然性を僕は感じていないのだ。もし、その人が目の前にいれば、名前なんて必要ない。その人が目の前にいなければ、話題にすることはない。つまり、使う機会がない。

行きつけのドライブインの、ちょっとキュートなウェイトレスは、作中では「ゆりちゃん」の愛称で呼ばれているが、そうした固有名に一切関心を示さないキルドレたちの、痴呆の兆候

［2］志賀直哉『清兵衛とひょうたん』や山本有三『路傍の石』などにそうしたエピソードが語られている。その現代版として宮崎駿監督のアニメ作品『千と千尋の神隠し』（二〇〇一）がある。

［3］森博嗣『The Sky Crawlers』（中央公論新社、二〇〇二）p.268。

にも似た奇妙な外界とのかかわりに対しては、女性医師によって次のような診断が下される。[4]

肉体的な変化がなくなると、同じルーチンに対して、無意識に処理しようとする。躰の動きが合理化されていく、といっても良いわね。だから、情報経路が短絡して、記憶に残らない。考えずに動いているから、情報を覚えない。さらには、記憶の出し入れのルーチンがパスされて、ものごとを抽象的にしか捉えなくなる傾向が強くなる。たとえば、固有名詞を忘れてしまって、概念だけでものを考えるようになる。

ボケ老人の話をしているのではない。だが固有名の忘失は、まさしく認知症を発症する初期症状でもある。すべてがルーチン化された同じことのくり返しであれば、そこには何らの刺激もなく、あらたな発見もない。

ウィトゲンシュタインのいう「言語ゲーム」理論や、ソール・クリプキの「名指し」の議論に関連づければ、固有名は外界へと通ずる〈窓〉として、認識された世界を現実へと繋ぎとめ、転轍する、ちょうつがいのはたらきをする。ルーチン化した言語ゲームの内閉的な世界に風穴をあけ、外からの爽やかな風を送り込んで、世界をそのつど基礎づけ、根拠づけ、リフレッシュさせてくれるはたらきを固有名は担う。[5] だがキルドレたちは（そして認知症患者たちもまた）、その固有名を欠くことで、ルーチン化した言語ゲームの牢獄にみずからを封じ込めてしまう。固有名のない世界を生きている彼ら彼女らには、そのみかえりとして、みずからの固有名も、ついに与えられることがない。だからこそというべきか、生死を賭けた戦闘行為へと率先してわが身を投じ、唯一そこにリアルな「現実」との接点を求めようとする。いまの若者たちの姿に、どことなく似てはいまいか。[6]

華麗にしてあまりに典雅なその戦闘シーンが災いして、ベネチア国際映画祭では戦争賛美につながると批判され（国際社会の反対を押し切ってアメリカによって強行されたイラク戦争への非難の声の高まりと、不幸にもその公開時期が重なった）、『スカイクロラ』はなんらの賞にもあず

［4］森博嗣『Cradle the Sky』（中央公論新社、二〇〇七）p.124。

［5］ヴィトゲンシュタイン『哲学探究』（岩波書店、二〇一三）、ソール・クリプキ『名指しと必然性』（産業図書、一九八五）。

［6］相手は誰でもよかったという、最近の若者の無差別殺人に到る動機が、刑務所に入りたかったとか死刑になりたかったというのも、これと類似する現象のように思われる。大澤真幸『不可能性の時代』（岩波新書、二〇〇八）はこうした現象をふまえて、戦後日本の社会変化を「思想の時代」「虚構の時代」「不可能性の時代」の三つに区分し、虚構化した「現実」を破壊し突き抜けた先に、よりリアルな〈現実〉を実感しようとしてそれが得られぬ「不可能性の時代」としてポストモダンの現在をとらえている。

からなかった。しかしそれは誤解であって、あらたな時代のトレンドとして新自由主義がもてはやされ、グローバル化を一気に加速させて、暮らしのすみずみにまで貨幣経済に基づく市場原理が浸透するなか、安あがりの労働力として都合よく使い捨てにされる現代の若者たち（その受け皿として軍隊が用意されるという皮肉な構図を見よ！）に、キルドレたちと同等の境遇を見て、押井はこの作品を作ったのだ。

若者一般として十把ひとからげに類型化され、匿名性へと追いやられる現代の若者たち。[7]その若者たちが、他に代えがたい唯一かけがえのない存在としておのれを自覚し、固有の〈名〉と固有の〈顔〉とを獲得する手立てを、だから押井は、最後の戦闘行動へと向かう主人公函南（かんなみ）ユーイチに、次のように語らせることで指し示そうとする。[8]

少なくも、昨日と今日は違う。今日と明日も、きっと違うだろう。いつも通る道でも、違うところを踏んで歩くことができる。いつも通る道だからって、景色は同じじゃない。それだけではいけないのか？　それだけでは、不満か？　それとも、それだけのことだからいけないのか。それだけのこと。それだけのことなのに……。

そのつど歩みを変えることで、世界はいつもと違って見えてくる。そのためのちょうつがいとして固有名が機能する。だが、空中遊泳（スカイクロラ）にひたすら特化して、ラボの中で純粋培養されたクローンとしての彼ら彼女らには、固有の〈名〉と、固有の〈顔〉を通じて、この地上にシッカとした足場を持つことは禁じられている。社会の中に自分の居場所（niche）を探しあぐねて浮遊する今の若者たちの匿名化されたすがたと、それはパラレルの関係にある。

＊　＊　＊

『スカイクロラ』に描き出されたキルドレたちの、その固有名を欠いた内面世界に触発されて、

[7] 的場昭弘『マルクスとともに資本主義の終わりを考える』（亜紀書房、二〇一四）は、イラク戦争にはじまる中東情勢の混迷や、破綻したアフリカ諸国の悲惨な状況を、「人権」や「民主主義」、「反テロリズム」の大義名分のもと、これらの地域を再植民地化していこうとする欧米先進資本主義諸国によるあくなき市場拡大の動きの結果として批判的にとらえる。この観点からすれば、アルカイダやイスラム国などのテロ組織に欧米社会の底辺層に位置づけられた若者たちが率先して身を投じていくのも、生活世界の隅々まで市場化しようと画策する欧米先進諸国の強欲資本主義に対するささやかな抵抗としてとらえ返される。ならばアニメ『スカイクロラ』で押井守が描いたキルドレたちは、そうした若者たちの姿を先取りする寓意表現に外なるまい。なお、若者たちの置かれたこうした状況へのロスジェネ世代からの告発として赤木智弘「「丸山真男」をひっぱたきたい ― 31歳、フリーター。気分は戦争。」（『論座』二〇〇七年一月号所収）が知られる。

[8] 森博嗣『The Sky Crawlers』（中央公論新社、二〇〇二）p.262。

固有名とは何か、ことばの諸相のなかでの固有名のはたす役割は、どのようなものなのかについて、以下に考えてみたい。たとえば柄谷行人は、「固有名について」と題した文章のなかで次のように言っている[9]。

牛を固有名で呼んでいる者にとっては、それを殺すことは困難であろう。これは〝ヒューマニズム〟の問題ではない。彼は、兵士としては、平気で人間を殺すことができるだろう。なぜなら、敵の兵隊は敵という集合の一人であり、固有名を持たないからである。

なるほどそういうことかと、とりあえずは納得する。ならば敵を殺さないために、どのようにしたら、固有の〈名〉と、固有の〈顔〉を、すなわち固有名を得たり、与えたりすることができるのか。本書では、自分で自分自身のことをいう自己言及（セルフレファランス）のはたらきに、その可能性を見ていくこととなる。

自己言及は、おのずとパラドクスを導く。たとえば自己紹介がそうだ。「私は深沢徹です」というような発言を、私たちはよくする。だが、固有名としての「深沢徹」と「私」とが等号で結ばれるのだとしたら、この文は「深沢徹は深沢徹です」と言い替えられ、同義反復の無意味な文となってしまう。さらに「深沢徹はウソつきだ」と、「この私」が発言したとする。するとそこでは、たちまち「ウソつきクレタ人」のパラドクスが生じてしまう。自己言及は、自分自身（発話主体）をもその部分（構成要素）に含み込む「集合」を構成することで、メビウスの輪となってあらわれるからだ。

数理哲学者のバートランド・ラッセルは、自己言及によってこうしたパラドクスが生ずるのを避けるため、「深沢徹は「深沢徹はウソつきだ」といった」というように、文中に二度あらわれる「深沢徹」を、レベルを異にした、より高次（メタ・レベル）のそれが、下位（サブ・レベル）に位置するそれを「入れ子」に包み込み、階層序列（ヒエラルキー）化するかたちに書き換える。そうすることでパラドクスが避けられるとした。だがラッセルのこの解法は、さらに「深沢徹は「深沢徹は「深沢徹はウソつきだ」といった」といった」というように言い替えられ、無限級数的にタイプ分けが架上されて、どこまで行ってもキリがない。

ラッセルのような面倒な論理操作を加えずとも、日常的な発話行為のなかで自己言及を多用しながら、私たちはそれほど痛痒を感じていない。なぜであろうか。「私は深沢徹です」とい

［9］柄谷行人『探求Ⅱ』（講談社学術文庫、一九九四）p.33。

う自己紹介文についていえば、すでにして別水準にある生身の身体を持った「この私」が、そのことばを発しているのであって、つまりは発話の〈場〉と、その発話内容とは、すでにしてタイプ別けがされている。実際になされる自己言及は、このようにして生身の身体を持った発話主体の〈実存〉を前提とし、それを積極的に発話行為のうちに呼び込むことで、パラドクスにおちいることなく受けとめられる。そうすることで、私たちの生きるこの現実と、ことばの世界とを結びつける、まさしくちょうつがいのはたらきをしているのだ。

小説などの虚構テキストは、ことばだけで自立しているように見えてそうではない。発話主体〈それを「作者」と呼ぶか、「話者」もしくは「語り手」と呼ぶかは擱くとして〉による発話の〈場〉が、つねに、すでに前提されており、それを呼び起こす転轍点として自己言及があり、固有名による名づけがある。というか、その虚構の世界にリアリティを持たせるため、生身の身体を呼び込む自己言及の、そのちょうつがいとしてのはたらきが、さらには指示対象を直接指し示す固有名の「名づけ」のはたらきが、方法化され、戦略的に利用されているのである。

そうした事態をさらに可視化し現前化するものとして演劇の〈場〉がある。演劇はことばだけで成り立つ世界ではない。そこには必ず、発話主体としての生身の役者の〈実存〉が介在する。ならば、固有の〈名〉と固有の〈顔〉との新たな出会いが、虚構テキストを介して、さらには演劇の〈場〉を通じて、そのつどたえず演出され、提供され続けねばならない。そしてそうした営みのうちにこそ、わたしたちが真に「生きる」ことの意味も見出されてくるはずだ。

＊　＊　＊

以上のような見通しのもと、「**問題の所在**」と題した**第Ⅰ章**では、本書が全体として目指すべき問いとしての、自己言及表現を介したテキストの、「内」と「外」とのメビウスの輪にも似たねじれ現象について概観する。まずはその具体的事例として、自己言及テキストとしての日記文学、中でも『紫式部日記』に見てとれる、作者紫式部の生身の〈声〉が、そのテキストのうちに呼び込まれてくるメカニズムを分析する。

『紫式部日記』のテキストには、その中ほどに「消息文」が差し挟まれ、前後の記事とのばらつきが目立つ。それゆえ他作説と自作説とが並び立ち、鎌倉初期に九条家周辺の人々によって編纂された可能性も、否定できない。とはいえ、作者紫式部の自己言及を介してなされる一人称叙述から二人称叙述への自然な移行を視野に入れるなら、これを一貫したテキストとしてとらえることも可能だ。

後半では、現代のエンタメ小説に顕著にみてとれる自己言及的な手法のあれこれについて論じた佐々木敦『あなたは今、この文章を読んでいる』と対比させ、演劇の〈場〉における人称の重層化に通ずる『源氏物語』の文体の、その特質を見ていくための伏線とする。

以下に続く各章では、それぞれに対応した「問題の所在」を冒頭に掲げ、そこに明示された問いかけのもと、論を進めることとなる。

まず**第Ⅱ章「真実から三番目に遠く離れて」**では、『源氏物語』を題材に、その作中人物をシテ（主人公）として登場させる「能」の演目に着目する。『源氏物語』はジャンルとしては「作り物語」に属し、「狂言綺語の戯れ」としてフィクションの扱いだ。源平争乱の史実を踏まえて書かれた『平家物語』や、実在した在原業平がモデルの『伊勢物語』とは、その点で、大きくちがっている。フィクションでしかない『源氏物語』での作中人物の固有名を、これまたフィクションでしかない「能」の舞台に登場させるとはどういうことか。フィクションにフィクションを重ねるその営みは、プラトンに言わせれば、「真実から三番目に遠く離れた」まがいもののウソの世界でしかない。

二重化、三重化されたそのウソの世界にリアリティを与えるべく、「源氏能」の演目では、ことのほか固有名が重視される。その「名指し」と「名告り」が重要な役割を果たす。

以上の想定の下、固有名に関連した、ジャック・デリダや柄谷行人、ソール・クリプキやヴィトゲンシュタインなどの所説を踏まえつつ、最終的にはプラトンへの対抗として書かれたアリストテレスの『詩学』に見える「ミメーシス」との結び付けを試みる。

**第Ⅲ章「はじめに「二人称」があった」**では、舞台と客席との間に「第四の壁」のへだてを設ける西洋リアリズム演劇と、そうしたへだてを設けない日本の伝統演劇との対比を、西欧語と日本語の構文上の違いとパラレルな関係にあるものとしてとらえかえす。発話の〈場〉からは距離をとり、構文としての自律性を重んずる西欧語とは違って、日本語の構文の特質は、二人称の対話の〈場〉を、つねに、すでに、前提する。

ここで問題となるのは人称代名詞である。藤井貞和や外山滋比古は、一人称から二人称へ、さらには三人称へと累進するその先に、さらに「四人称」を立てようとする。だが文法概念としての人称代名詞は、西欧語を前提にして考案されたものでしかない。

発話の〈場〉に大きく依存し、規定される日本語の構文にあっては、「こなた」としての〈我〉と、「そなた」としての〈汝〉とが、フェイス・ツー・フェイスで向かい合い、対峙する、「二人称」の対話の〈場〉がまず起点にあって、そこからの逸脱、もしくはいたずらな抽象として、一人称や三人称が後から発生するととらえるべきであろう。そうした人称のありかたが演能空間に与える影響を、西洋リアリズム演劇との対比の中で考える。

**第Ⅳ章「かたらう「能」と、かたどる「狂言」」**では、第Ⅱ章であつかった「源氏能」と対比させ、源義経の一代記『義経記』のテキストを主な題材とした「義経もの」の能の演目に着目する。なかでも、前シテの「中入り」に代わって舞台に登場する、アイ（間）の語りに注目する。能の演目のなかで、アイ（間）は狂言方がこれをつとめる。一般に軽視されがちなこのアイ（間）の語りが、実のところ能の演目のなかで重要なはたらきを担っているのではないかとの想定のもと、各演目におけるアイ（間）の役割の、ブレヒトに言う「異化効果」との類比を考察する。「かたり」の語源をめぐる折口信夫や藤井貞和の所説をふまえつつ、登場人物への同化、一体化をうながすものとして「かたらう能」が位置づけられる。その一方で、その能の世界を対象化し異化するはたらきをアイ（間）の語りにみて、これを「かたどる狂言」に位置づける。

**第Ⅴ章「きつねたちは、なにもので、どこからきて、どこへいくのか？」**では、きつねの姿にかたどられるインド起源の「荼枳尼天」や、美女にばけて国を傾けた中国起源の「九尾の狐」などの外来のきつねの伝承が、この日本の風土に根を下ろしていく過程で、どのような変容をこうむったか、その経緯を、『今昔物語集』をはじめとしたテキストのなかに探りつつ、固有名における〈翻訳〉の不可能性とからめ考察する。

最終的には「玉藻の前」や「葛の葉」の固有名をえて、きつねたちは日本の風土の中に特定の〈場〉をあたえられ、内部化されていく。その際に、舞台上につねの姿を、ありありと可視化させ、現前化して示す能や狂言の演目の、その行為遂行的（パフォーマティブ）な機能が、重要な役割をはたしたことを明らかにする。

**終章「民主の〈かたり〉」**では、第Ⅰ章での問題意識を引き受け、カテゴリー・ミステイクを誘発する『源氏物語』の構文上の特質について先駆的な発言をおこなった、いまは亡き三谷邦明の所説について検討する。

三谷は一九七〇年代の全共闘運動のさなか、すでにしばしば名の挙がった藤井貞和らとともに研究会活動を開始して、筆者（深沢）もふくめた後進の研究者に多大な影響を与えた。とはいえ、テキスト内にあらわれる「話者」や「語り手」を実体化してとらえ、その〈実存〉のありどころを強調する三谷の所説は、しばしば批判の対象ともされてきた。その三谷が、「自由間接言説」として、『源氏物語』のテキストに見出そうとしたものを、本章では、「こなた」としての〈我〉と、「そなた」としての〈汝〉とが対峙する、「二人称」の語りの〈場〉を、横合いからパラ・フレーズする形で物語内容に介入させることで、対等平等の民主の〈かたり〉を志向したものとしてとらえかえす。

なお本章はまた、翻訳不能の固有名の問題とかかわって、ラッセルやクリプキなどの分析哲学の所説を検討する、「理論篇」としての性格をも併せ持った章であることを、付言しておく。

# 目　次

目　次

目次

# 第Ⅰ章　問題の所在
## ――テキストの「内」と「外」、もしくは『紫式部日記』に見る、自己言及表現の行為遂行機能(パフォーマティブ)――

言語外の状況は発話の外的な理由にすぎないのではけっしてなく、それは発話にたいして機械のように外部から作用したりしない。そうではなく、状況は、発話のなかに、発話の意味成分の必須の構成部分として加わるのである。

（ミハイル・バフチン『バフチン言語論入門[1]』）

### 一　「こそあど」構文のパフォーマティブ

[1] ミハイル・バフチン「生活のなかの言葉と詩のなかの言葉―社会学的詩学の問題によせて」（桑野隆、小林潔編訳『バフチン言語論入門』、せりか書房、二〇〇二）p.20。

じぶんの研究対象を紹介するとき、冗談めかして、専門は『かげろふ日記』です、などといってみたりもする。するとたいていの人は一瞬目をみはり、そのあと、冗談でしょと苦笑いをかえしてくる。だがそんなじぶんの発言がまんざらウソでもないと、最近しきりに想う。学部の卒業論文は『かげろふ日記』を題材にえらんだ。修士論文も『かげろふ日記』で書いた。噴飯もののそのなかみは、いまは問わないとして、なぜ『かげろふ日記』だったのか。

想うに作者のなまの〈声〉を、じかに聴きとりたかったからではなかったか。固有の〈名〉と固有の〈顔〉を合わせ持った作者道綱母の、単なる〈情報〉には還元されない、その生身のからだから発せられる〈声〉のリアリティを、テキストのことばのうちになんとしても聴きとろうと、そのときじぶんは、ああでもないこうでもないと試行錯誤をくり返していたのだ。だがそのための手立てをついに探りえず、四苦八苦したあげく、無意味な駄文を書き連ねてその場をやりすごした。

それもあってか、その後は『かげろふ日記』から一切手をひいた。だが実のところ、こちらから努力して作者のなまの〈声〉を聴きとることなど、まったくもって必要なかったのだ。『かげろふ日記』のテキスト自体、すでにして固有の〈名〉と固有の〈顔〉を合わせ持つ作者道綱母の、その生身の〈声〉を朗々と響かせていたのであって、そうした文体の特質が、いわゆる

「一人称」の文章表現に特有の自己言及（セルフ・レファランス）によってもたらされることに気づきさえすれば、それでよかったのだ。

テキストのことばの「集合」の、その外側に発話主体が位置していれば、とりあえず問題はない。だが自己言及は、テキストのことばの「集合」の、その内側へと発話主体のことばを繰り込む。たとえば「ウソつきクレタ人」のように、自分自身（発話主体）をもその部分（構成要素）として含み込む「集合」は、パラドクスを導く。[2] だがそれは一方で、テキストの内に、生身の作者の、そのなまの〈声〉が聴かれるという現象となってあらわれる。

固有の〈名〉や固有の〈顔〉（人はそれに、しばしば「作者」の像を重ね合わせる）は、テキストに先だって始めからあるのではない。自己言及の行為遂行（パフォーマティブ）機能によって、そのことばづかいの効果として、事後的に立ちあらわれてくる。たとえ具体的な固有名が示されていなくても、この、その、かの、どの、といった指示詞によってそれと指し示され、代替されるかたちで。

指示対象を特定の「場所」に置き換えるなら（「場所」をいうことで特定の「人物」を指し示すことがあり、したがって「場所称」と「人称」とは相互に互換性をもつ）、**図Ⅰ-1**に示したように、

[2] 三浦俊彦『ラッセルのパラドクス――世界を読み替える数学』（岩波新書、二〇〇五）。

それぞれの人称の違いが浮かび上がってこよう。「ここ」や「こなた」が一人称、「そこ」や「そなた」が二人称、ならば三人称は、遠称としての「あそこ」と「あなた」に、漢文脈の翻訳口調でいえば「かしこ」と「かなた」に、さらには不定称としての「どこ」と「どなた」の三形態にふり分けられる。そしてそれら三人称の指示対象（指示主体ではない）は、いまのこの〈場〉にはない（いない）ゆえに、無人称とも非人称とも言いかえられる。

刺激的なアイデアを次から次へとくり出して少しも読者を飽きさせない画期的な書『物語理論講義』において、物語研究者の藤井貞和は、語り手に「ゼロ人称」、作者に「無人称（もしくは虚人称）」をあてがう。さらに作中人物の一人称表現と語り手の三人称叙述とが重なり合う「虚構の四人称」を、物語に特有の人称表現として立てる。[3]

これから論ずることになる本書での分類は、それとはだいぶんと違ってくるだろう。**図Ⅰ−1**の指示詞に、指示主体としての「我

**図Ⅰ－１.「こそあど」人称の対応関係**

| 指示詞 | 指示代名詞 | 場所称 | 人称 |
|---|---|---|---|
| こ（の） | これ | ここ | こなた（一人称） |
| そ（の） | それ | そこ | そなた（二人称） |
| あ（の） | あれ | あそこ | あなた（三人称・無人称） |
| か（の） | かれ | かしこ | かなた（三人称・無人称） |
| ど（の） | どれ | どこ | どなた（三人称・無人称） |

（われ）」、「汝（なれ）」、「彼（かれ）」、「誰（たれ）」とが加わって、語り手は一人称でも語るし二人称でも語る。さらには三人称でも語る動的（ダイナミック）な存在だ。三人称で語る場合、語り手のことばはゼロ記号化されている。別の言いかたをすれば、「地」に沈んで後景に退く。それで三人称は、無人称とも非人称とも言いかえられる。人称もゼロ記号も、本書ではあくまで動的なものとしてあつかわれる。[4]なおテキスト外の作者（たとえば以下に述べる藤原定家のような）は、テキストのことばに具現化されたかたちでは表現として示されない。だからここでの分類からは除外される。[5]

［3］藤井貞和『物語理論講義』（東京大学出版会、二〇〇四。二〇二二年に『物語論』と改題して講談社学術文庫から再版）の第11講「物語人称」および第12講「作者の隠れ方」を参照のこと。本書で藤井は「虚構の四人称」について、「三人称の人物が本人の一人称視点とかさなるような場合を、三人称から四人称へすすめる必要があるのではないか、という考えで、人称の累進というように捉えることができる。〈中略〉こういう人称のかさなりに、わたしは物語人称を見いだしたいと思う。このかさなりを人称の累進というように把握しなおしてみる」（p.140）と述べている。

［4］ここでいう「動的」という意味は、高橋亨『源氏物語の詩学―かな物語と心的遠近法』（名古屋大学出版会、二〇〇七）にいう「心的遠近法」に近い。しかし本書でいう「動的」は、ことばの機能的側面に着目するものであって、高橋がその「志向性」を心的なものとらえているのとは必ずしも同じでない。

［5］テキスト外の作者を演劇の領域に置き換えるなら、「演出家」の傍らにあって〈影〉の立役者となるドラマトゥルクの位置づけとなろうか。ドラマトゥルクの役割については、平田栄一郎『ドラマトゥルク―舞台芸術を進化／深化させる者』（三元社、二〇一〇）を参照のこと。

## 二　編纂の果実としての『紫式部日記』

ふだんわたしたちは、論文を三人称形式で書く。一人称ではあまり書かない。欧米流の主観客観図式に基づき、一人称では文章の客観性が保たれないと考えるからである。だが、無人称とも非人称とも言いかえられる三人称では、生身の〈声〉は聴かれず、その〈顔〉も見えてこない。だれがしゃべっているのか（神＝真理みずからがしゃべる？）、どういう立場でものを言っているのか（論理がおのずとものをいう？）かいもく見当がつかない。だからこそ三人称は、無人称とも非人称とも言いかえられる。だがそれではことばにたましいが宿らず、ちっとも説得力がない。

これに対し、日記文学はたいてい一人称形式で書かれる。なかで『紫式部日記』は、そのテキストのうちに長大な「消息文」を含み込み、特

図Ⅰ－２．『紫式部日記』記事構成表（％）

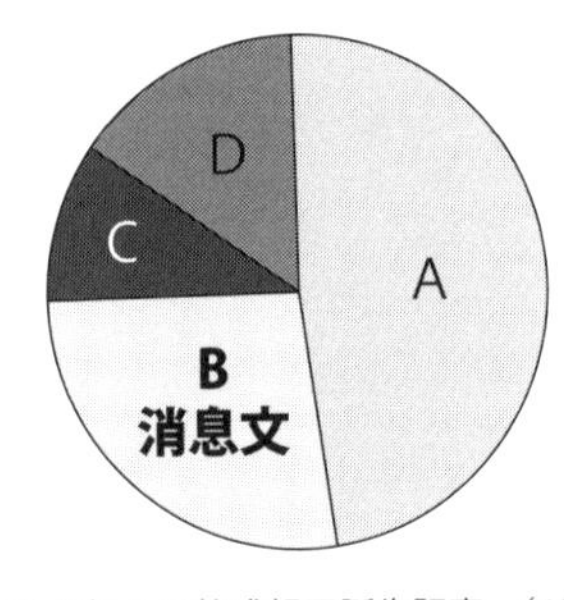


A　寛弘５年９月敦成親王誕生記事　（48％）
**B　消息文**　（27％）
C　１１日の暁（年次不明）（10％）
D　寛弘７年正月敦良親王御五十日記事（15％）

異である。寛弘五（一〇〇八）年九月の敦成親王（のちの後一条天皇）誕生に前後して様々な儀式典礼でにぎわう道長邸の様子を記しつけ、やがて記述は「消息文」へと遷る。図Ⅰ-2に示したように、テキストの四分の一（岩波の新日本古典文学大系でいえば十七ページ分）を費やして長大な「消息文」がつづられたあと、「十一日の暁」ではじまる年次不明の断片的な記事（「すきもの」や「くいな」をめぐる道長との歌のやりとり）がさしはさまれ、そのあと記述は一気に寛弘七（一〇一〇）年正月へと跳び、彰子所生の第二皇子敦良親王（のちの後朱雀天皇）の「御五十日の儀」などを記しつけて唐突に終わっている。こうした断片化された記述の、なんともちぐはぐな取り合わせから、『紫式部日記』については他作説と自作説とがならび立ち、かつて盛んな論争がくりひろげられた。最大の争点は、中に差し挟まれる「消息文」の位置づけにあった。

その記述内容に即して過去の記録文書を項目ごとに切り分け、部類分けし、故実書として取りまとめる動きが、平安末期の院政期から鎌倉初期にかけて盛んとなる。そのようにして作られた故実書のひとつに「御産部類記」というたぐいのものがある。天皇の子女子誕生の経緯を記した部分だけを、過去の日記や記録類から抜きだしてきて、一篇のテキストとしてまとめあげたもので、他作説はそうした「御産部類記」のひとつに『紫式部日記』のテキストを位置づける。[6] あいだに「消息文」を挟み込む『紫式部日記』の、そのちぐはぐな取り合わせが論拠となっている。これを要するに『紫式部日記』はあちこちで破綻しており、そのテキストのうちに飛躍や断絶が見てとれるということだ。ついては、それらをつなぎ合わせるちょうつがいがなくてはかなわない。

『紫式部日記』については物語評論書の『無名草子』に断片的な本文引用がみえ、また藤原定家の日記『明月記』の天福元（一二三三）年三月二十日条に

図Ⅰ－3．紫式部日記絵詞「御五十日の儀」と「詞書き」

五島美術館蔵「国宝 源氏物語絵巻」より

次のようにあるのが、その文献上での初出とされている。[7]

　日来撰び出す物語の月次に（十二月五所）、「源氏」并に「狭衣」を入れず。〈中略〉又「蜻蛉日記」十所許り撰び出し、同じく金吾（子息為家のこと—引用者注）の許に送る。「紫日記」、「更科日記」（中宮大夫之を書き進す。承明門院より其の所を撰ばる。已に書き出し、進せ入れ了んぬと云々）。其の外、「蜻蛉」の残る所か。仍て之を書き出さしむ。近日此の「画図」又世間の経営するか。

これは藻壁門院竴子（九条道家の娘で四条天皇の生母）主催の「絵合」の行事に用いられる絵

［6］「群書解題」は、待賢門院璋子の崇徳天皇出産記録『中宮御産部類記』を解説して、「本書は璋子が崇徳天皇を産み奉ったことについて、兼日の祈祷・御誕生・産養・御湯殿始・読書・三夜儀事・五夜儀事・鳴絃七夜・九夜儀事・参賀事などの次第雑事を記した当時の日記より抄出して、中宮御産の部類としたもので、平安末期の宮廷の儀式や習俗を知るに好個の史料である」と述べる。群書類従にはほかに近衛天皇の女御多子（藤原頼長の養女）が立后された際の『婚記』、皇后、中宮、女院などの懐妊着帯の式次第を抜き書きした『后宮御着帯部類記』、僧侶たちによる安産祈願の祈祷の様子を記録した『御産御祈目録』などが収められる。また若宮誕生の際の儀式次第を記録した『安徳天皇御五十日記』や『春華門院御五十日記』などもある。

［7］『明月記』からの引用は『訓読明月記』巻六（河出書房新社、一九七九）による。

巻類を新たに調進した際の記事で、関連した事柄の詳細は『古今著聞集』巻十一「画図」にも見え、『源氏物語』の「絵合」の巻に描かれた王朝のみやびを今に再現する一大盛儀として、当時ずいぶんと注目されたらしい。[8] **図I-3**として掲出した『紫式部日記絵詞』は、このときの「画図」のひとつとして、九条家文化圏の人々の手で作成されたものとされる。詞書は父の九条道家が、手ずからこれを書いたとは、美術史家の小松茂美の言。[9] ことの真偽はともかく、このとき定家の手元に『紫式部日記』のテキストのあった可能性は充分考えられる。どころか、それまで断片的なかたちで残されていた式部自筆の「遺文」をいくつか取り集め、現在あるかたちに編纂しなおした張本人こそ、定家であった可能性もなくはないのだ。[10]

九条家周辺で、この時期盛んに行われた文化活動については、以前に書いたことがある。[11] 摂関家正統をめぐるライバル近衛家（基通、家実父子）との熾烈な権力闘争を勝ちぬくべく、劣位にあった九条家（兼実、良経父子）は、和歌文芸を中心に盛んな文化活動を展開した。後鳥羽上皇の信任あつく、天台座主を四度も歴任した慈円僧正（兼実の実弟）と、良経に家司の立場で仕えた藤原定家とが、その主要な担い手であった。成果はやがて、定家の父俊成により『千載和歌集』にまとめられ、さらに後の新古今歌壇の形成にも、九条家周辺の人々は主導的役割を果たした。

慈円と定家のテキストは、その実作と知られるものだけでも膨大な数にのぼる。彼らはまたゴースト・ライターとしての顔も持っており、様々な「偽書」の制作にも手を染めた。擬古物

［8］三田村雅子『記憶の中の源氏物語』（新潮社、二〇〇八）は、「後堀河は早死にし、さらにその幼い息子四条が即位したが、つまらぬ事故で、わずか十二歳で急死した。このあっけない皇統の断絶は、隠岐で恨みを呑んで亡くなった後鳥羽院の怨霊のせいではないかととりざたされた」（p.140）と述べるのみで、この件に関してそれ以上に詳しく触れることがない。『紫式部日記』との関連が言われないのは、藻壁門院が期待された第二皇子を死産して急死してしまい、後堀河・四条朝は断絶、それによって歴史の表舞台から消え去ってしまったからであろう。なお藻壁門院の死後、『古今著聞集』は当該「画図」の持ち主が次々と変わった経緯に触れ、その末尾を、「時代いくほども隔たり侍らねども、御ぬしは多く代わらせ給ひぬ。はかなき筆のすさみなれど、絵は残りてこそ侍らめ。あはれなることとなり」と哀惜の情を示して結ぶ。

［9］『紫式部日記絵詞』の詞書は九条家の流れをくむ後京極流の書体で書かれており、後京極良経か、その息道家の自筆とされる。小松茂美編『日本の絵巻9　紫式部日記絵詞』（中央公論社、一九八七）によれば、現存する『紫式部日記絵詞』は、上東門院彰子が敦成親王を出産した「寛弘之佳例」（『明月記』寛喜三年二月十二日条に見えることば）にあやかりそれを踏襲すべく、道家みずから音頭をとってその「経営」に当たり、詞書もみずからこれを書いた。

［10］深沢『自己言及テキストの系譜学』（森話社、二〇〇二）の第二章「啓蒙的理性の衰え、もしくは女房集団の文学」で述べたように、美福門院加賀（のちに八条院五条を名乗る）を母に持つ定家は、上西門院や八条院、建春門院や建礼門院などに仕えた女院女房たちの多くと姻戚関係で結ばれており、彼女たちが持ち伝えたであろう仮名テキストを入手しやすい立場にあった。

［11］深沢『『愚管抄』の〈ウソ〉と〈マコト〉』（森話社、二〇〇七）の第一章「偽書の青春──九条家に見る草創期の「家」の文化戦略」を参照のこと。

語としての『松浦宮物語』をはじめとして、歴史評論書としての『愚管抄』、物語評論書としての『無名草子』、さらにはこの時期盛んに行われた説話類聚の営みをもどき、パロディ化した『宇治拾遺物語』などを、その述作のうちに加えてよい。そうした作物のなかに『紫式部日記』のテキストもあったか。

藻璧門院主催の「絵合」は、四条天皇に次ぐ第二皇子の誕生を期待し、それを予祝して行われた、九条家挙げての一大盛儀であったが、それをさかのぼること四十年ほど前にも、同じように九条家の命運を左右する出来事があった。建久六（一一九六）年三月、兼実の娘で後鳥羽天皇の中宮宜秋門院任子の、待ちに待った懐妊がそれだ。その際もやはり同じように『紫式部日記』の記述が注目された。兼実の日記『玉葉』は、そのときの様子を次のようにしるしつける。[12]

> 十五日庚子、天晴、この日、中宮御着帯の事ある。「承暦」以後、内裏に於いてこの事あるか。「元永」、「治承」、又同じきなり。「寛弘」、五ヶ月御退出あり。又禁裏に於いて、着帯の事を記さず。事の理を憶ふに、里邸に於いてこの儀あるべし。仍て「寛弘の例」を追う。去る八日、御退出あるなり。

依拠すべき先例として『紫式部日記』のテキストに描かれた「寛弘の例」が持ちだされ、任子は内裏でなく里邸に下がって着帯の儀を行った。こののち出産までの数ヶ月間、慈円は皇女でなく皇子誕生を祈念して「変成男子」の加持祈祷にあけくれる。兼実もまた、「或人の夢に云はく、大一霊告、今冬皇子懐孕（かいよう）の慶（よろこ）びあるべしと云々。仰いで着胎を信ずべし」（同年十月

［12］引用は高橋貞一著『訓読 玉葉』（高科書房、一九九〇）の建久六年三月十五日条。

［13］建久六年と天福元年の二度にわたり「寛弘之佳例」が九条家の人々により参照されながら、それが一過性にとどまり、後の記録に見えないのは、「寛弘之佳例」に準拠した試みが裏目に出て、いずれも「凶例」となってしまったからであろう。建久六年の事例でいえば、出産まぢかの十月一日条を最後に、『玉葉』は以後の記事を欠く。誕生したのが皇子でなく皇女（春華門院昇子）だったからで、兼実の政治生命はこの時点で断たれた。それより先の九月十一日条に「御産の御祈りの時、若し御願成就思し食す如くば、禰宜等一級を授くべき由、内々祭主に仰せられ畢んぬ。而るに皇女降誕、頗る本意にあらざるか。仍つて沙汰無き処、猶神宮観応の由あり、聊か所存ある上、祭主能隆朝臣、少々行はるべきかの由、申さしむる間、事の由を奏し、下知する所なり。加之、聊か夢想の事あるなり」とあるのが傍証となる。翌建久七年十一月の「政変」で兼実は失脚し、九条家周辺の人々は一斉に下野する。なお群書類従に収められた『春華門院五十日記』は、兼実の息良経の日記『殿記』からの抜き書きで、春華門院に乳母として仕えた建寿御前（定家の姉で八条院女房を務める）の仮名日記『たまきはる』とともに、九条家文化圏との関りが注目される。その春華門院も十七歳の若さで病没。さらに天福元年の時点でも『紫式部日記』のテキストは「凶例」となってしまった。注［8］でも述べたように、王朝のみやびを再現する「絵合」のはなやかな行事の行われたそのわずか数か月後の九月十八日、第二皇子の誕生を期待されながらその皇子を死産して藻壁門院は急逝する。享年二十五歳のはかない生涯であった。

一日条）と書きしるし、皇子誕生をひたすら乞いねがう。

このとき定家に期待された役割がなんであったか、それはおのずと知れよう。「寛弘の例」を踏まえて事がつつがなく運ぶよう、そのための部類記として、現存するようなかたちで『紫式部日記』のテキストを「偽作」し、進呈すること、これである。[13]

## 三　人称表現のパフォーマンス

ここで視点を替え、紫式部による自作説に立つなら（テキストの外側に立つ定家のような編纂主体を考えないなら）、「消息文」をあいだに挟み込む『紫式部日記』のテキストの、その取り合わせのちぐはぐさは、人称表現の転換として、あらためてとらえ返されてくる。[14]『紫式部日記』における、この人称表現の転換という現象は、第Ⅱ章以降で述べる

**図Ⅰ－4．「入れ子」構造における「図」と「地」の反転**

◆一人称叙述（親王出産記録）の場合

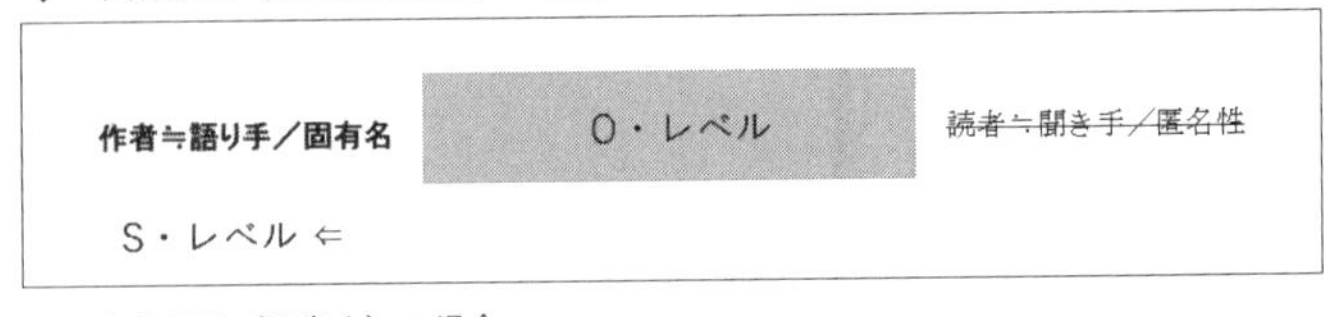


◆二人称叙述（消息文）の場合

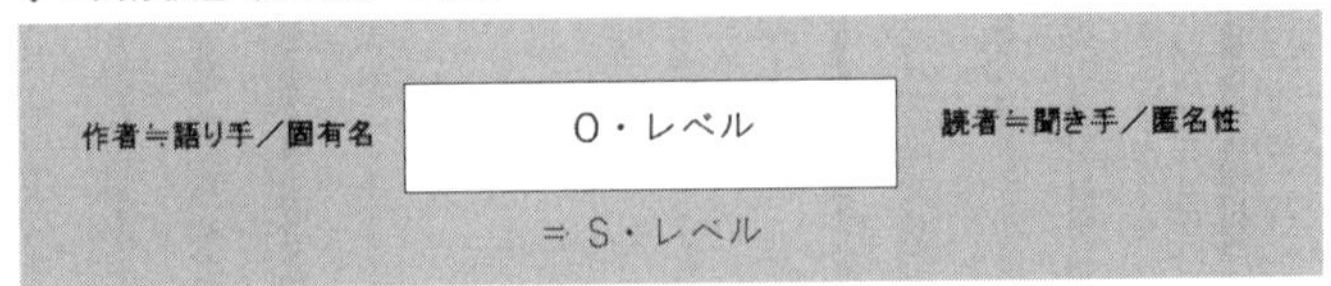

演能空間における人称の変化、すなわち「前場（まえば）」と「後場（のちば）」にわかれた複式夢幻能での、シテ（為手）の語りの、三人称表現から一人称への転換と類比的なのである。ただし、ここで注意しておいてほしいのだが、先の「こそあど」構文と関係付けるなら、これは一人称表現から二人称表現への変換ととらえるべきで、その観点から以後は論を進める。

寛弘五年九月の敦成親王誕生記事と寛弘七年正月の第二皇子敦良親王誕生記事は、作者紫式部の、この、ここの、こなたの視点から言葉がつむぎだされてくる「一人称」叙述を基調とする。それに対し「消息文」は、具体個別のだれかれを意識して、その、そこの、そなたへ向けて言葉がさしむけられる典型的な「二人称」表現となっている。その違いの端的なあらわれとして、対偶的な対話表現に特有の丁寧語「侍る」を多用する文体の特質がいわれる。[15]

［14］『紫式部日記』の現在の研究状況を知る上で、久保朝孝『紫式部日記論』（武蔵野書院、二〇二〇）が参考となろう。当該著者の立場は、以下に見るような人称の変化に導かれて、首尾一貫したテキストとして『紫式部日記』は書かれているとする。だがその一方で、日記の第一読者を父為時に想定する論も立てている。

［15］日記叙述の地の文における「侍る」の用例は三十一例、それに対し「消息文」では百三十五例を数え、比率で言うと一〇倍もの使用頻度を示す。こうした「侍る」の用例については広川勝美「『紫式部日記』の構造―地の文の「侍り」をめぐって」（同志社大学人文学会『人文学』121号、一九七一）をはじめとして多くの論がある。しかしテキスト外の作者とテキスト内の語り手とを混同し、最終的には作者紫式部の心情の問題に還元するものが大半で、これを人称の違いの問題と結び付け、そのことばのはたらきとして論じたものは、管見の限りみられない。

作者の叙述視点の「志向性」（フッサール現象学にいうノエシス／ノエマ）に着目し、これを認識の主体（S）と、認識の対象（O）とに区分して、サブジェクト・レベル（以下Sレベル）とオブジェクト・レベル（以下Oレベル）に置き換えるなら、その両者の関係は、SレベルがOレベルを「入れ子」に包み込みながらも、自己言及によってみずからを「図」として浮かび上がらせ、前景化させる構図として、**図I-4**のように形式化できよう。

いくらか説明を加えておく。先にも述べたように、この、ここの、こなたの視点からする「一人称」叙述においては、それと「名指し」されずとも、作者の固有の〈名〉と固有の〈顔〉が突出してくる。作者の生身の〈声〉を響かせるような叙述スタイルがとられる。とりわけ自己言及表現においては、そこで何が言われたか（Oレベルの情報内容）も大切だが、どのように言われたか（Sレベルの情報形式）がことのほか重視される。「図」と「地」の反転図式でいえば、Oレベルを「地」に沈めて、Sレベルの方をむしろ「図」として浮かび上がらせる。そうすることで、Sレベルをメタ・レベルへと押し上げるのだ。

ただし「一人称」叙述において固有の〈名〉、固有の〈顔〉が、「図」として浮かび上がり前景化してくるのは、この、ここの、こなたの視点によって指し示される作者≠語り手（テキスト外の作者とテキスト内の話者とは水準を異にし、等号で結べない。だが日記文学では両者が相即的であるような書き方＝読み方がされるので、かりにこのように表記しておく）の側だけであって（それゆえ**ゴチック体**にしてある）、「そなた」としての読者＝聞き手の側はいまだ匿名性のままにとどまり（それゆえこちらは~~見せ消し~~）、「地」に沈んで隠れている。[16] パウル・ツェランのいう「投瓶通信」にも似て、どこのだれとも知れぬ不特定多数に向け発信された、宛先不明のメッセージ、そこにこそ「一人称」叙述の特質がある。

作者＝語り手だけでなく、読者＝聞き手の側にも固有の〈名〉、固有の〈顔〉を要求し、「図」として浮かび上がらせるのが、「消息文」に代表される「二人称」表現である（それゆえ**図Ⅰ**－

［16］時枝誠記は日本語の構文を「詞」と「辞」に分け、名詞や動詞、形容詞などの「詞」は意味を担い、それらを風呂敷状に包み込んで、「てにをは」と呼ばれる助詞や、文末に置かれた助動詞が、「辞」として発話主体の価値判断やその立場性をあらわすとする。文末の「辞」のあらわれない場合は「零記号」として主体が隠されているととらえる。時枝の「零記号」はソシュールの「ゼロ記号」から想をえているとして、注［3］の藤井前掲書において藤井は、「言語学者、フェルディナンド・ソシュールは、記号ゼロ（のちにゼロ記号）という言い方をもちいて、弱母音を消失したためにある言語の語尾もまたうしなわれている（＝ゼロである）事情を、純然たる偶然から生じたと、『言語学原論』で論じている。時枝は言語観を先立てて言語の一般原理の記述に重心を置いた国語学の開始であって、ソシュールから大きな影響を受けた。『言語学原論』は時枝の『国語学原論』と書名がよく似る。零記号というヒントはおそらくソシュールから来たにちがいない」とその影響関係を指摘する。とはいえ「時枝の場合、陳述を表現上にあらわすかあらわさないかの区別で、あらわさない場合を零とする。陳述のことを否定しえないとすれば、時枝の零記号は〝純然たる偶然〟とは正反対の、必然という性格を刻印されてくる」（p.153）と、その独創性にも注意深く目配りしている。

**4**の二人称叙述の場合では双方とも**ゴチック体**)。ほかのだれかれではない。この、ここの、こなたの側から、その、そこの、そなたへ向けメッセージが発せられる。対偶的な対話表現に特有の丁寧語「侍る」の働き(ほかに下二段活用補助動詞の「給ふる」など)がそれを可能にする。読者=聞き手への呼びかけを通して「図」として浮かび上がってくる、「こなた」と「そなた」とで構成される「二人称」の、その親密な〈場〉を離れては、メッセージは意味をなさない。

〈場〉の共有ということでいえば、人称代名詞のわれ、おのれ(現代語では、ぼく、てめえ、じぶんなど)が、一人称と二人称、どちらにも通用する、互換性を持った語であることに注意したい。その互換性を転轍点に、「こなた」の側の、われ、おれ、おのれと、「そなた」の側の、われ、おれ、おのれとが、固有の〈名〉、固有の〈顔〉をともなって、別人格として立ちあらわれてくるとき、メタ・レベルに位置していた「こなた」の側に対応して、「そなた」の側も「図」として浮かび上がってくる。たとえば「われ(=おまえ)はいま、この文章を読んでいる」というように。そのようにして、「こなた」と「そなた」とは互いに分身関係にあって、ともに〈場〉を分ちあい、支えあう、共犯者のような関係をとりむすぶ。

子どもが言葉を習得する際、一人称表現と二人称表現のどちらが先行するだろうか。これについては未開社会から文明社会へと移行する際の言葉の進化発展過程や、話しことばから書き言葉への移行過程などと重ねあわせに考えなくてはならないことがらだが、ジャック・ラカンにいう「鏡像段階」論などを考えあわせるに、一人称表現に先行して二人称表現が最初にまずあらわれたとみて、おそらくまちがいない。読者＝聞き手の、その固有の〈名〉、固有の〈顔〉との対面的な「二人称」の〈場〉なくしては、言葉は容易にくりだせない。

二人称から一人称へ、さらには後に述べる三人称（無人称）から藤井のいう物語文学に特有の「虚構の四人称」[17]へと進化発展する道筋をたどるなら、それは宗教的権威の確立や国家権力の出現と密接な関連をもってくる。「こなた」としての〈我〉と「そなた」としての〈汝〉（なれ）との、互いに対等平等の、多分に民主的な横並びの関係が次第に距離を拡げ、疎遠な「あなた」や、迂遠な「かなた」へとその抽象度をいたずらに高めていく。それは結果として、支配、被支配の重層化されたタテの序列関係（ヒエラルキー）へと置き換えられ、固有の〈名〉も、固有の〈顔〉も知ら

［17］注［3］藤井前掲書は、この「虚構の四人称」に加えて、その表現主体に応じた「自然称、擬人称、鳥虫称、無生物称などさまざまなものをかぞえる」（p.166）提案を行っている。

［18］二人称から一人称へ、さらには匿名化された三人称へと次第にせり上がっていくことによって無人称化され、非人称化された権力構造の立ちあらわれてくる経緯については、深沢『新・新猿楽記』（現代思潮新社、二〇一八）の第六章「いちじるき主体構築―『愚管抄』にみる、「カタカナ表記」のパフォーマティビティ」を参照のこと。一人称叙述の『愚管抄』は、「カタカナ表記」がされている。それがもつパフォーマティブなはたらきは、神仏の〈声〉をじかに聴きとることであったとそこでは論じた。

れぬ〈神〉のごとき、たとえていえばビック・ブラザー（ジョージ・オーウェルの小説『一九八四年』に登場する独裁者）のような、不気味で不可視の「どなた」へと祀りあげられ、そこにおいて恐怖の権力が出来（しゅったい）する。[18]

## 四　「ちょうつがい」としての自己言及

だが先走るのははやめて、はなしを『紫式部日記』にもどすとしよう。問題は一人称叙述と二人称叙述とが混在して、ひとつのテキストとしてはまとまりを欠くという点だ。ならば、「一人称」から「二人称」への自然な転轍（きりかえ）をうまく説明できればそれでよい。

一人称叙述であっても、読者の注意は通常Oレベルの情報内容（コンテンツ）に向けられ、それを「図」として浮かび上がらせる。その「図」を外側から「入れ子」に取り込むSレベルの情報形式（メディア）の方は「地」に隠れ、背後に沈んで意識されない。この「図」と「地」の関係を反転させ、作者＝語り手の固有の〈名〉と固有の〈顔〉に、読者＝聞き手の注意を向けさせるには、作者＝語り手がそのまなざしをみずからに返す、いわゆる自己言及を行えばよい。この自己言及表現が、一人称叙述から二人称表現への自然な転轍（きりかえ）を仲立ちするちょうつがいの役割をはたす。たとえば土御門邸の秋の景物から書きだされる冒頭の一節において、すでにそうした自己言及表現

（『源氏物語』であれば話者の「地の文」や語り手の「草子地」がこれに当たる）があらわれてくる。[19]

> 憂き世のなぐさめには、かかる御前をこそはたづねまゐるべかりけれと、うつし心をばひきたがへ、たとしへなくよろづ忘るるも、かつはあやし。

引用するのも気がひけるほどに、『紫式部日記』の特質としてしばしば取りあげられる有名な一節だが、これについてはかつて、次のように論じたことがある。[20]

> 周囲の同僚女房たちは、自分が身を置く後宮社会にたちまち慣れ親しんで、その集団の論理にからめとられていくかに見える。そうした「いまめかしき人」たちからは身を遠ざけ、自らの心を「かたくなしき（偏屈）」ととらえる紫式部の奇妙に屈折した物言いは、当時としては確かに異様であった。眼にした出来事を細かな観察眼で記しつつも、その場に居あわせた自己のその時々の心情（体験時現在）から、いまこうして書いている自己の想い（執

[19]『紫式部日記』の引用は新日本古典文学大系に拠った。
[20] 注[10] 深沢前掲書 p.119。

> 筆時現在）へと、記述は常に還流する。〈中略〉「たとしへなくよろず忘るる」と述べた立場と、「かつはあやし」と書きつける立場とが矛盾しながら、その表現の水準を異にすることによって同じ人物のなかで同居している。
> （傍点引用時）

二十年前に書いたこの文章では、「表現の水準を異にする」事柄が、「同じ人物のなかで同居」する「矛盾」を、体験時現在の「過去」と、執筆時現在の「今」における紫式部の想念の違いとして、その時間差に解決の糸口を求めており、いささか実体的である。いまはそうは考えない。時間的な差異とは関係なしに、自己言及表現を行うことによって、つまりは、この、ここの、こなたの側のSレベルへとまなざしを差し向けることによって、幾重にも畳み込まれたヒダのような〈主体〉の重層化、輻

**図Ⅰ－5．「ゼロ記号化」される一人称主体**

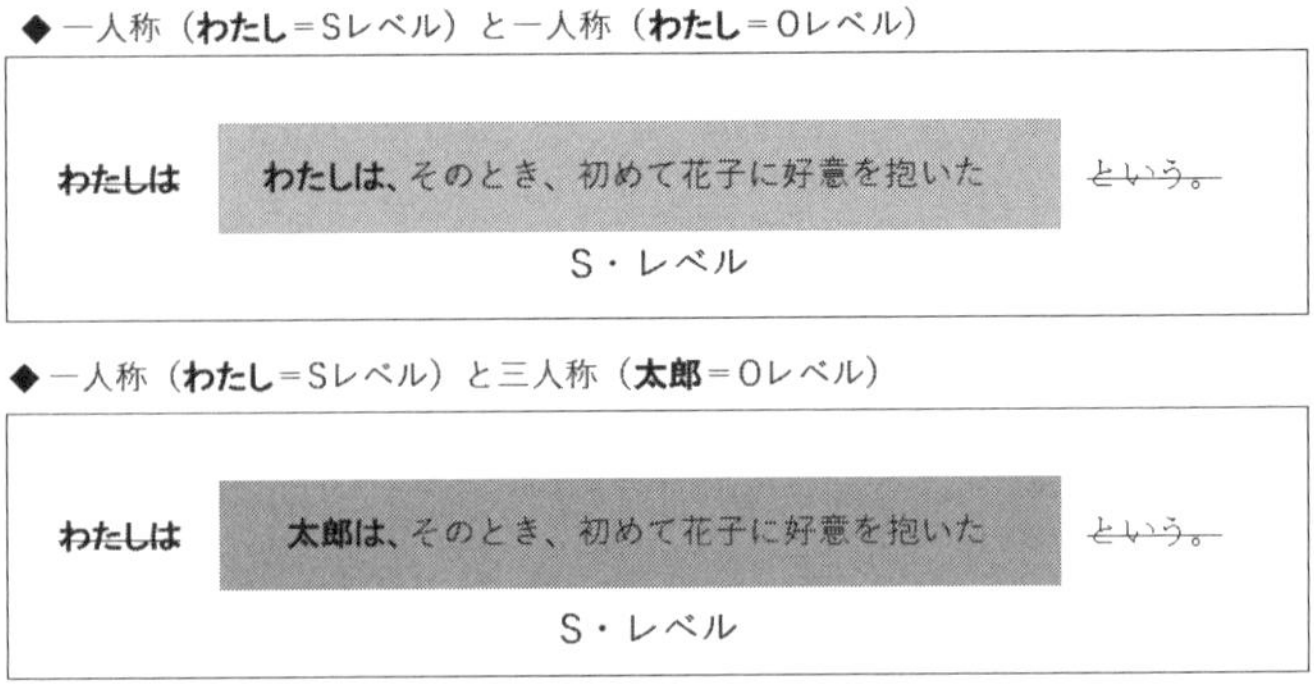

◆一人称（**わたし**＝Sレベル）と一人称（**わたし**＝Oレベル）

| **わたしは** | **わたしは、**そのとき、初めて花子に好意を抱いた | ~~という。~~ |
|---|---|---|
| | S・レベル | |

◆一人称（**わたし**＝Sレベル）と三人称（**太郎**＝Oレベル）

| **わたしは** | **太郎は、**そのとき、初めて花子に好意を抱いた | ~~という。~~ |
|---|---|---|
| | S・レベル | |

輳化をテキストのうちに具現することは充分可能なのであって、問題はさらにその先に求められる。

一人称叙述では、たとえ「表現の水準を異にする」にしても、ＯレベルのわたしとＳレベルのわたしはあくまで同一人格であり、そこに本源的な「矛盾」はない。**図Ｉ-４**のさきほどの「入れ子」の構図を具体的な文章に落とし込んだとき、あらたに**図Ｉ-５**のような図式がえられる。

Ｓレベルに位置する発話主体としてのわたし、すなわち「こなた」に位置するわたしは、通常は「地」に沈んで表にあらわれない。時枝誠記の用語に借りてこれを零記号化されていると考え、見せ消しにしておいた。[21] 通常は零記号化されて見せ消しにされるそのわたしが、自己言及を通して前景化され、可視化されて、「図」と「地」の反転よろしくメタ・レベルへと押し上げられてくる場合でも、Ｏレベルのわたしとメタ・レベルに立つわたしとは、その水準を異にしていても基本的に同じ人物なのだから、そこに「矛盾」は感じられない。

［21］零記号化された主体について時枝誠記は、「成る程、「私は読んだ」といふ表現に於いて、この表現をしたものは、「私」であるから、この第一人称は、この言語の主体を表してゐる様に考へられる。しかしながら、猶よく考へて見るに、「私」といふのは、主体そのものではなくして、主体の客観化され、素材化されたものであって、主体自らの表現ではない。客観化され、素材化されたものは、もはや主体の外に置かれたものであるから、〈中略〉従って、「私」は主格とはいひ得ても、この言語の主体とはいひ得ないのである」（『国語学原論』p.42）と述べている。

いまここで問題にしていることがらは、Oレベルのわたし（作中人物）と、それを外側から「入れ子」に取り込むSレベルのわたし（発話主体）が別人格となるため、構文上の「矛盾」があらわとなる物語文学の、いわゆる「虚構の四人称」や、別人格としての「役柄」を演ずる演劇の〈場〉での「役者」の、その重層化、輻輳化した〈主体〉のありようについて論ずる際の伏線となるので、ぜひとも覚えておいてほしい。この場合、Sレベルの語り手としてのわたしとOレベルの太郎とが別人格となる。ならば、語り手のわたしは、太郎でもないのに、太郎になり代わり、太郎を代弁して、「太郎は、そのとき、初めて花子に好意を抱いた」などと、どうして言えるのか。論点を先取りしていえば、一人称を二人称が「入れ子」に包み込む、その「入れ子」をはずすことで、異なる主体の混同（カテゴリー・ミステイク）が生じるからだ――。

さてはなしを再度もとにもどして、『紫式部日記』である。自己言及表現によって可視化され、前景化されることによって「図」として浮かび上がり、メタ・レベルの高みに立つこととなった「こなた」としての作者＝語り手が、『紫式部日記』では固有の〈名〉と固有の〈顔〉とを合わせ持った存在として、『源氏物語』の「草子地」よろしく、くりかえし何度も読者＝聞き手の前に立ちあらわれてくる。かくしてテキストそれ自体が、「図」と「地」の反転を、なんの抵抗もなく、自然なかたちで成し遂げてしまう。あたかも手袋を、クルリとひっくり返すようにして。

このつゐでに、人のかたちを語りきこえさせば、ものいひさがなくや侍るべき。ただいまをや。さしあたりたる人のことは、わづらはし。いかにぞやなど、すこしかたほなるは、いひ侍らじ。

一人称の記述的な文体から離れ、二人称の「消息文」へと完全に移行する際の最初の文章である。主体のありかを指し示す文末表現が、対偶的な対話表現に特有の丁寧語「侍る」によって統括されているさまを確認しておきたい。**図Ⅰ－4**の「二人称叙述（消息文）の場合」に再度立ち戻ってほしいのだが、その、そこの、そなたへと呼びかけられ、それと「名指し」された読者＝聞き手が、この「侍る」の働きによって呼びだされ、「図」として浮かび上がり、前景化されてくる。固有の〈名〉と固有の〈顔〉を合わせ持った、かけがえのない存在としての読者＝聞き手が、テキストのうちに呼び込まれてくるのだ。

自作説では、テキストは最初から最後まで作者紫式部の主体的表現（ただし幾重にも水準を違え輻輳化した）に貫かれており、そこに飛躍や断絶は見られない。テキストをそのような予定調和に導くためにも、「一人称」から「二人称」へのスムーズな転轍（きりかえ）を可能にする自己言及の行為遂行的（パフォーマティブ）なはたらきが、ちょうつがいとして欠かせない。

## 五　メタ・フィクション論の地平

そのタイトル『あなたは今、この文章を読んでいる』自体に、自己言及のパラドクスを含み込む奇妙な文章（「あなた」「いま」「この」と、指示語が三つも入っている）を、文芸評論家の佐々木敦が書いている。ライトノベル系も含め、昨今の小説作品では、みずからのフィクション性を多分に意識して、それについての自己言及表現を多用する「メタ・フィクション」（フィクションについてのフィクション）が数多く見られる。だがこうした「メタ・フィクション」の手法があまりに常態化したため、昨今ではどれもが陳腐化してしまい、読者に飽きられる傾向にある。かくして時代のトレンドは、次なる「パラ・フィクション」へ移行しつつあると佐々木はいう。「メタ・フィクション」の次にくる「パラ・フィクション」とは、ではいったい、いかなる形態のものか。佐々木の論ではその辺の違いがあまり明瞭でないのだが、ここでの論旨に引き寄せて言うなら、一人称の自己言及表現を多用することで、外枠としての自らのフィクション性を可視化し前景化して、種明かしするのが「メタ・フィクション」であるのに対し、「こなた」によって指し示される〈我〉と「そなた」によって指し示される〈汝〉とが対峙する二人称の語りの〈場〉への自己言及を多用することで、読者＝聞き手をも巻き込んで、その読者＝聞き手とともに、文章のフィクション性をパラレル（近傍の、両側の、以外の、準じる、寄生する）な立ち位置から楽しもうとするのが「パラ・フィクション」であるらしい[22]。

確かにそのタイトル『あなたは今、この文章を読んでいる』は、「そなた」としての読者＝聞き手にじかに呼びかける仕方で、二人称の語りの〈場〉へと再帰的に立ち返り、そうすることで語りのメカニズムをともに楽しみ遊ぶ、自己言及の具体的な実践例ともなっている。

[22] 佐々木敦『あなたは今、この文章を読んでいる―パラフィクションの誕生』（慶応義塾出版会、二〇一四）は、円城塔の小説作品を「パラ・フィクション」の先取りと位置づけ、「このプログラムには、必ずしも「あなた」という人称は必須ではない。なぜならば、先にも述べたように、「あなた」は必ずそこに、いや、ここに存在しているのだからだ。実際、たとえ「あなた」と呼びかけられていなくとも、円城塔のほとんどすべての小説において、このプログラムは刻々と着々と作動している。〈中略〉そして私は、このプログラムのことを、ここでパラフィクションと名付けようと思う。「上位の／高次の／超えた」などといった語義の「メタ」ではなく、それに近い意味を有しながらも、「近傍の／両側の／以外の／準じる／寄生する」というようなニュアンスを含む「パラ」を冠することで、何が起ころうと究極的には作者の権能へと回収されるフィクションとは決定的に異なった、読者の意識的無意識的な、だが明らかに能動的な関与によってはじめて存在し始め、そして読むこと／読まれることのプロセスの中で、読者とともに駆動し、変異していくようなタイプのフィクションのことを、パラフィクションと呼んでみたいと思うのだ」（p.222、傍点原文）と述べている。

しかし、佐々木のいう「パラ・フィクション」がそうしたたぐいのものであるとしたら、そうしたことはとうの昔に『源氏物語』のテキストにおいてやられている。たとえば佐々木は、「典型的なメタフィクション的仕掛け」としてウィキペディアからその定義めいたものを十項目ほど抜き出してくるのだが、それらはすべて『紫式部日記』や『源氏物語』のテキストにおいて、もしくは中世以来の長い伝統を持つ『源氏物語』のテキスト読解において、すでに先取り的になされている。[23]

・小説を書く人物に関する小説。
・小説を読む人物に関する小説。
・表題、文章の区切り、プロットといったストーリーの約束事に抵触するストーリー。
・通常と異なる順序で読むことができる非線形小説。
・ストーリーに注釈を入れつつストーリーを進める叙述的脚注。
・著者が登場する小説、監督が登場する映画やドラマ。
・ストーリーに対する読者の反応を予想するストーリー。
・ストーリーの登場人物に期待される行動であるがゆえにその行動をとる登場人物。

・ストーリーの中にいる自覚を表明する登場人物（第四の壁を破る、とも言う）。
・フィクション内のフィクション。

これからすると佐々木のいう「パラ・フィクション」とは、ロマンチック・アイロニー（作中世界の外にいる小説の書き手が途中でじかに読者に語りかけたり、出来事に対する感想を述べたりする手法）や、ドラマチック・アイロニー（登場人物の知らないことを戯曲作者や観客は知っていて、ハラハラしながらその認識のズレをたのしむ仕掛け）を、読者＝聞き手とともにもてあそび、楽しむ小説作品のようで、読者＝聞き手を多分に意識しつつ、書いたり語ったりするみずからの表現行為へとまなざしを返すこうした自己言及的な手法や仕掛けは、なんのことはない、『源氏物語』の「地の文」のなかに、すでに「草子地」というかたちで散りばめられている。

『源氏物語』では、「桐壺」の巻から順に読まずとも、その成立の経緯からして「帚木」や「若紫」の巻から読み始めてもよいわけで、同一時間帯に起こった出来事を、別々の語り手が別々の視点から語り継ぐ、いわゆる「並びの巻」も数多く見られる。極めつけは「蛍」の巻の物語

[23] 注［22］佐々木前掲書 p.10。

論で、物語の作中人物が物語の枠組みを踏み越えて、みずからが帰属する当のその物語を、あたかも横合いからパラ・フレーズするかのような書き方がされている。人称表現の側面から『源氏物語』の文章を見るなら、そこには一人称もあり二人称もある。さらには三人称も見てとれ、それらを「入れ子」に包み込みながらもパラレルに位置付けて同一平面で融合させる、いわゆる「自由間節言説」や「虚構の四人称」までもあらわれる。登場人物相互のやりとりもまた人称と密接なかかわりを持ち、その会話文や和歌、心内語や手紙文なども無視できない。

『源氏物語』のテキストにおいて、なぜこうした多岐にわたる表現が可能となったのか。おそらく「漢詩文」への対抗として、「仮名文」の可能性を極限にまで押し拡げることをめざして、ことばの祝祭（カーニバル）的な横溢が、つかのま、作者紫式部の特異なキャラクター（いくぶんか統合失調気味（スキゾフレニー）の）を通して現出した結果であろう。[24] 見方を変えれば『源氏物語』のテキストは、その総体として取りとめもなくバラバラであり、最後「夢の浮橋」の巻の終わり方も唐突である。[25] こうした『源氏物語』の取りとめなさは、後続の王朝物語では、必ずしも踏襲されず、こじんまりと整序され、秩序化される方向へと向かった。さらにその構成要素の一部分だけを引き受け、様々なジャンル区分へと分岐していった。[26]

『源氏物語』のテキストにみられた、一見するとアナーキーな、こうしたことばの饗宴は、それからしばらくの時を経て、演能の〈場〉における詞章において再生復活をはたす。そして本書の以後のもくろみは、まさにこの点を明らかにすることに置かれている。

## 六　西洋リアリズム演劇と「第四の壁」

ところで佐々木の紹介する「メタ・フィクション」の項目の最後に、「第四の壁(だいし)」という言葉がみえている。これは西洋における近代リアリズム演劇に特有の概念で、舞台奥の壁（背景としての「書き割り」がもうけられるホリゾント）と、上手(かみて)、下手(しもて)の左右の壁に対し、客席をへだてて幕が上げ下げされる舞台正面の壁（もちろんそこに壁などないのだが）をいう。絵画のように額縁状に仕切られた「プロセニアム・スタイル」の舞台や、時間の一致、場所の一致、筋

[24]『源氏物語』のことばの祝祭（カーニバル）的な性格に、いち早く注目したのは三谷邦明であった。ミハイル・バフチンのポリフォニー論からの影響の色濃い三谷の発言については、終章「民主の〈かたり〉」において詳述する。

[25]『源氏物語』のテキストの、こうしたちぐはぐなありようは、その読者をして二次創作へと向かわせる。『雲隠十帖』をはじめとして、「続編」とも、「擬作」とも、「偽書」ともつかぬ様々なテキストが、いくつも書かれてくる。

[26] 説話研究者の小峯和明は『説話の言説』（森話社、二〇〇二）において、院政期に頻出する「雑談」の語に注目し、中世の躍動するエネルギーを体現する言説空間を表わす語彙にそれを位置づける。「雑言」「雑事」「雑念」「雑歌」「雑芸」「雑兵」と、小峯の挙げる類義語は数多くあるとはいうものの、それらは本来「物語」の語に言いかえられるものであったろう。ならば『源氏物語』は、小峯のいう「雑談」のエネルギーを先取りしたテキストでもあるといえる。

の一致を理想とする「三単一の法則」(アリストテレスの『詩学』の記述に由来するとされる作劇法)などと一連のセットとなる概念で、舞台の上で演技する役者たちは、そこに見えない四番目の「壁」があるかのように演技することが求められる。観客に見られていること、聞かれていることを意識せず、そこに観客がいることすら無視して、あたかも閉ざされた室内空間に身を置くようなつもりで互いにセリフのやりとりをする。そうすることで究極のリアルな演技(自然らしさ、本当らしさ)が実現されると考えられたのである。

舞台と客席とをへだてる「第四の壁」、それをあえて乗り越え、取り払おうとする観客の、見たい、聞きたいというあくなき欲望に、言語学者の外山滋比古は演劇の醍醐味をみて、そうした観客の立場を「第四人称」と名付ける。[27]

舞台は一応、完結した世界である。その限りにおいて独立したコンテクストである。観客は、その中へ立ち入ることを拒まれていて、めいめい別のコンテクストの中に立っている。舞台の上で、第一人称、第二人称、第三人称の世界は完結している。その意味で独自である。観客はその中へ介入する余地はない局外者である。第三人称より外側にいるのだから、これを第四人称としてよい。アウトサイダーである。つまり、演劇は、第四人称の見者が、舞台を〝のぞき見〟していることになる。ことばがあれば〝立ち聞き〟していることにほかならない。〝のぞき見〟〝立ち聞き〟があまりに通俗的興味と結びつきやすいために、古今、反社会的な受け取り方をされてきた。そのために、演劇は古くから、社会道徳からの批判を免れることができなかった。

「反社会的」な営みとして、演劇がしばしば当局の弾圧の対象とされたことは確かだし（禁欲的なピューリタン革命によりテムズ河畔の劇場は徹底的に破壊され、さしものシュークスピア劇もイギリスでは一旦その息の根をとめられた）、役者という職業が乞食とひとしなみにあつかわれ、さげすまれて、社会の周縁へと追いやられた（河原乞食という呼称がしばしば用いられた）のも事実である。[28]しかし観客の側の、〝のぞき見〟したい、〝立ち聞き〟したいという欲望をかき

［27］外山滋比古『第四人称』（みすず書房、二〇一〇）p.41。
［28］農耕定住社会にあって、都鄙を行き来する芸能者は差別される対象であった。脇田晴子『能楽からみた中世』（東京大学出版会、二〇一三）は、本来卑賤の業として差別される傾向にあった猿楽が、都の貴顕の賞玩するところとなり、室町将軍家に見出されてその社会的地位を次第に上昇させていく過程を、歴史的に跡付ける。猿楽の芸能者が階級上昇を遂げる過程はまた、都鄙にわたる広範な遊行性をもった芸能が、古典に代表されるミヤコの文化を地方の民衆へと啓蒙伝播していくはたらきと同時に、地方の文化伝統を掬い上げ、ミヤコへともたらすはたらきをも担っていたとの観点から、脇田当該書は、詳細な分析を行っている。

たてる反道徳性にその原因を求めるのは、いささか本末転倒であろう。

外山の論の前提にある「第四の壁」のへだては、近代リアリズム演劇に特有の発想で、そうした演劇スタイルは西欧でも市民社会が成立して以後、たかだか二百五十年ほどの歴史しかもたない。それ以前の、たとえばルネサンス演劇（シェークスピア劇がその典型）では、客席と舞台のあいだに明確なへだてなどなく（どころか舞台のそでや背後にまで客席がしつらえられている場合だってあった）、観客と役者とがじかに交わり対話するかのような様々な演出上の工夫がされていた。河竹登志夫の古典的名著『演劇概論』によれば、近代以前のそうした演劇スタイルを歪んだ真珠にたとえて「バロック演劇」と呼ぶ。能狂言や歌舞伎などの日本の伝統演劇も、そのバロック的性格がいわれる。確かに能舞台に客席と舞台をへだてる幕はないし、歌舞伎では幕のそとに「花道」がしつらえられている[29]。

仏文学者の藤井康生もまた、その刺激的な近著『バロック演劇の詩学』において、カルチェラタン（学生街）に端を発するパリ五月革命に触発され、全世界へと波及した一九六〇年代の変革の時代を、潜在的な流れとしてあったバロック的な要素の再生復活ととらえ、古典主義的な「言葉の演劇」と、バロック的（見世物的）な「目と耳の演劇」との二つの流れの対立葛藤として、西洋演劇史を読み直す。そこでのキー・コンセプトは、先に佐々木が挙げた「メタ・

フィクション」の事例と同じく、むしろ「第四の壁」の破壊なのであった[30]。

だとしたら、「第四の壁」のへだてを前提に置く外山の論には、いささか無理がある。舞台上の「第一人称、第二人称、第三人称の世界」から切り離された、それとは別の「コンテクスト」に、「局外者」としての観客を位置づけることからして問題である。むしろ外山はこういうべきであった。観客は単なる「局外者」として、〝のぞき見〟や〝立ち聞き〟の立場におと

[29] 河竹登志夫『演劇概論』（東京大学出版会、一九七八）は、バロック演劇の特性を挙げて、「単一を守らない多時間多場面の自由奔放なドラマツルギー、舞台機構を駆使した多彩な視覚性とその変化、不連続性、力動性、主情性、生成流転の世界観、人生は芝居なりという思想、などを特徴として発現する」（p.251）と述べている。またルネサンス期のスペインの劇作家ローデ・デ・ベーガ（一五六二〜一六三三）の発言を引いて、「筋さえ矛盾がなければ単一の法則などは不要で、ドラマに必要なのは自由奔放な変化だ、なぜなら演劇の目的は観客の好みに合わせて楽しませることで、その観客は「変化」を好むからだ」とも述べている。だがこれは「バロック劇」が、一歩まちがえれば通俗的な見世物芸へと堕する危険と隣り合わせにあるということにもなろう。

[30] 藤井康生『バロック演劇の詩学—比較演劇論』（森話社、二〇一二）は、その「序文」において「第四の壁」のへだてについて触れ、「二〇世紀の演劇の流れは〈第四の壁〉の破壊の歴史であった。それは一九六〇年代後半の〈演劇の反乱〉によって止めを刺された。この〈演劇の反乱〉は演劇に留まらず、その理念は〈文化・社会〉全般に影響を及ぼし、〈近代〉の崩壊を加速させた。日本では〈バロック〉という用語は定着しなかったが、明治政府の脱亜入欧路線に伴走してきた「新劇」はヨーロッパの「言葉の演劇」と同じ運命をたどって一九六八年頃から衰退した。この東西に見られる「言葉の演劇」の凋落は〈近代〉の崩壊と無関係ではない」と、ポストモダン状況下の現在を、辛辣な視点でもって概括する。

なしくとどまってなどいない。役者たちの演ずる登場人物に激しく感情移入して、ともに泣いたり笑ったり、ときには反発して猛烈に床を踏み鳴らし、がなり立て、野次ったり冷笑したりして積極果敢に（ときには暴力的に！）舞台に介入してくるのだ、と。[31]

恐怖の権力へとつらなる「三人称」どころではない。その外側に、さらなる上位概念として「第四人称」を立てるなどとんでもない。クラインの壺さながら、舞台の外側の世界が舞台の内側へと嵌入し、舞台の内側が、その外側へと容赦なくはみでていくといった不測の事態が時には生じてもよいではないか。そうした不躾な観客の行動をちょうつがいに、双方が身を置くコンテクストの癒着縫合が出来し、そこでクルリと「入れ子」の反転が起こっておかしくない。[32] かくして物語文学に特有の、藤井貞和のいう「虚構の四人称」や、かつて三谷邦明がとなえた「自由間接言説」について論ずる準備が、ようやくととのった。

* * *

ところでこの文章は、まだ終わっていない。能の演目、なかでも世阿弥の複式夢幻能では、「前場」から「後場」へと移行する際、自己言及としてのシテの「名告り」がある。いままで三人称の「局外者」の立場から一人称で語っていたはずの、どこのだれとも知れぬ人物が、みずからの固有名を「名告り」、その正体をあらわにする。自己言及表現としてのその「名告り」をちょうつがいに、ワキと直接対峙する二人称の語りへと一挙に参入してくる。そこまで分析しないと、この文章は終われない。そのためには二人称から一人称へ、さらには三人称へと徐々にせり上がっていきつつも、Sレベルに立つ作者≠語り手と、Oレベルに位置する作中人物とが、その立場をメビウスの輪のようにねじれ、反転させつつ、いわゆる「自由間接言説」を通じてついには横並びに、パラレルな形で相互嵌入してしまう『源氏物語』の、互いに対等平等で、多分に民主的な〈かたり〉の構造についても触れていかなければならない。

ついてはその迂回路として、「源氏能」をあつかった「真実から三番目に遠く離れて」の章が次に用意される。アリストテレスが言うように、古代ギリシャにおいては「叙事詩」からは悲劇が、「諷刺詩」からは喜劇が生みだされた。ならばその経緯を視野に入れつつ、『源氏物語』

[31]　注［29］河竹前掲書は、その第四章「劇場と客席」第一節「創造者としての観客」(p.135)で、観客による舞台への積極的介入が演劇空間においていかに重要であるかを力説している。ただしそれが極端に走れば、かたき役の役者を客席からピストルで射殺したり（ヨーロッパの事例）、助太刀と称して舞台に駆け上がり、かたき役の腕を切り落としたり（日本の事例）といったことも起るのである。

[32]　平田オリザ『演劇入門』（講談社現代新書、一九九八）は、舞台と観客とのコミュニケーションを「内的対話」ととらえ、両者の双方向的な「対話を通じたコンテクストの摺り合わせ、そしてコンテクストの共有、新しい共同体のコンテクストの生成が、演劇作品を演劇作品たらしめる要素である」(p.201)と結論付けている。

のテキストを三次元の舞台の〈場〉に移して（映して）、能の演目の演じられてくる様相をみていきたい。

# 第Ⅱ章　真実から三番目に遠く離れて

## ――「源氏能」に見る、「歓待（ホスピタリティ）」の作法としての「名指し」と「名告（の）り」――

歓待はその純粋な可能性における固有名の呼びかけないしは呼び戻しを前提する（それはお前のものだ、「来たれ」「入れ」「ウィ（oui）」と語るお前自身のものだ）と同時に、この同じ固有名の抹消をも前提とします（「来たれ」「ウィ」「入れ」「おまえが誰であろうと、お前の名前、言語、性、種が何であろうと、人間であろうと動物であろうと、神であろうと……」）。

（ジャック・デリダ『歓待について』[1]）

［1］ジャック・デリダ『歓待について』（廣瀬浩司訳、産業図書、一九九九）p.139。なお守中高明『ジャック・デリダと精神分析』（岩波書店、二〇一六）に、無条件の「歓待」をめぐるデリダ思想の分析が見られる。

## 問題の所在――「ウソ」に「ウソ」を重ねたまがいもの？

駐日フランス大使として大正の末年に来日し、日本の伝統芸能に深い理解を示したポール・クローデル（一八六八～一九五五）は、「劇、それは何事かの到来であり、能、それは何者かの到来である」との警句を残した。[2] ドラマ性を重視する西洋演劇においては、必ずや「何事か」の事件が起きる。[3] しかし能では、これといった事件はなにも起らない。ただ得体の知れない「何者か」が立ちあらわれ（それをしも事件というのなら、能においても事件は確かに起きているのだが）、おのれの体験したことがらを、みずから語って聞かせる。

得体の知れぬ「何者か」として立ちあらわれたシテ（為手）に対し、当然のこととしてワキ（脇）は、「おまえはだれか」と問いかける。ワキ（脇）のその求めに応じて、やがてシテはみずからの素性（＝固有名）を明かし、「後場」においてその本性(ほんしょう)をあらわした上で、おのれの身に起こったことがらを、繰り返し語って聞かせる。繰り返し「語り」ながらも、シテのその「語り」は、生身の身体を介して、舞台の上での、その都度の一回性として立ちあらわれる。

芸術作品に付随するアウラの一回性について、ヴァルター・ベンヤミンは『複製技術時代の芸術作品』の中で次のように述べていた。[4]

最高の完成度をもつ複製の場合でも、そこには〈ひとつ〉だけ脱け落ちているものがある。芸術作品は、それが存在する場所に、一回限り存在するものなのだけれども、この特性、いま、ここに在るという特性が、複製には欠けているのだ。（傍点引用者）

ベンヤミンのいう「複製」とは、写真や映画のことなのだが、同じ演目が繰り返し演じられる演劇もまた「複製」のうちに数えるとしたら、その都度の一回性とは無縁の営みとなってしまうのだろうか。そうではなく、「いま、ここ」にあるという意味で、その都度の一回性にこそ演劇の特性があるとしたら、そしてそれこそがベンヤミンのいうアウラの源泉なのだとしたら、そのような第三の道はどのようにして立ちあらわれてくるのであろうか。

［2］ポール・クローデル『朝日の中の黒い鳥』（講談社学術文庫、一九八八）所収の「能」と題された文章の冒頭の一節。

［3］河竹登志夫『演劇概論』（東京大学出版会、一九七八）によれば、「ドラマ」とは、神々の末裔としての英雄たちの「悲劇」と、庶民劇としての「喜劇」とに区分けされて演じられてきた今までの演劇を一つのジャンルに統合し、近代的な市民劇として再生させようと意図したドニ・ディドロによる概念で、「行動する」という意味のギリシャ語の動詞「ドラーン」をその語源とする。

［4］多木浩二『ベンヤミン「複製技術時代の芸術作品」精読』（岩波現代文庫、二〇〇〇）p.139。

以上のような問題意識のもと、本稿では『源氏物語』に取材し、それを「本説（ほんぜつ）」[5]とした能の演目をとり挙げる。『源氏物語』関連の現行曲（以下これを「源氏能」と総称する）は九つほどを数え（ほかにも『空蝉』『落葉』などあるが、あまり一般的な演目ではないので本章では割愛する）、現在能のかたちをとる『葵上』と『住吉詣』の二曲を例外として、ほかはすべて「過去」と「現在」、「この世」と「あの世」の二つの世界を行き来し、交錯させる複式夢幻能である。

そもそも『源氏物語』はフィクションであるから、得体の知れない「何者か」として立ちあらわれたシテには、史実の裏付けがない。別の言い方をすれば、シニフィアン（名＝固有名）のみあって、それに対応するレファラン（言語外的な指示対象＝実体）が欠けている。ならばデリダが「歓待」の作法として述べるように、無条件にこれを受け入れ、〈名〉など問うべきでないのかもしれない。得体の知れぬ「何者か」として立ちあらわれたそれは、実質的な指示対象を持たぬゆえ、名づけえぬものとしてあるのだから。

唯一の例外は『源氏供養』の演目で、歴史上実在したであろう作者紫式部の亡霊がシテ（為手）として登場してくる。ただしそこで語られるのは、「狂言綺語の戯れ」としてのフィクションのことば、すなわち現実世界に指示対象を持たぬ浮遊するシニフィアンとしての『源氏物語』のテキストそれ自体へと差し向けられた、多分に自己言及的な対話問答なのである。

当時の人々は『源氏物語』に書かれた出来事を「史実」ととりちがえていたわけではない。『伊勢物語』や『平家物語』とは、あつかいがちがうのだ。そのことに充分自覚的であったからこそ、『源氏供養』のような演目も、あわせ必要とされてくる。『平家』を語った琵琶法師や、『太平記』語りの講釈師を登場させる能の演目のあることを、ついぞ知らない。

作者紫式部をシテとして登場させる『源氏供養』は、ほかの「源氏能」の要（かなめ）の位置にあって、それを「入れ子」に包み込み、それら「源氏能」の、レファラン（言語外的な指示対象＝実体）を欠いた浮遊するシニフィアンを下支えし、根拠づける働きをしている。このことは、『源氏供養』の演目が、誰によって、いつごろ成立したかとは関係ない。ほかの「源氏能」との構造的関係性として、その先行が言えるということなのである。

これを批判的にとらえ返せば、舞台の上で演じられる「源氏能」のバーチャルな虚構世界は、『源氏供養』を共通の基盤に据えて、二重に、いや三重に底上げされることで、かろうじてその成立の根拠を得ていることになる。『源氏物語』を「本説」とするその題材にしてからが、レファランとしての史実の裏づけを欠いた「狂言綺語の戯れ」でしかない。にもかかわら

［5］権威とされた漢籍文献を、当時は「本文」とか「本説」と呼ぶ。そこから演目の典拠となった『源氏物語』や『平家物語』などの仮名文テキストをも、演能の世界では「本説」と呼ぶようになった。

ず、それに輪をかけるように、舞台の上の虚構空間において、さらにそれを「模倣・再現」(後に述べるように、アリストテレスはその営みを、「ミメーシス」の語で呼んで再評価しようとしたのだが)してみせる演能の営みなど、プラトンにいわせれば、それこそ「真実から三番目に遠く離れた」まがいもののウソの世界でしかない。

屋上に屋を架すようにしてウソにウソを重ねる「源氏能」の、この二重化された「模倣・再現」という行為の繰り返しが、にもかかわらずその都度の一回性を保障されるとしたら、それを可能ならしめているのは、ワキの「名指し」とシテの「名告り」のせめぎ合いであろう。そのせめぎ合いの中から立ちあらわれてくるシテの〈名〉、すなわち対象を直接指し示すとされる「固有名」の特異な働きなのではあるまいか。

## 一 「歓待」の作法としての固有名への呼びかけ

固有名について、柄谷行人に興味深い発言がある。[6]

固有名は、言語の一部であり、言語の内部にある。しかし、それは言語にとって外部的である。あとでのべるように、固有名は外国語のみならず自国語においても翻訳されない。つまり、それは一つの差異体系（ラング）のなかに吸収されないのである。その意味で、固有名は言語のなかでの外部性としてある。〈中略〉言語における固有名の外部性は、言語がある閉じられた規則体系（共同体）に還元しえないこと、すなわち言語の「社会性」を意味する。

ソシュール以来の構造言語学の観点からすれば、言語における指示記号(シニフィアン)は、ほかの指示記号(シニフィアン)との関係性により、その個々の意味内容(シニフィエ)を相互に規定され確定される。つまりは〈差異〉の体系としてあるのだ。その〈差異〉の体系から逃れ出て、つまりはシニフィエ（意味内容）をスキップして、レファラン（言語外的な指示対象＝実体）を直接指し示そうとするところに、浮遊するシニフィアンとしての固有名の「外部的」な特性があらわれる。ソシュールのいうシニフィアンの連鎖を、水平的なヨコの関係ととらえるならば、それを突き破る垂直的なタテの関係として固有名はある。互いに補完関係にある「一般（普遍）」と「特殊（個別）」の対概念には回収されない、「集合」とそれを構成する「部分」にも、「内包」に対する「外延」としての論

［6］柄谷行人『探求Ⅱ』（講談社学術文庫、一九九四）第一部「固有名をめぐって」p.46。

理的包摂関係にも回収されない、そうした二項対立の対概念からは逃れ出て、その外部をめがけてくり取られた「留めボタン」のような、あるいはそれら外部の領域を積極的に迎え入れ、無条件に「歓待」すべく穿たれた〈窓〉ともいうべきちょうつがいのはたきを固有名は担う。そのはたらきを、柄谷は、閉じた「共同体」に対し、開かれた「社会性」としてとらえる。

こう見てくると、作者紫式部をシテとして登場させる『源氏供養』は、二重三重に屈折した、アイロニカルな演目だといえる。空疎なことばをもてあそぶ「狂言綺語の戯れ」に反省的なまなざしを返しつつも、最終的にはそれを全面的に肯定し、賞揚してみせる。つまりは何もない空疎な舞台の上で浮遊することばのあれこれを、「紫式部」の固有名を介して「ピン留め」し、それをちょうつがいに、史実としての裏づけを欠いた『源氏物語』のフィクショナルなことばのあれこれを積極的に迎え入れ、無条件に「歓待」してみせる。これを要するに、バーチャルな虚構空間を、舞台の上につぎつぎと繰り出す演能の営みそれ自体のアリバイ証明ともなっており、その営みへと向けられた文字通りの自己言及的な演目ともなっているということだ。

ここでひとつ気をつけなければならない。固有名はシニフィエ（意味内容）をスキップして、直接にレファラン（言語外的な指示対象＝実体）を指し示す。だが、ジャック・デリダの所説に依拠しつつ哲学者の坂部恵も強調するように、実体としてのレファラン（言語外的な指示対象

＝実体）があらかじめあり、それをあとから固有名が指し示すのではないということだ[7]。固有名によって「名指し」されるのは、「類、クラス、一般」との対比の中で、その対概念として「特殊、個別」に位置づけられたり、「集合」とそれを構成する「部分」の関係へと回収されたりすることの決してない、他のなにものにも代えがたい「個物」の単独性、すなわちシニフィエ（意味内容）の不在、もしくはその欠損なのである。

「名指し」されたその時点では、固有名に「意味」はない。いまだ「名づけ」得ぬ、得体の知れぬ何かを指し示す、そのはたらきだけがある。

かくして柄谷は次のようにいう。「われわれがあるもの（個体）の「顔」、すなわちその単独性を意識するとき、それを固有名で呼ぶ[8]」、と。だからこそ、その固有名の、指し示すはたらきを逆手にとって、「名指し」や「名告り」への執拗なまでのこだわりが、「歓待」の作法として、演能の〈場〉において方法化されてくるとはいえまいか。

[7]『坂部恵集3』（岩波書店、二〇〇七）所収の「固有名と仮面のあいだ、または固有なるものの神話—仮面の論理と倫理に向けて2—」で坂部は、「問われるべきは、固有名詞と指示代名詞の背景にある（たとえば夢のなかでも指示は可能であるはずなのに）指示代名詞によって名ざされるもの即〈実在〉であるそのもう一つの短絡でもあるのだ」（p.115）と述べている。その発言にみえる「夢のなか」を「フィクションのなか」と読み替えれば「源氏能」にも適用可能となろう。

[8] 注［6］柄谷前掲書 p.34。

## 二　「源氏能」の諸相

ここであらかじめ「源氏能」の主な演目をひとわたり見ておくとしよう。煩雑と思われる向きは、この節はとばして次の「三 **〈他者〉の先行、あるいは対面的な〈場〉の「二人称」**」の節へと進んでもらってかまわない。それでも本章の意図するところは、充分理解されるはずだ。

「源氏能」において注目すべきは、シテの「中入り」に前後してなされるワキの「名指し」と、それに対するシテの「名告り」とのせめぎ合いである。〈名〉を問いただすワキと、〈名〉をひたすら隠そうとするシテとの、固有名をめぐる攻

| アイ | 後シテ | 典拠 | 備考 |
|---|---|---|---|
| 所の男 | 夕顔の霊（面） | 「夕顔」巻 | 三番・夢幻能<br>（世阿弥作ヵ） |
| 北山の者 | 夕顔の霊（面） | 「夕顔」巻 | 三番・夢幻能<br>（内藤河内守作） |
| 左大臣の従者 | 鬼女（面） | 「葵」巻 | 四五番・現在能<br>（犬王作） |
| 所の者 | 御息所の霊（面） | 「賢木」「葵」巻 | 三番・夢幻能<br>（金春禅竹作） |
| 所の者 | 光源氏（面） | 「須磨」<br>「紅葉賀」巻 | 五番・夢幻能<br>（世阿弥作ヵ） |
| 住吉社神主の従者 | 明石上（面） | 「澪標」巻 | 三番・現在能<br>（作者未詳） |
| 門前の男 | 玉鬘の霊（面） | 「玉鬘」巻 | 四番・夢幻能<br>（金春禅竹作） |
| 里の人 | 浮舟の霊（面） | 「浮舟」<br>「手習」巻 | 四番・夢幻能<br>（横越元久・世阿弥合作） |
| 所の男 | 紫式部の霊（面） | 聖覚筆<br>「源氏物語表白」 | 三番・夢幻能<br>（作者未詳） |

防。それこそが、多くの演目に共通して見てとれる特質である。これを、デリダの言う、不在の〈他者〉を無条件に迎え入れる「歓待」の作法と呼ぶとして、どうやらそれが、世阿弥によって形式化された複式夢幻能を特徴づける基本的なパターンのようである。

「前場」ではまず、ワキの「名指し」により、ところの名（＝地名）が特定され、能の舞台の上にその〈場〉が現出する（もちろんワキのセリフを通して、バーチャルなかたちで）。その場所を訪れたワキの前に、素性の知れぬ「何者か」（前シテ）が立ちあらわれ、当地にまつわる昔物語を語って聞かせる。その「語り」は、当初は局外者の立場から、自分とは直接かかわらないことがらとして、第三者的立場から一人称形式でなされる。しかし、いつしかそれが二人称表現

図Ⅱ－１．「源氏能」演目一覧

| No. | 演目 | 場所 | ワキ | 前シテ |
|---|---|---|---|---|
| ① | **夕顔** | 五条辺 | 旅僧 | 都の女（面） |
| ② | **半蔀** | 紫野／五条 | 雲林院僧 | 里の女（面） |
| ③ | **葵上** | 京左大臣邸／横川 | 横川小聖 | 御息所（面） |
| ④ | **野宮** | 嵯峨野 | 旅僧 | 里の女（面） |
| ⑤ | **須磨源氏** | 須磨の浦 | 藤原興範 | 樵翁（面） |
| ⑥ | **住吉詣** | 住吉社 | 住吉社神主 | 光源氏 |
| ⑦ | **玉鬘** | 長谷寺 | 旅僧 | 里の女（面） |
| ⑧ | **浮舟** | 宇治／小野 | 旅僧 | 里の女（面） |
| ⑨ | **源氏供養** | 石山寺 | 安居院法印（聖覚） | 里の女（面） |

へと移行し、不審に思ったワキの「名指し」か、もしくはシテみずからの「名告り」によって、実はその当人が、件の出来事の当事者であることが明かされる。

シテは一旦姿を隠し（中入り）、その間に、狂言方による「間語り」がある。ついで「後場」では、その本性をあらわしたシテ（後シテ）が登場し、聞き手としてのワキに直接対峙する形で、二人称形式でおのれの体験を語りつつ、狂い、そして舞う。**図Ⅱ-1**としてそのおおよそを示したが、「源氏能」に限らず、これが複式夢幻能一般の、基本的なパターンなのである。[9]

**①『夕顔（ゆうがお）』**

ところの〈名〉は京の「五条」と特定されている。豊後の国からはるばるミヤコへと旅してきた旅僧（ワキ）は各地の名所をめぐり、やがて五条あたりへとたどりつく。そこで出会った都の女（前シテ）に、このところの謂れを問う。すると女は、六条あたりの「なにがしの院」で夕顔が頓死した顛末を語って聞かせ、「うたかた人は息消て、帰らぬ水の泡とのみ、散り果てし夕顔の、花は再び咲かめやと、夢に来たりて申す」と言い残して姿を消す。その言葉にいう「うたかた人」が、物語の作中人物「夕顔」にほかならないとして、ならば「夢に来たりて申す」と語った当人はいったい何者なのか。主述関係にあえて曖昧さを残すことで、幽冥境をことにした夢まぼろしの世界が演出される。

シテの「中入り」を受けて、そのところに住まいする男が入れ違いにアイ（間）として出る。僧（ワキ）の問いに答えるかたちで、夕顔の頓死したいきさつを「再話」し、その女こそ夕顔の化身であろうと「名指し」して、ぜひとも弔いが必要だと僧をうながし退場する。法華経読誦の僧（ワキ）の声に導かれ、やがて夕顔の霊（後シテ）があらわれる。僧とのやりとりがあって優雅に舞を舞い、最後には成仏したことがその詞章によって示される。

アイ（間）の語りにおける「名指し」はあるものの、シテみずからの「名告り」はついぞない。レファラン（言語外的な指示対象＝実体）を欠いた夕顔という〈名〉の響きだけが、浮遊するシニフィアンとして、走馬燈のように詞章のあちこちに散りばめられ、バーチャルな幻想世界が映し出される。はかなく散った夕顔の、その存在感の希薄さを指し示すかのように。

② **『半蔀（はじとみ）』**

［9］「源氏能」の詞章の引用は、主としてシリーズ『能を読む』全四巻（角川学芸出版、二〇一三）によった。

ところはミヤコの北郊「紫野(むらさきの)」の雲林院と、「五条」の二箇所に設定される。雲林院の住僧（ワキ）が、立花(りっか)（生け花）の供養をおこなっていると、そこへ夕顔の花をたずさえた里の女（前シテ）があらわれる。「花のあるじはいかなる人ぞ」との問いかけに、「名乗らずとも、つひには知ろしめさるべし」、「名はありながら亡き跡に、なりし昔の物語」などと答えて、みずから「名告り」することを拒みつつ、「五条あたりの夕顔の、五条あたりの夕顔の、空目(そらめ)せしまに夢となり」と、再会すべき「五条」の場所を約して、立花の影に消える。

北山の者がアイ（間）として出て、舞台の「正中(しょうちゅう)」に坐し、「居(ゐ)語り」する。そのアイ（間）の語りにうながされ、「ありし教へに従ひて、五条あたりに来てみれば」、物語に描かれた情景そのままに、僧（ワキ）の目の前にバーチャルな光景が広がる（かのようにワキみずからのセリフ

『能之図』より「半蔀」（国立能楽堂蔵）

による演出がされる）。「簀戸の竹垣ありし世の、夢の姿を見せたまへ」と呼びかけると、舞台中央にしつらえられた「作り物」の半蔀を押し開けて、後シテがその姿をあらわす。あたかも夕顔の花の精が、人の姿をかたどってあらわれたかのようにして。

芸道のひとつとして中世にはじまった「立花」の作法は、「草木国土悉皆成仏」を約した天台本覚思想により宗教的な裏づけを得て、それにより夕顔の霊もまた、最終的に成仏し救われる。[10]なおこの演目でのアイ（間）の役割は、「紫野」から「五条」への空間移動をうながす点に限定されている。実際に移動するのはワキの僧であるが、アイ（間）の語りが、その言葉によって、ワキの空間移動を先導しているともとらえられる。

### ③『**葵上（あおいのうえ）**』

世阿弥以前の作例（犬王作）ということもあって、筋の展開は他の演目とかなりちがっている。ところはミヤコの「左大臣邸」と、比叡山中の「横川」の二箇所に設定される。病悩する葵上

［10］「立花」の根本史料ともいうべき『君台観左右帳記』や『専応口伝』が岩波の日本思想大系『古代中世芸術論』に収められている。なおその他の文献は花道沿革研究会編『花道古書集成』（全五巻、思文閣、一九七〇）に数多く収載され、また簡便な概説書として井上治『花道の思想』（思文閣、二〇一六）がある。

にとりついた物の怪の正体を見あらわそうと、照日の巫女（ワキツレ）がまず呼びだされる。巫女のかなでる梓弓の響きに誘われてあらわれた生霊（前シテ）に対し、照日の巫女は、「大方は推量申して候、ただ包まず名を、おん名のり候へ」と「名告り」を請う。シテはそれに応えて、「いかなる者とか思し召す。これは六条の御息所の怨霊なり」と、みずからの素性をはやばやと明かし、巫女の制止も聞かばこそ、後妻打で葵上（舞台に敷かれた袿によってその寝姿が換喩的に示される）をさんざんに打擲したうえで姿を消す。[11] 代わって呼びだされた左大臣邸の従者（アイ）が、物の怪調伏の依頼のため「横川」の小聖（ワキ）のもとへと使いに立つ。現在能ということもあってか、この演目に「間語り」はない。「横川」へ向かったアイとワキとのやり取りが、それを代替する。

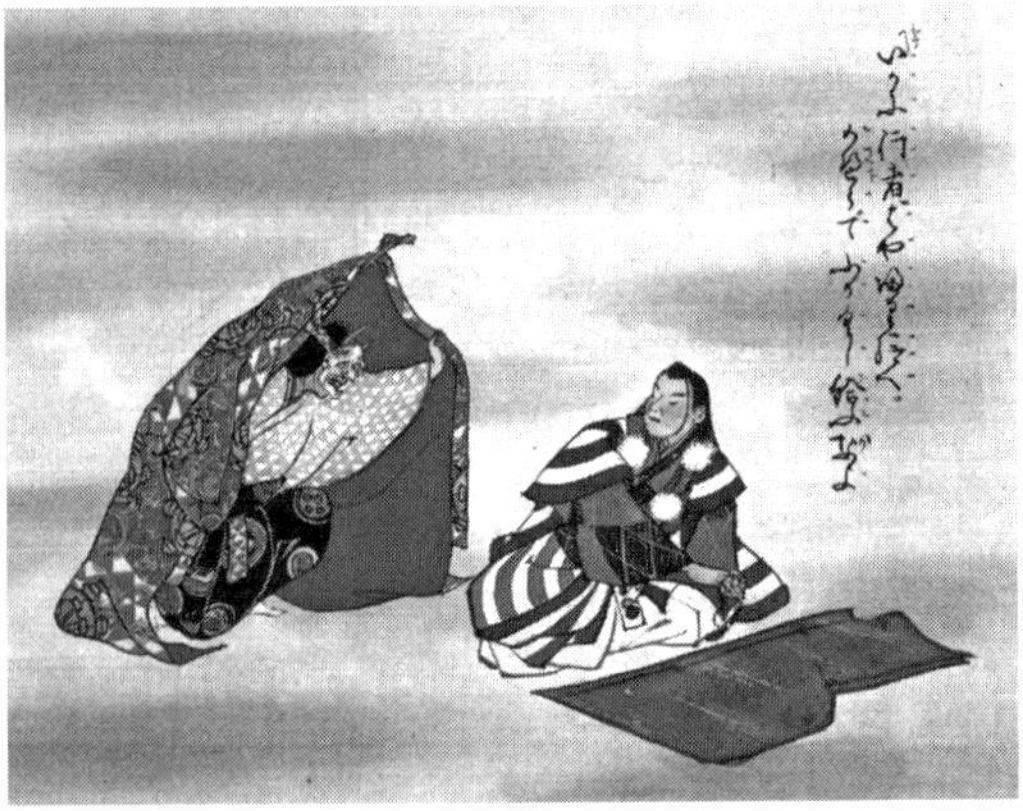

舞台はふたたびミヤコへと立ち帰り、「左大臣邸」へと招かれたワキの小聖は、葵上の枕元

『能画巻物』より「葵上」（国立能楽堂蔵）

にあらわれた御息所の生霊（後シテ）と対決し、これを調伏して得度成仏させる。
この演目では、シテの「中入り」の前に、シテみずからの「名告り」が、はやばやとされてしまう。またアイ（間）の役柄は、使いとしてミヤコと「横川」を往復する空間移動に限られ、そこに滑稽な要素は微塵も見られない。

**④『野宮（ののみや）』**

ところは「嵯峨野」。その地にかつてあった伊勢斎宮の旧跡をたずね、諸国一見の僧（ワキ）が舞台に出る。すると不思議なことに、黒木の鳥居や小

［11］世阿弥晩年の聞き書き『申楽談義』の「犬王」の項によれば、現行の「葵上」の演出ではかなりの省略があり、もともとは御息所方の侍女がツレとして出て照日の巫女と対決する構図が、二項対立の図式で演出されていたようである。

『能之図』より「野宮」（国立能楽堂蔵）

柴垣が、物語の記述そのままに、そこに立ちあらわれる（あらかじめ作り物が据えられている）。すでにして舞台は幽冥境を越えている。そこで出会った里の女（前シテ）に、「いとなまめける女性(にょしょう)一人、忽然と来たりたまふは、いかなる人にてましますぞ」と問いかける。その問いに直接答えることはせず、女は、この野宮の地で六条御息所と光源氏が最後の別れを惜しんだ昔物語を語って聞かせる。「げにや謂(いは)れを聞くからに、常人ならぬおん気色、その名を名乗りたまへや」と再度ワキが問いかけて、ようやくシテは「御息所は、われなり」と、みずからその素性を明かし、黒木の柱の蔭に身を隠す。

ところの者がアイ（間）として出て、六条御息所と光源氏との別離のさまを「再話」する。しかし「定座(じょうざ)」に立ち姿のままの「シャベリ」で、少しの動きもない。「後場」では御息所の霊（後シテ）が黒木の柱からその正体をあらわし、嫉妬の恨みを縷々述べる。そのことばは『源氏物語』の「葵」の巻に見える「車争い」に、仏法にいう「火宅」の比喩を上書きし、迷妄にとらわれた二つの世界の重ね合わせが意図される。

### ⑤『**須磨源氏**（すまげんじ）』

ところは「須磨の浦」。日向の国の神主藤原興範（ワキ）は、伊勢参詣に向かう旅の途上で、須磨の浦に立ち寄る。そこは『源氏物語』の主人公光源氏ゆかりの地であり、また「若木(わかぎ)の桜」と呼ばれる名木があることで知られていた。と、そこへ、芝を担った老翁（前シテ）がどこからともなくあらわれ、請われるままに、「桐壺」の巻にはじまり「藤裏葉」の巻で准太上天皇にまでのぼりつめた主人公光源氏の生涯を語って聞かせる。むかしは「須磨」に、そして今は「兜率天(とそつてん)」にあることを告げ、「かやうに申す翁も、その品々(しなじな)の物語、源氏の巻の名なれや、雲隠(くもがく)れして失せにける」と、おのれの素性をにおわせて消える。

代わってあらわれた里人（アイ）は、ワキの問いかけに応えて、光源氏が手ずから植えた「若木の桜」の謂れを語り、数百年たっても花が麗しく咲いているのだと説明する。この「若木の桜」は、光源氏の換喩として機能している。さらには古典となって今も読み継がれる『源氏物語』のテキストそれ自体の隠喩としても機能している。里人（アイ）の語りを受けて、興範（ワキ）が老翁との先ほどの出会いのいきさつを語ると、それは光源氏が仮の姿であらわれたものであろうと述べ、いましばらくこの地に逗留されたならば、不思議のことに出会えるかもしれないと告げて去る。里人（アイ）の言葉にうながされて、興範（ワキ）はこの地にとどまる。

やがて月がのぼり、妙なる楽の音とともに、狩衣姿の光源氏の霊（後シテ）があらわれる。かつてこの世にありしときは光源氏、いまは兜率の天に住まいする身だと語り、『源氏物語』

の「紅葉賀」の巻に描きだされた、あの青海波（せいがいは）の舞を優雅に舞って、夜明けとともに再び天上世界へと帰っていく。

### ⑥『住吉詣（すみよしもうで）』

ところは「住吉」の社頭。光源氏一行の住吉詣でを出迎えるべく、神主の菊園某（なにがし）は準備に余念がない。そこへ従者の惟光（これみつ）を伴いつつ光源氏（シテ）の一行があらわれ、とどこおりなく参詣を済ませて酒宴となる。ついで明石の上（シテ）の一行もあらわれ、互いに盃を交わし、優雅に舞を舞う。やがて光源氏一行はミヤコへの帰途につき、明石の上一行も明石へと立ち戻っていく。

多くの登場人物が狭い舞台を埋め尽くし、あでやかな衣装と華麗な舞を繰り広げる。原作の筋運びを曲げてまで（原作では、光源氏一行の威勢に気おされ、明石の上は傷心のうちに明石へと立ち返る）この演目が求めたものはなんであったのか。霊験あらたかな住吉社の威光を示すことと、王朝のみやびをしのばせる綺羅（きら）を尽くした舞台を、見所の眼前に現出させることにあったか。

### ⑦『玉鬘（たまかずら）』

ところは大和の「初瀬川」。諸国一見の旅の僧（ワキ）が初瀬川のほとりで、小舟に乗った里の女（前シテ）と出会う。「そも、おん身はいかなる人にてましますぞ」とのワキの問いには答えず、里の女は、この地で玉鬘が侍女の右近と出会い、光源氏の養女として引き取られたいきさつを語って聞かせる。そして「名乗りもやらずなりにけり、名乗りもやらずなりにけり」と、ついにその素性を明かすことなく姿をかくす。

長谷寺門前の男がアイ（間）として出て、玉鬘が九州から上京して当寺に詣で、右近と再会を果たして光源氏に養女として引き取られた顚末を「再話」する。それを聞いて得心のいったワキは、「さては玉鬘の内侍（ないし）、仮にあらわれたまひけるぞや」と述懐する。そこへ、「恋ひわたる、身はそれならで玉鬘、いかなる筋を尋ねきつらん」と、実際に『源氏物語』のテキストに見える和歌を口ずさみつつ、玉鬘の霊が後シテとしてあらわれる。

### ⑧『浮舟（うきふね）』

ところはミヤコの南郊「宇治」の地と、その対極に位置する北郊「小野」の二箇所に設定されている。諸国一見の僧（ワキ）が宇治の里を訪れ、そこで出会った里の女（前シテ）に、「この宇治の里において、いにしへいかなる人の住みたまひて候ぞ、くはしくおん物語り候へ」と尋ねる。浮舟の宇治での様子をその女の口から詳しく聞かされて、不審に思ったワキが、「さてさて、おん身はいづくに住む人ぞ」と素性を尋ねると、「わらはが住みかは小野の者、都のつてに訪ひたまへ」と答えて姿を消す。このあたりの展開は、先の『半蔀』の演目とよく似る。ついで里人がアイ（間）として出て、二人の男に愛されて苦悩した宇治での浮舟のありさまや、その後の小野の里での出家のようすを「再話」する。かくしてワキの僧は小野へと移動して「後場」となる。そこへ浮舟の霊（後シテ）があらわれて、「寄る辺定めぬ浮舟の、法（のり）の力を頼むなり」と、シテみずからの「名告り」がある。

『半蔀』と同じく、アイ（間）のことばが、宇治から小野への空間移動へとワキを導く。ワキのその空間移動は、「寄る辺定めぬ浮舟」の境遇を、みずから実践して見せる行為でもあったろう。

**⑨『源氏供養（げんじくよう）』**

ところは近江の「石山寺」。当地を訪れた安居院（あぐい）の法印（ワキ）の前に、里の女（前シテ）があらわれて、物語を書いたものの、その「狂言綺語の戯れ」としてのテキストの供養を行わなかった罪で、いまだ成仏できず中有（ちゅうう）をさまよっていると苦しみ訴える。そのことばから推測して、「紫式部にてましますな」とワキの法印は相手を「名指し」、問いつめる。しかし女は「色に出づるか紫の、雲もそなたか夕日影、さしてそれとも名のり得ず」と、みずからの「名告り」をやんわりと拒否して消えてしまう。

代わってアイ（間）が出て、式部による石山寺での『源氏物語』執筆のいきさつを「再話」する。ツレの僧二人とともにワキの法印が式部の菩提を弔っていると、そこへ式部の霊（後シテ）があらわれて、「紫の色こそ見えね枯野の萩、本（もと）のあらまし末通らば、名のらずとも知ろしめされずや」と、またも「名告り」を先延ばしにする。ワキはそれに飽き足らず、「紫の色には出でず有増（あらま）しの、言葉の末とは心得ぬ、紫式部にてましますか」と、「名指し」を繰り返すことで、代わりに『源氏物語』五十四帖の巻名をいくつもつづれ織りのように織り込んだ巧みな言葉の連なりを、シテの口から引

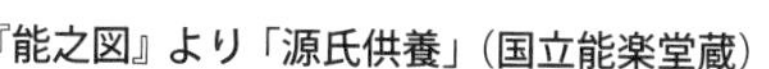
『能之図』より「源氏供養」（国立能楽堂蔵）

き出して見せる。そうすることで「狂言綺語の戯れ」としての『源氏物語』の世界を、能の詞章に託して代替し、再現して見せる。

最後は式部（後シテ）を観音の化身と位置づけ、人々を悟りへと導く「方便」として『源氏物語』のテキストの書かれたことを賞揚し、「思へば夢の浮橋も、夢の間の言葉なり、夢の間の言葉なり」と結ぶ。「源氏能」のあれこれにとどまらず、レファラン（言語外的な指示対象＝実体）を欠いた、それ自体「狂言綺語の戯れ」である演能の場へと向けられた、これは自己言及でもあったろうか。

〈**小括**〉

以上見てきたように、九つの演目の大筋を踏まえた上で、いくつか確認しておこう。第一に、どの演目にも共通して、固有名への異様なまでのこだわりがみてとれる。ところの名（＝地名）が、ワキのセリフを通して示されるのはもちろんのこと、執拗なまでにシテの名（＝人名）の問いただしがなされる。つまりは固有名への呼びかけが、「源氏能」の演目では方法化され、戦略的に用いられている。しかもみずからの〈名〉を、シテはなかなか明かそうとしない。固有名をめぐるシテとワキとの攻防戦として、これら夢幻能をとらえることができそうだ。[12]

例外は『葵上』の演目で、ワキの問いかけに対し、シテの「名告り」は、しごくあっさりとされてしまう。『住吉詣』に至っては、「名指し」もなければ「名告り」もない。これは二つの演目が、どちらも世阿弥の手を経ておらず、また夢幻能ではなく現在能として作られていることと関係していよう。

## 三　〈他者〉の先行、あるいは対面的な〈場〉の「二人称」

夢幻能の特質に、固有名をめぐる「名指し」と「名告り」の攻防があるとしたら、あたかもそれを先取りするかのような演劇的な所作の示された〈場〉として、『万葉集』の巻頭歌が挙

[12]「名」の問いただしに関しては、注［1］デリダ前掲書所収のゼミナールにおけるデリダの発言が参考となる。無条件に〈他者〉を受け入れる「絶対的な歓待」においては、「相互性（盟約への参加）などを要求してはならず、名前さえ尋ねてはいけ」(p.64) ないとされる。ただしそれは究極の理念型であって、実際にそうしたことが実践されたなら、たとえば『創世記』にみえるロトの逸話や、『士師記』にみえるエイフラム山の場面にあるような、みずからの生命財産を危うくするような多大なリスクを伴う。したがって最低限の倫理的な場が確保されるためにも、「名」の問いただしが、まずはなされなければならない。とはいえデリダは〈他者〉の範疇を「人間」に限定せず、動物や神にまで（新たに生を享けてこの世に出現した嬰児をもこれに加えていい）拡張することで、「相互性（盟約への参加）などを要求してはならず、名前さえ尋ねてはいけ」ないと主張するのである。

[13] 引用は新日本古典文学大系『万葉集1』（岩波書店、一九九九）による。

げられよう。作者とされる雄略天皇は、実在が疑われる伝説上の人物であることで、その想定はさらに強化される。[13]

籠もよ、み籠持ち、ふくしもよ、みぶくし持ち、この丘に菜摘ます子、家告らさね。そらみつ大和の国は、おしなべて我こそ居れ、しきなべて我こそいませ。我こそは告らめ、家をも名をも。

手にした籠に若菜摘む、うら若き乙女の姿。その乙女と出会い、一目ぼれした男は、相手を「名指し」し、その「名告り」を求める。しかし、恥じらう乙女は、なかなか「名告り」してくれない。根負けした男は、しまいに兜を脱ぎ、みずから「名告り」しようと申し出る。はじめは居丈高に、しまいには下手に出て相手におもねり、その歓心を買おうとするのである。[14]

万葉研究の領域で、この巻頭歌はどのように解釈されているのか。「妻問い婚」という当時の婚姻習俗がその背景にあるのはもちろんのこととして、あとに続く「国見の歌」などと合わせ、王者の威光を誇示する歌と、一般にはとらえられているようだ。[15]地名として「大和の国」の固有名が明示されていることも、示唆的であろう。

とはいえ、「しきなべて我こそいませ」にみえる自称敬語について、岩波新日本古典文学大系の脚注では、「これは歌の伝承者の敬意の反映であって、歌が天皇の自作ではなく、伝承歌であったことをうかがわせている」との注目すべき指摘がされている。行為主体が至尊の天皇や上皇の場合、しばしば二重敬語や自尊敬語が用いられるのは、折口のいう「みこと持ち」（貴人のことばを代弁し伝える媒介者）の〈声〉が、そこに重ねあわせに響かせてあるからだ。[16] 坂部

[14] 旧大系（岩波日本古典文学大系）は最後の二句を「われ（に）こそは告らめ、家をも名をも」と「に」を補って訓み、その理由について補注で、「もしワレコソハノラメと訓めば、「自分こそ名告ろうと思うけれど」と解釈すべきこととなって、すでに大和の国を治めている者だと自らを明らかにした天皇の言葉としては不適当となる」と補い述べている。それだと立場が逆転し、この歌の位置づけは大きくちがってくる。

[15] 巻頭歌の解釈をめぐっては、折口信夫「万葉集講義」（『折口信夫全集』七所収）に始まり、大久間喜一郎「姓名の禁忌について―万葉集を中心として」（『古代文学の源流』、桜楓社、一九六九）、井出至「『万葉集』巻一巻頭歌の位相と解釈」（『古代文学』24巻4号、一九七二）、佐々木隆「一番歌の表現と構文」（『武蔵野文学』46集、一九九八）、山口知恵・木村誠「万葉集巻頭雄略天皇歌における「名告る」の意味」（『山口大学研究論叢 人文科学社会科学』52号、一九九八）、小川靖彦「持統系皇統の始祖としての雄略天皇」（『日本女子大学紀要 文学部』52号、二〇〇三）などの先行研究が確認される。しかしこれを道化の演技と結びつけて論じたものは管見のかぎり見られない。

[16] 「みこと持ち」については、折口信夫「古代人の信仰」（『折口信夫全集』二〇所収）を参照のこと。歌合せの場で詠まれた歌の作者（天皇や当該歌合せの主宰者）を「女房」とだけ記す事例に、この「みこと持ち」の伝統が生かされている。

恵は、わらべ歌にも似た子供の遊戯する姿をこの巻頭歌に見てとる。[17] ならば一歩進めて、これをある種の寸劇として、つまりは居丈高で高慢な権力者の姿をこきおろす、道化の演戯の写しとして、とらえられはすまいか。その場合、固有名としての「大和の国」の地名は、単なる呼称ではなく、「いま、ここ」に不在のレファラン（言語外的な指示対象＝実体）を舞台の上に召喚する、指示語として機能していることになる。

道化は、王者の立ち居振る舞いを真似し、それを面白おかしく、滑稽にもどいて見せる。腹話術よろしく、そこでは〈声〉だけでなく、しぐさや、顔の表情までもが、一人の演者の身体において二重化され、「もどく者」と「もどかれる者」との、二つの人格（ペルソナ）の重ね合わせが見てとれる。「仮面」が用いられれば、なおのこと効果的だ。「演ずる主体」と、「演じられる客体」とのあわいに生ずるアイロニー、微妙なニュアンスのズレが笑いを誘う。道化の演戯の真骨頂がそこにある。もちろん真の王者たるもの、道化の演戯がもたらすこうしたアイロニカルな笑いに、いちいち腹を立てたりしてはいけない。見る立場にあって、その笑いを許容する、懐（ふところ）の深さを持ちあわせていなければならない。

〈声〉だけでなく、そのしぐさや顔の表情、立ち居振る舞いまでも重ねあわせにされる事態は、「歓待」の作法として、得体の知れぬ「何者か」を歓び招き、それを自らの生身の身体に憑依させた〈主体〉の多重化、重層化として概括しうる。能の詞章における人称表現の唐突な変化も、これと密接に関連してあらわれてくる。後の第Ⅳ章で詳しく触れることとなるであろう『二人静（ふたりしずか）』の演目においては、こうした事態が、顕著なかたちで、可視化されて示される。一人称から二人称へ、間接話法から直接話法への移行は、主述関係のねじれに発しており、そこでは人格変換がたびたび起こり、〈主体〉の一貫性は少しも保たれない[18]。

以上を要するに、夢幻能は、シニフィエ（意味内容）を欠いた「何者か」を、その名（＝固有名）を介して、「いま、ここ」の舞台の上に、その都度呼びだすことをめがけ、作られる。題材自体フィクションでしかない「源氏能」の場合は、そのシニフィエの欠落が二重化されており、

［17］注［7］坂部前掲書は、「なにか遊戯をともなったわらべ歌の一部あるいは全部として実際にうたわれていたことはなかっただろうか」と仮説的に述べつつも、「汚れなき遊戯（jeu）というものは夢見られる世界以外のどこにもなく、還るべき故郷や根源としての幼年時代や原始時代の親密性などというのも一場の夢にすぎない（とすれば、仮に万葉の歌が童謡だったとしてみて、それを巻頭に採用した巻一の編者のユーモアは、いうまでもなくブラック・ユーモアであったことになろう）」（p.118）とこの文章を結んで、アイロニカルな見方をしている。

［18］兵藤裕己『物語の近代―王朝から帝国へ』（岩波書店、二〇二〇）は、泉鏡花などの硯友社の文体に、明治近代小説とは異質の多様な表現の可能性を探っている。なお「演ずる主体」と「演じられる客体」とで人格（ペルゾーン）の二重化がおこる演劇の場での間接話法や直接話法を、通常の散文表現に置き換えた場合、話者や語り手と、登場人物の発話や思念とが癒着融合してしまう、後に触れる三谷邦明が『源氏物語の言説』（翰林書房、二〇〇二）などで盛んに論じた自由間接言説や自由直接言説などの語法が現われてくると考えられる。

なればこそ、『源氏供養』の演目において、そのレファラン（言語外的な指示対象＝実体）をあらかじめ先取り的に提示しておかなければならない。意識するとしないにかかわらず、観客はあらかじめ『源氏供養』を根底に据え、その前提の上で、他の「源氏能」に臨むこと（ひらたく言えば『源氏物語』についての知識をあらかじめ教養として備えていること）が求められる。そうでなければ、「真実から三番目に遠く離れた」まがいもののウソの世界として、その立ちあらわれのリアリティを、いたく欠くことになるからだ。

それにしても、固有名に対する「源氏能」の強迫的なまでのこだわりは尋常でない。これに関して、柄谷行人に、また次のような発言がある。[19]

> 固有名はたんに対象としての個体にかかわるのではなく、いわば「他我」としての個体にかかわるのである。フッサールが考えたように、他者はあとから見いだされたり、構成されたりするのではなく、固有名において体験されている。実は、「我」についてもそういえるのだ。「我」の単独性は、私の名前（他者が命名した）によってしか開示されないのである。そして、「我」が単独的であることは、「我」の社会性と切り離すことができない。

柄谷がここでいう「社会性」とは、先の引用でも見たように、言語の差異体系（ラング）や規則体系（共同化された規範）には回収されない「単独性」、その体系の外部へ向けた交通可能性のことである。フレデリック・ジェイムソンのいう「言語の牢獄」[20]から抜け出すことで初めて可能な、他のなにものにも代えがたい〈他者〉との出会いに、柄谷は固有名の「社会性」を見てとる。「我」からはじめて事後的に「他我」を見出すような、独我論のくびきからいまだ抜け出せずにいるフッサール流の現象学を批判的に継受するかたちで、それと「名指し」されはしないものの、〈他者〉を起点に、それとの出会いを通して自己の成り立ちを見たレヴィナスの他者論がここでは参照されている。他に代えがたい〈他者〉の単独性と出会って、その呼びかけに遅れて応えること。〈他者〉の「名指し」に応じて、みずからの「名告り」を行うこと。そうすることで、かけがえのない〈我〉の単独性が、事後的に、その都度の一回的な「出来事／事件」として見いだされてくるのである。

加えて固有名とともに重要な役割を果たすのが、指示詞としての「こそあど」である。柄谷によれば、「いま、ここ」における〈我〉の単独性は、「この我」として、直截に指し示される。[21]

[19] 注［6］柄谷前掲書 p.32。
[20] フレデリック・ジェイムソン『言語の牢獄―構造主義とロシア・フォルマリズム』（法政大学出版局、一九八八）。
[21] 注［6］柄谷前掲書 p.21。

単独性としての「この」は、差異を、いいかえれば、「他なるもの」を根本的に前提している。なぜなら、「この」とは、「他ならぬこの」であるから。単独性は一般性には所属しない。しかし、それは孤立した遊離したものでもない。単独性は、かえって他なるものを根本的に前提し他なるものとの関係において見出されるのである。だが、単独性は言葉で語りえないような深遠なものではない。すでに示唆したように、それは固有名のなかに出現している。

柄谷はここで、近称としての「この」のはたらきにしか触れていない。しかし指示詞としてのそのはたらきは、「あの」や「かの」の遠称、「どの」の不定称にも拡張されておかしくない。ただしそれらの遠称や不定称は、「こなた」によって指し示される〈我〉と、「そなた」によって指し示される〈汝〉とが対峙する「二人称」の語りの〈場〉(ここでいう〈場〉としての「二人称」については、次の第Ⅲ章で詳述することとなろう)をあらかじめ含意し、それを前提とした上での遠称であり不定称なのであって、その起点にはやはり、「そなた」によって指し示される「他なるもの」の単独性、唯一性が、まずは先行してある。[22]

## 四　「ミメーシス」に「ミメーシス」を重ねるとはどういうことか？

再度注意しておきたい。固有名によって「名指し」されることで立ちあらわれる個体の単独性が、レファラン（言語外的な指示対象＝実体）としてあらかじめ存在しているわけでは決してない。にもかかわらず、それがあらかじめあるかのように誤認されてしまうのは、プラトンのイデア論的発想が背景にあるからだ。加えてアリストテレスが『詩学』において重視した「ミメーシス」に対する異なる理解から生じてきたものでもある。[23]

［22］「こそあど」によって指し示される、単独性の「名指し」として固有名はあり、ならば軍記物に題材を採った、たとえば『実盛』の演目などに典型的な、戦場の〈場〉での武士たちの、あの「名指し」と「名告り」への異常なまでのこだわりは、格好の題材としてとらえられよう。たとえば世阿弥作の『実盛』では、「名告り」へのうながしがワキによって五度までも繰り返される。「後場」ではさらに、「名を北国の巷に揚げ」、「名は末代にありあけの」などと、「名」への執着がくどいほどに詞章の中で示される。老いた白髪を黒く染めることで素性を隠し、大将から錦の直垂を拝領して死地へと赴く齋藤別当実盛の意図は、逆説的なかたちで、おのれの「名」を末永く後代へと伝えることにあったわけだ。しかしこの「名」へのあくなき執着がまた実盛の亡魂が成仏することを妨げてもいる。固有名をめぐるシテとワキとの攻防戦、それを極限にまで集約させた演目として世阿弥の『実盛』はある。

［23］『アリストテレス詩学、ホラーテウス詩論』（岩波文庫、一九九七）p.34。

悲劇とは、一定の大きさをそなえ完結した高貴な行為、の再現（ミーメーシス）であり、快い効果をあたえる言葉を使用し、しかも作品の部分部分によってそれぞれの媒体を別々に用い、叙述によってではなく、行為する人物たちによっておこなわれ、あわれみとおそれを通じて、そのような感情の浄化（カタルシス）を達成するものである。

アリストテレスがここで悲劇の定義付けに用いている「ミメーシス」の語に、岩波文庫本の校注者は「再現」の訳語を充てている。そして、「本訳ではミーメーシス（およびその関連語）は、「ものまねする、手本を見ならう」などの意味で用いられる場合を除き、「再現」（representation）という訳語で統一したが、この語の本来の意味は「模倣・模写」であることを忘れてはならない」[24]とわざわざ注記している。訳語選定をめぐるこうした注記が必要とされたのはなぜなのか。それは、同じ「ミメーシス」の語を用いつつも、プラトンとアリストテレスとで、その用法を違えているからである。

　プラトンは『国家』において、イデア（真実、真実在）の単なる二次的な模像（ミメーシス）としてこの世の「現実」があり（洞窟の比喩が有名だ）、その「現実」のさらなる模像（ミメーシス）として叙事詩や悲劇の戯曲作品を位置づけた上で、「真実から三番目に遠く離れた」まがいもいのフィクションでしかないとして、賢人政治の下で実現すべきその理想の「国家」の成員から、詩人（＝戯曲作家）たちの営みを追放したのである。[25]

そのプラトンに対抗して、詩人（＝戯曲作家）たちを擁護すべく、アリストテレスは同じ「ミメーシス」の語をあえて用い、それを逆手にとって『詩学』のテキストを書いた。その意図するところは、次のような悲劇の定義付けに明示されている。[26]

詩人（作者）の仕事は、すでに起こったことを語るのではなく、起こりうることを、すなわち、ありそうな仕方で、あるいは必然的な仕方で起こる可能性のあることを、語ることである。

アリストテレスはここで、「ミメーシス」の語を、プラトンのように「すでに起こったことを語る」だけの、この世の「現実」を単に後追いするだけの「模倣・模写」の意味では使って

［24］注［23］アリストテレス前掲書、p.115。

［25］イデアとその模造（影）としての「現実」の関係を論ずるプラトンの発想については、『国家』（岩波文庫、一九七九）第七巻に見える「洞窟の比喩」がよく知られている。

［26］注［23］アリストテレス前掲書 p.43。

いない。その同じ語を逆手にとって、舞台の上での演劇的な行為が、「ありそうな仕方で、あるいは必然的な仕方で」なされることを、すなわちプラトンのいうイデア（真実、真実在）が、フィクションを通して事後的に具現化され、可視化される過程として読み替えようとしたのである。そしてここには、ヨーロッパ中世において「普遍論争」へと発展していく実在論（リアリズム）と唯名論（ノミナリズム）との対立が先取りされており、以後の西洋演劇の歴史も、この二つの立場によって大きく方向付けられることとなった。

西洋演劇はその基本的理念を『詩学』テキストに仰ぎつつも、「ミメーシス」については、プラトン的な理解とアリストテレス的な理解との間で大きく揺れ動く。そこから古典主義演劇と、ロマン主義演劇もしくはバロック劇との対立もあらわれてくる。歌舞伎研究者の河竹登志夫は、その対立を西洋演劇と日本の伝統演劇とのちがいに置きかえ理解しようと試みる。現実のリアルな「再現」を重んずる西欧の、いわゆるリアリズム演劇に対し、日本の伝統演劇は、現実には存在しないロマンの世界を舞台の上に「示現」することに重点が置かれていたとして、河竹は次のように言っている。[27]

西洋ではどうも、美よりも「真」のほうに重点がおかれているように思われる。ことに近代劇においては、これはほとんど決定的であった。それは演劇を人間探求の場であり、人生の実験室でなければならぬとする〝自然主義的写実主義演劇〟によって確定された。〈中略〉この主張からすれば、必然的に舞台の上に展開されるものは、できるだけ、実人生そのまま、つまり日常的生活の断片の「再現」representation でなければならないことになる。したがって俳優は、別の次元の美を「示現」すること presentation ではなく、実人生における人間そのものを生きることが理想だということになる。すなわち「真」を創りだすこと——その極点が、スタニスラフスキー・システムであったにほかならない。

発言の前提に、ギリシャ哲学に由来する〈真、善、美〉の理念的区分のあることはご愛敬として、こうした西洋演劇の歴史的伝統とはちがって、日本の伝統演劇の場では、〈真〉よりも、もっぱら〈美〉が追い求められてきたとするその主張は、それなりの説得力を持つ。世阿弥の言葉に借りて、それを「花」と言い換え、河竹はさらに次のように言っている。[28]

［27］河竹登志夫『演劇概論』（東京大学出版会、一九七八）p.105。
［28］注［27］河竹前掲書 p.115。

さて、では日本の演劇において俳優は、その「花」ある肉体表現の中に、何をどう描こうとするのか――。結論的にいえば、日常的リアリティーの次元において劇中人物の個性を描くのではなく、非日常的次元に、いいかえればロマンの世界において類型化された「役柄」を、各ジャンル独自の様式によって典型的かつ示現的に表現するのだ、といっていいだろう。

日本の演劇の特質を述べるにあたり、河竹がここで「示現」という独特な言葉遣いをしていることに注意したい。「示現」は「ジゲン」と訓む。それは目に見えぬ「神仏」や「霊物」などの奇跡的な立ち顕れ（エピファニー）をいう宗教的な用語なのだが、その立ち顕れが可能となるためにも、「名指し」や「名告り」がなくてはならない。いまだ「名づけ」得ぬ、得体の知れぬ何かとして立ち現われた「神仏」や「霊物」を、このものとして指し示し、その単独性をそのつど浮かびあがらせ、際立たせる固有名が、そこではどうしたって欠かせない。

アリストテレスもまた、眼に見えぬ「神」や「霊物」の介入を、「機械仕掛けの神（デウス・エクス・マーキナー）」として認めはする。ただしそれは、あくまでも「劇の外」に限定されて置かるべきで、舞台の上に直接登場させるべきではないとする。[29]

したがって筋の解決も、筋そのものから生じなければならないことは明らかである。その解決は、『メーデイア』におけるように、また『イーリアス』のなかの船出のくだりのように、機械仕掛けによるものであってはならない。しかし機械仕掛けを用いる必要があるとすれば、それは劇の外のことがら、すなわち人間が知ることのできない過去の出来事か、あるいは予言や報告を必要とする未来の出来事についてである。というのは、神々が全知全能であることをわたしは認めるからである。しかし劇の出来事のなかにはいかなる不合理もあってはならない。それが避けられない場合には、ソポクレースの『オイディプース王』におけるように、悲劇の外に置くべきである。

ここでいう「機械仕掛け」とは、一種のクレーン（起重機）のような仕掛けを用いて、『イーリアス』の演目ならばアテネ女神に扮した俳優を、舞台の上方から（能ならば「橋がかり」から、歌舞伎ならば「花道」にとでもいうべきところか）登場させ、あるいは『メーデイア』のように

［29］注［23］アリストテレス前掲書 p.60。

竜車に乗せて上方へと飛び立たせる演出手法のことである。劇の終わりで非現実的な存在である神々を唐突に登場させ、快刀乱麻よろしく、筋の行き詰まりを強引なかたちで解決へと導く安易な手法（エウリピデースが得意としたとされる）が、当時、多用されていたらしい。だがそうした手法を、アリストテレスは不合理なものとして退ける。そして、「できるだけ太陽がひとまわりする時間内に収まるよう努めるか、収まらない場合でもわずかしかはみださないように努める[30]」べき悲劇の時間経過の、その「外」に置くべきだと主張する。

神々の介入は、これを「筋の外」や「劇の外」に置くべきだとするアリストテレスの主張は、登場人物のセリフのやり取りの中でその固有名を「名指し」するだけにとどめ、舞台の上には登場させるなとする主張として読み替えられる。「劇」はあくまで人間だけの世界として閉じられていなければならない。そこはあくまで合理の世界として完結していなければならない[31]。

だがその一方で、「神々が全知全能であること」をアリストテレスは認めている。だからこそ、主人公の悲劇的な運命を背後であやつる、隠れて目に見えぬ不合理な世界が、「図」に対する「地」として、つねに、すでに、前提されていなければならない。それを演能の〈場〉にあてはめるなら、「いま、ここ」には不在の〈他者〉を、無条件に迎え入れる「歓待」の作法を通してつかのま浮かび上がらせ、劇的に「示現（present）」させ、仲立ちして見せる仕掛けとして、神仏や亡霊の固有名があり、その「名指し」や「名告り」がある。

プラトンのいう目に見えないイデア（真実、真実在）がまずあって、それを具体的な個物が、それぞれに「模倣・模写」するのではない。世界には個物しかない。このものとして「名指し」されつつも、そのレファラン（言語外的な指示対象＝実体）を欠いた固有名の単独性を介して、もしかしてその向こうに、「神仏」や「霊物」によって体現されたイデア（真実、真実在）なるものを、つかのま透かし見ることができるかもしれない。フィクションにフィクションを重ねながらも、現実にはありえぬ不在の〈他者〉を、奇跡的に舞台の上に立ちあらわせ、その慰されぬ想いを語らせた「源氏能」の演能空間がそうであったように。

後に唯名論（ノミナリズム）へと系譜付けられるアリストテレスの、それが、『詩学』テキストにおいて言いたかったことの要諦でもあったろう。

［30］注［23］アリストテレス前掲書 p.33。なお當津武彦『アリストテレス『詩学』の研究（下）』（大阪大学出版会、二〇〇〇）は、その第七章「悲劇と時間」において、『詩学』のこの記述の誤まった解釈から、長らく西洋演劇を拘束することとなった「三単一の法則」の生み出されてくる経緯を丹念に跡づけている。

［31］注［30］當津前掲書は、その第三章「悲劇と神々」において、「機械仕掛けの神」が『詩学』で否定的な評価がされた経緯を、アリストテレスの演劇観に基づいて丹念に跡づけている。

# 第Ⅲ章　はじめに「二人称」があった

## ——「第四の壁」のへだて、もしくは独我論のくびきからの解き放たれ——

必要が無いなら、多くのものを定立してはならない。少数の論理でよい場合は、多数の論理を定立してはならない。

（オッカムのウィリアム[1]）

### 問題の所在——演劇の〈場〉における「作者」の〈死〉

先の章では、折口に言う「みこと持ち」などに関連して、演能の〈場〉におけるもうひとつ

［1］いわゆる「オッカムの剃刀」とされる発言である。オッカムのウィリアム（一二八五～一三四七）は、スコットランド出身のフランシスコ会修道士。中世スコラ学を代表する神学者、哲学者として知られる。ウンベルト・エーコの小説『薔薇の名前』（一九八〇）の主人公バスカヴィルのウイリアム（ショーン・コネリーが演じた）のモデルとされた人物でもある。

の特質として、〈声〉の重なりを指摘しておいた。それは同時に〈主体〉の重なりを意味することも。だが、そもそも〈主体〉が一貫して保たれることなど、西洋演劇の〈場〉をも含めてありはしない。ここでの論点は、藤井の言う「虚構の四人称」や、三谷の言う「自由間接言説」とかかわってくるので、覚えておいてほしい。

これらに関連して、「ゴトーを待ちながら」などの不条理劇で知られるサムエル・ベケットをその研究対象とする演劇評論家の川島健に、興味深い発言がある。[2] 西洋古典主義演劇においては、従来、書かれた戯曲テキストが権威化されて絶対的な地位を占めてきた。押し寄せた観客に周囲をぐるりと取り巻かれ、身動きとれぬまでに狭められた窮屈な舞台の上で役者たちに期待されたのは、戯曲に書かれてあるセリフを、アレクサンドラン（十二音綴）と呼ばれた美しくも力強い韻律を伴いつつ、人々の前で朗々と語ってみせること以外ではなかった。「力量のある俳優が、名作と呼ばれる戯曲を朗誦する、それだけで演劇は成立して」いたと川島は述べる。論理的な整合性を重んじ、それ自体で自立した西欧語の構文に支えられて、西欧に特有のリジットな〈主体〉、たぶんに独我論的な〈主体〉が形づくられる。

もちろん「対話、論争（アゴーン）」というかたちで、役者たち同士による舞台上での激しいセリフの、多分に弁証法的なやり取りがなされはする。しかしその場合でも、ヒーロー、ヒロインたちは、戯曲に書かれてある長ゼリフを滔々と述べ立てることによって、独我論的な〈主体〉ばかりが「図」として浮かび上がり、ほとんど独演会のごとき様相を呈していた。しかも観客は「第四の壁」にはばまれて、舞台の上での「対話、論争（アゴーン）」に、さらにはあいだにさしはさまれる配役たちの「独白」や「傍白」に直接受け答えしたり、劇中にみずからを参画させたりすることもかなわず、戯曲テキストに書かれてあるセリフに、一方的に耳傾けるしかない、受動的な立場に追いやられていた。だが考えてみれば、役者たちのセリフは、もともとは、配役同士に向けられると同時に、観客たちへ向けてなされたものでもあったはずだ。

一方で西洋演劇の歴史にも、「三単一の法則」や「第四の壁」のへだてから自由なシェークスピア劇やスペインバロック劇の伝統があり、またミモスやミムス（パントミムス＝パントマイム）、ブールバール劇やボードビル劇などの、観客たちの眼と耳とを大いに楽しませる、見世物的な大道芸の流れもあった。そこでは舞台への観客たちの積極的な介入が、いい意味でも悪い意味でも常態化していた。[3] そうであってみれば、舞台を受けとめる観客の存在や、その反応が、演劇の〈場〉を構成する上での重要な要素として当然視されてこよう。

［2］川島健『演出家の誕生―演劇の近代とその変遷』（彩流社、二〇一六）。
［3］佐和田敏司他編『演劇学のキーワーズ』（ぺりかん社、二〇〇七）収載の「コンメディア・デッラルテ」「大道芸」「レヴュー」「オペレッタ」「バロック」などの関連各項を参照のこと。

時代はやがて近代を迎え、ときあたかも国民国家の創世期にあたり、そのための国民統合のメディアとして、演劇はあらたな社会的役割を大いに期待されるようになる。かくして、観客の存在を多分に意識した擬似的な「対話、論争（アゴーン）」の〈場〉として劇空間を捉えなおす方向へと、近代以降、西洋演劇は大きく舵を切った。そうしたなか、一読者の立場に立って戯曲テキストを独自に〈解釈〉し、そのときどきの観客の嗜好に合わせ、その思いに応えるかのように今風なアレンジを施して提供する「演出家」なる職業が、舞台と客席とをつなぐ媒介者の役割を担って、あらたに登場してきたと、川島は言う。背景には商業主義の論理があった。従来のような王侯貴族やブルジョア市民などの一部特権的な富裕層だけでなく、労働者や農民などの一般大衆をも取り込んだ、より広い層へと享受者層が拡大し、コルネイユの戯曲『舞台は夢』（一六三九）の「劇中劇」において、はるかの昔に先取りされていたような、演劇を興行的（金銭的！）に成り立たせるための工夫が、ぜひとも必要とされたのである。[4]

　戯曲テキストの「作者」として権威付けられたブッキングな存在から、「第四の壁」のへだてをこえて、舞台と観客とを媒介するパフォーマティブな「演出家」への、演劇の〈場〉におけるこの主導権（ヘゲモニー）の移動は、歴史的実体としての作者から、読者の側へと軸足を移し、その読者の側からの〈読み〉の多様性へとテキストを拓いていくことを押し進めた構造主義の展開とパラレルの関係にある。それはまるで、作者の〈死〉を高らかに宣言した、あのロラン・バルトの所説を思い起こさせる構図ではないか。[5]

だが、ここであらためて演劇の〈場〉に着目してみるなら、その一回性があげられる。「演出家」によって提供される同じ演目が、繰り返し演じられたとして、そのつどの演技は、「いま、ここ」の一回的な出来事としてあり、そこにこのものとしての単独性が見てとれる。加えて、いままで隠蔽され、見えなくされてきた、「こなた」によって指し示される〈我〉と「そなた」によって指し示される〈汝〉とが対峙する「二人称」の語りの〈場〉のコンテクストが、観客の存在を多分に意識して、というか、みずからを観客の一人と位置づけ、その立場から原作に様々なアレンジを施し、時代の好みに合わせてこれを積極的に改変し、提供しようと試みる「演出家」の登場によって「図」として浮かびあがり、そのつどの一回性として可視化されてくる。

［4］コルネイユ『舞台は夢』はその最後の場面で、その日の興行収入の金銭を分け合う役者たちの、役を離れた現実の姿を描き出す。なお藤井康生『バロック演劇の詩学』（森話社、二〇二二）第十五章「『イリュージョン・コミック』と「詩学」」(p.149) では、このコルネイユ『イリュージョン・コミック』（『舞台は夢』はその邦訳）に先取りされていたメタシアター（演劇についての演劇）としてのバロック的性格について、詳細な分析がある。

［5］ロラン・バルト『物語の構造分析』（みすず書房、一九七九）。なおバルトには、精神分析学、文化人類学、一般言語学などの方法論を駆使して、権威化されたラシーヌ悲劇を徹底分析して、これを脱構築してみせることで学的スキャンダルを巻き起こした『ラシーヌ論』（渡辺守章訳、みすず書房、二〇〇六）のあることを付記しておく。

それにしてもおかしな話だ。「第四の壁」にへだてられてはいても、そこには当然、「対話、論争（アゴーン）」の相手としての観客が（相手役の役者ではなく）、潜在的な〈他者〉の資格でいたはずなのだ。そのことが今まで気づかれなかったのは、いったいなぜなのか。

おそらく原因は、西欧語の構文が備え持つ独我論的な性格にある。

だとしたなら、ポストモダン（近代批判）としてひとくくりにされる現代思想における他者論への移行、すなわち具体個別の他者の〈顔〉とどう向きあうかといった倫理的な問いが、あらたな思想課題として前景化されるようになったのも、コンテクストに多くを依存する演劇の〈場〉の特質にうながされた動きとして、これをとらえかえすことができよう。[6]

## 一　パルマコンとしての「四人称」

「こなた」によって指し示される〈我〉としての「演出家」の登場により、「そなた」によって指し示される〈汝〉としての「観客」の存在が前景化され、ますます重要視されてくる。そうした中、先にも見たように言語学者の外山滋比古は演劇のことばの特質に着目して、第一人称、第二人称、第三人称の人称区分に、あらたに「第四人称」を加え、次のように言う。[7]

舞台は一応、完結した世界である。その限りにおいて独立したコンテクストである。観客は、その中へ立ち入ることを拒まれていて、めいめい別のコンテクストの中に立っている。舞台の上で、第一人称、第二人称、第三人称の世界は完結している。その意味も独自である。観客はその中へ介入する余地はない局外者である。第三人称より外側にいるのだから、これを第四人称としてよい。アウトサイダーである。つまり、演劇は、第四人称の見者が、舞台を〝のぞき見〟していることになる。ことばがあれば〝立ち聞き〟していることにほかならない。

外山がここでいう第一人称、第二人称、第三人称は、西欧語の人称代名詞に基づいた区分である。その人称区分に、先の章から述べてきた、「こなた」によって指し示される〈我〉と、「そなた」によって指し示される〈汝〉とが対峙する「二人称」の語りの〈場〉は含まれない。プラトンよろしく、「文学」や「戯曲」のテキストを「真実から三番目に遠く離れた」まがいもののウソのことばとして、その言語行為論（スピーチ・アクト）の対象から除外したジョン・オースティンの発想と

［6］この件に関しては、次の第Ⅳ章においてレヴィナスの他者論を取りあげ詳述する。

［7］外山滋比古『四人称』（みすず書房、二〇一〇）p.14。

も連動して、ここには、西欧語に依拠した場合、見落とされがちな共通の盲点が示されている。そんなオースティンに対しては、デリダによる痛烈な批判があるのだが[8]、それはともかくとして、外山はそこに、あらたな人称区分として「第四人称」を持ち込む。

外山がここで本当にいいたかったのは、しかし、人称の問題ではなく、複数の〈声〉の重なりについてであり、さらにいえば複数の〈主体〉の重なりについてではなかったか。演劇の〈場〉で実際にそうしたことがしばしば起こっていたとしても、しかし西欧語の構文としては、そうした事態は決してあってはならないこととして、いままで見えなくされてきたのである。

物語研究を主戦場とする藤井貞和（藤井には詩人としてのもうひとつ別の顔があるのだが）もまた、「四人称」の必要を説く。しかしそれは外山のものとちがって、複数の〈声〉が重なり、複数の〈主体〉が重なる日本語の特性を踏まえてのものである。アイヌ語文法の世界では、語り手が『ユーカラ』などの「叙事詩」を朗誦する際、登場人物の三人称と、語り手の一人称との、二重化された言葉の重なりを、「三」プラス「一」で「四」の、「四人称」としてとらえる。そのアイヌ語の人称区分にヒントを得て、藤井はこれを『源氏物語』などの物語テキストにおける人称表現にも援用し、「あくまでも物語の文法の範囲ということで、必要な場合に〝四人称〟を立てることにした」と述べている[9]。

散文説話（ウエペケレ、昔語り）、英雄叙事詩（ユカラなど）の語り手の「私」は、四人称であらわされる。登場人物になり代わって語り手が語る自叙は、日本語で言うなら〝だれ〟という人称で語られる。みども、それがし、なにがしなど、すべてもともとアイヌ語と同じ〝四人称〟として発生してきたのだろう。

語り手は「登場人物になり代わって」語る。先に『万葉集』の巻頭歌において折口のいう「みこと持ち」の姿をかいま見たように、そこには複数の〈声〉の重なりが見てとれる。そもそも一人称の「みども」、二人称の「それがし」、三人称の「なにがし」が、共通して「自称」としても「他称」としても用いられるのはなぜなのか。語り手の〈声〉が、そこに重ねあわせにされているからだと藤井はいう。

［8］デリダのオースティン批判については、オースティンの所説を引き継ぐ立場にあったJ・サールを相手に、一九七一年から七七年にかけて両者のあいだでなされた一連の論争がよく知られている。その論争の経緯については、デリダ『有限責任会社』（法政大学出版局、二〇〇三）に付された「解説」に詳しい。

［9］藤井貞和『物語理論講義』（東京大学出版会、二〇〇四）p.143。なお本書は『物語論』と改題して二〇二二年に講談社学術文庫から再販された。

だが外山にしても藤井にしても、どうも話が逆のように思える。西欧語の人称区分を前提に論を進めることで、かなり無理をしている。そもそも人称とは、人称代名詞を「主語」として立てる西欧語の構文を前提に考え出された文法概念である。だがそれでは説明のつかない事態があらわれてきて、これをあらたに「四人称」と呼ぶとしたら、それはデリダのいうパルマコンにも似て、両義的に機能する。[10]

パルマコンは「毒薬」を意味するギリシャ語である。そもそも「毒薬」とは、〈毒〉にして〈薬〉の、相反するはたらきを持つ両義的な存在だ。西欧語に特有の人称概念に即して、推論に推論を重ねていったそのはてに、当のその概念を食い破り、ついには破綻へと導く、まさしくパルマコンとして「四人称」は機能しているといえまいか。

能の詞章を考えるに際し、一人称から二人称への人称表現の推移や、間接話法から直接話法への移行、また地謡の介入による主述関係のねじれなどがその特質としてあげられる。しかしそうした文法概念の取り扱いには、いま少し慎重であらねばなるまい。というのも、それらの文法概念の多くは西欧語に由来し、それをそのまま日本語にあてはめるのには、いささか無理がある。人称区分にしてからが、主語として、I や she、Je や Il や Ich や Es などの人称代名詞を立てる場合の構文上の区分であって、そうした意味での、「主語」となって述語とならない人称代名詞なるものが、そもそも日本語にはないのだからして[11]。

## 二　演劇のことばのアイロニー

フランス語圏のカナダケベックの地で、長らく日本語教育にたずさわってきた金谷武洋もいうように、西欧語（フランス語）と日本語の構文における最大の相違点は「主語」の有無にある[12]。

「主語」を立てないことには西欧語の構文は始まらない。というか、どのように「主語」を立てるかで、以下の構文が必然的に決まってくる。ジェンダーの区分や、単数複数の違い、過去現在未来の時制（フランス語には半過去や未来完了も見られる）などが、すべてあらかじめ規定されてくるのである。構文上は比較的ルーズな「膠着語」の日本語や、「孤立語」に分類される中国語とちがって、その点にこそ、語彙相互が緊密に関係づけられ、建造物のように

[10]　この件に関しては、デリダ『散種』（法政大学出版局、二〇一三）所収「プラトンのパルマケイアー」を参照のこと。プラトンの対話編『パイドロス』を題材に、パロールとエクリチュールのどちらが先行するか、その優先関係を転倒させるための論理的レトリックとして、デリダはパルマコンの語の持つ両義的性格を強調している。
[11]　この件に関しては、互盛央『エスの系譜―沈黙の西洋思想史』（講談社学術文庫、二〇一六）を参照のこと。
[12]　金谷武洋『日本語に主語はいらない―百年の誤謬を正す』（講談社選書メチエ、二〇〇二）。

構築（コンストラクト）される「屈折語」の特質が見てとれる。

「主語」によって統括されたひとつながりの構文においては、それ自体のうちに論理的な整合性が保たれていなければならない。それが置かれた前後の文脈（言語外コンテキスト）を離れても、意味の上で自立していなければならない。[13] よく引き合いに出される例として、「ぼくはうなぎだ」とか、「こんにゃくは太らない」などの日本語の構文がある。その文だけでは意味をなさず（これはこれで不条理でシュールな世界をあらわしていておもしろいのだが）、それが発話された、「こなた」によって指し示される〈我〉と、「そなた」によって指し示される〈汝〉とが対峙する「二人称」の語りの〈場〉のコンテクストを外れてしまえば、その意味を一義的に確定できない、なんとも舌足らずで、中途半端な日本語とは、大きく違うのだ。

だがそもそも「主語」を立てない日本語やアイヌ語の構文を分析するにあたっては、西欧語の人称区分に即す必要もなく、したがって「四人称」などという余計な概念（金谷ならばこれを、オッカムが剃刀で切り落とす余計な髭にたとえて皮肉るだろう）を新たに立てる必要もない。

ここであらためて演劇の〈場〉が参考となる。言語外的な対話の〈場〉をあらかじめ前提として成り立つ日本語の構文では、語り手と聞き手とが対峙し、双方の〈顔〉が、「いま、ここ」において、すでに、つねに現前し、可視化されてある。その意味で極めて演劇的な言語として、そもそも日本語はあるとも言えるのだ。

「主語」に導かれてリジットな主体概念をまずは先立て、独我論的な〈我〉を起点に置くと、どうしても第一人称が先に来てしまい、それから第二人称、第三人称へと（さらには第四人称へと）累進させる方向へ行ってしまう。しかし〈他者〉との関係を介して〈我〉の単独性が事後的に立ち顕れてくるとするレヴィナスの他者論や、それを踏まえた柄谷の、固有名をめぐる先の一連の発言などを視野に置くとき、第一に位置づけられるべきは、デリダのいう「歓待」の作法を通して立ち顕れてくるであろう、異質な〈他者〉との出会いであり、それとの関係を通して事後的に立ち顕れてくるであろう、「こなた」によって指し示される〈我〉と、「そなた」によって指し示される〈汝〉とが対峙する、「二人称」の語りの〈場〉なのである。

ここでくれぐれも注意しておいてほしい。同じ「ミメーシス」の語を用いながらもプラトンのそれとは用法をちがえたアリストテレスのひそみにならって、同じ「二人称」の語を用いても、「主語」に立つことを前提に区分された西欧語に特有の人称代名詞とは、ここでの用法を

[13] 二宮正之『文学の弁明―フランスと日本における思索の現場から』（岩波書店、二〇一五）第三篇「文学は言語の壁を超えられるか―共通基盤のために」に、フランス語と日本語の構文のちがいがもたらす困難な状況が論じられている。

違えていることを。

ここでいう「二人称」の語りの〈場〉の特質は、ではどのようなものか。ポール・ド・マンとともにイェール学派の論客として知られたヒリス・ミラーは、言語行為論（スピーチアクト）にいうことばの行為遂行的（パフォーマティブ）なはたらきに、虚構テキストとしての「文学」のことばが全面的に依拠していることを強調して、次のように言っている。[14]

> 文学作品が対象として指示するのは想像上の現実であるから、それは事実確認的（コンスタティブ）と言うよりは行為遂行的（パフォーマティブ）なことばの用法だということになる。〈中略〉行為遂行的発話とは言葉を用いて物事を行う一つの方法である。それは出来事の状態を示すのではなく、その発話が示す事柄を発生させる。〈中略〉文学作品の文章は、真実らしく見える出来事の状態を描写する事実確認的陳述であるように見えるが、その出来事の状態は言葉を介しないかぎり存在しないか、あるいはとにかく達成できないものであるから、その言葉は実際には行為遂行的なのである。

「想像上の現実」をそのつど「発生させる」ことばのはたらきを、ミラーは「文学」の言葉に限定しているが、もちろんこれは、生身の身体を伴って発話される演劇の〈場〉におけるセリフや、そのしぐさのあれこれについてもいえるわけで、そもそも事実確認的なはたらきと行為遂行的なはらたきとが、別々にあるわけではない。それらは具体個別の発話（セリフ）のなかに常にすでに併存しており、**図Ⅲ-1**として示したように、虚構テキストとしての「文学」の言葉の場合は（そして演劇のことばの場合は特に）行為遂行的（パフォーマティブ）なはたらきが事実確認的（コンスタティブ）なはたらきを大きく「入れ子」に包み込み、読書行為（あるいは演劇の実演の場）を通じて、それらがアイロニカルなかたちで「図」と「地」の反転をくりかえす。

この図式にあてはめた場合、固有の〈名〉と固有の〈顔〉とを兼ね備えた〈我〉と〈汝〉が向かい合う「二人称」の〈場〉における発話行為は、行為遂行的（パフォーマティブ）なはたらきの方を「図」として前景化させる、フェイス・ツー・フェイスの対面的な発話形式だといえる。演

[14] ヒリス・ミラー『文学の読み方』（岩波書店、二〇〇八）p.45。

**図Ⅲ－1．図と地の反転（基本図式）**

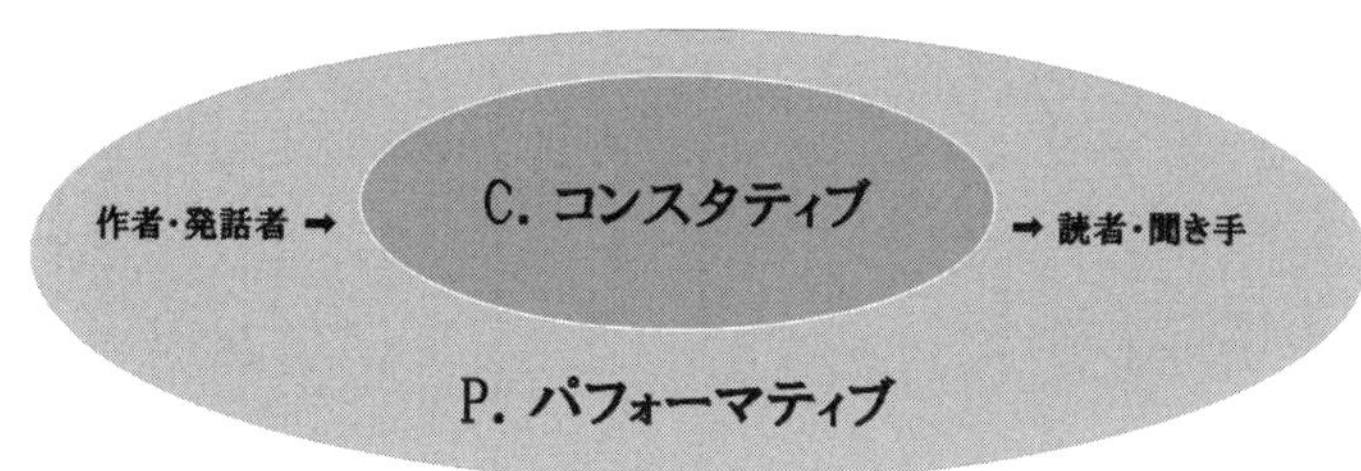

能におけるワキとシテとの対決がそうであったように、みずからの〈顔〉はいうまでもなく、そこでは相手の〈顔〉をも「図」として浮かび上がらせ、その単独性を際立たせる固有名が、ことのほか重視される。このものとしての登場人物の単独性を指し示し、際立たせるためにも、**図Ⅲ-2**に示したように、固有名の「名指し」と「名告り」が欠かせない。それにより、そもそもの演能の〈場〉における、そのつどの一回性も下支えされる。

たとえば「固有名を設定」することについて、アリストテレスはまた、『詩学』のなかでこんなことを言っている。[15]

> ここでいう「普遍的」とは、どのようなタイプの人物にとって、どのようなタイプの事柄を述べたり行ったりすることが、もっともな展開、あるいは必然的な展開で起こるかということである。詩作は、登場人物に固有名を設定しつつも、この普遍性に狙いを定めるのである。〈中略〉悲劇であっても、よ

図Ⅲ－2．対面的二人称（1次図式）

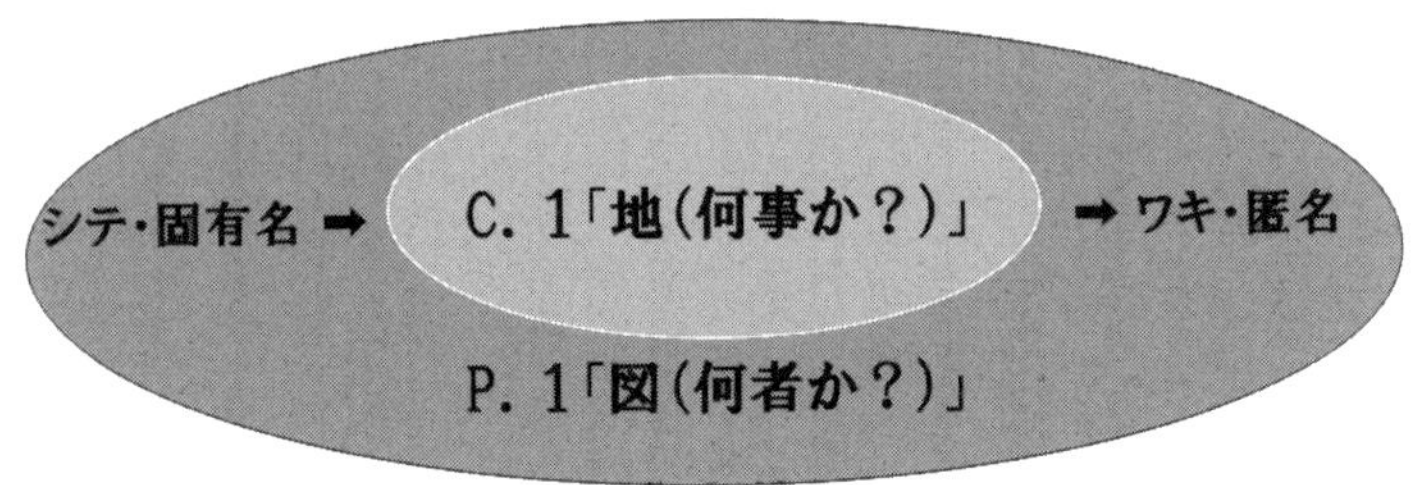

く知られた固有名は一つか二つだけにとどめ、他は創作した固有名を使っている作品もあれば、アガトンの『アンテウス』のように、よく知られた固有名をまったく使わない作品もある。この作品では、ストーリーを構成する出来事も固有名も同様に創作されたものであるが、だからといって観劇者に与える喜びが減殺するようなことは少しもない。

それ自体フィクションでしかない「源氏能」の固有名を考える上で、この発言は多くの示唆に富む。「登場人物に固有名を設定」することが、どうして「普遍性に狙いを定める」ことにつながるのか。「出来事も固有名も同様に創作されたもの」であるにもかかわらず、なぜそれが観劇者に「喜び」をもたらすのか。『詩学』の舌足らずな文章だけからは、その因果関係が充分にたどれない。しかし、このものとしての単独性を浮かび上がらせる、固有名をめぐっての「名指し」と「名告り」のはたらきをそこに重ね合わせてみるなら、アリストテレスがそこで言わんとしていることが、おのずと明らかとなろう。

そこでのレファラン（言語外的な指示対象＝実体）は、歴史的現実として実在した人物やこと

[15] アリストテレス『詩学』（三浦洋訳、光文社古典新訳文庫、二〇一九）p.71。

がらである必要はまったくない。なぜなら浮遊するシニフィアンとしての固有名が指し示すところのレファラン（言語外的な指示対象＝実体）は、生身の身体を介した、舞台の上での「いま、ここ」における、このものとしての登場人物の単独性であり、その立ち現れ（＝示現）としての、ほかのなにものにも代えがたい「出来事／事件」の一回性でもあるからなのだ。

## 三　「事実をもって語らせる」ことなどできるのか？

さて、〈我〉と〈汝〉が対峙する「二人称」の語り〈場〉から、具体個別の他者の〈顔〉が見失われることで、独我論的な「一人称」が、あとから成立してくる。「一人称」から「二人称」へと推移するのではない。その逆なのだ。登場人物とは別次元にあって、劇の進行とは直接かかわらない「語り手（ナレーター）」を、局外者として登場させることで（たとえば劇の終了後になされる「演出家」の自作解説を「劇中劇」として組み込むようなしかたで）、演劇の原点へと立ち返ることを主張したブレヒトの「叙事演劇」などがこれに当たろう。

演能の〈場〉でいえば、狂言方が務めるアイ（間）の「語り」がそうであるように、「語り手」の〈顔〉は見えていても（それゆえにゴチック体）、その名は社会的な役割としてのそれ（里人、里女、太郎冠者、所の者、従者、能力など）であって、しばしば固有名を欠く。しかもその「語り手」は、見所（観客）に向け、すなわちどこのだれとも特定できない、宛先不明の匿名性のだれかれ（それゆえに見せ消し）へ向けて一方的に呼びかけ、語りかける。それが図Ⅲ-3として示した、独我論的な「一人称」の表現形式なのである。

これはレーゼドラマやブーフドラマ（上演を想定せず、読まれることだけを目的に書かれた戯曲テキスト）としての享受に近く、[16]そこではリジットで独我論的な戯曲作家としての〈我〉が、柄谷にいわせれば「一般性」との相補的関係のなかに取り込められた「特殊性」としての〈我〉が、一方的にメッセージを発しているかのような印象を受ける。その結果、行為遂行的（パフォーマティブ）な「かたらい」ではなく、「かたどり」へと大きくシフトした、どちらかというと事実確認的（コンスタティブ）なはたらきの方が前面に押し出してくる。「叙事詩」の形態に近いとさ

[16] 注[15]アリストテレス前掲書は、「叙事詩」を論じてその延長線上に「悲劇」と「喜劇」を位置づける。ただし「叙事詩」と「劇詩」とは近接した関係にありつつも、言葉だけでなく行動（しぐさ＝ドラーマ）を伴う上で、その質を大きく違えているとする。

図Ⅲ－3．独我論的一人称（1次図式）

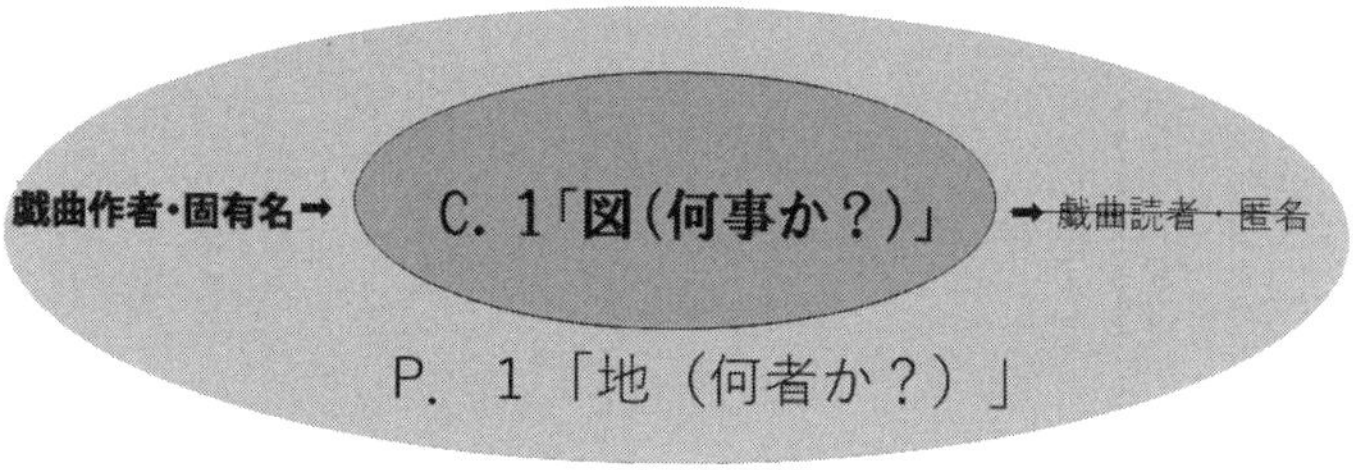

戯曲作者・固有名➡
C. 1「図（何事か？）」
➡戯曲読者・匿名
P. 1「地（何者か？）」

れる所以であろう。[17] しかし他方では、パウル・ツェランのいう「投瓶通信」にも似て、顔の見えない〈他者〉との「かたらい」へ向け、「地」に沈んで目立たない行為遂行的（パフォーマティブ）なはたらきの回復を、必死に追い求めているとも、これをとらえることができる。

これからすれば、「三人称」はどういうことになるのか。その発話行為は、「こなた」によって指し示される〈我〉の立場からなされるのではもはやない。一般論として発話がなされ、決してだれかれの〈顔〉から発せられた肉声としては響かない。〈真〉であれ〈善〉であれ〈美〉であれ、いずれにしても「こなた」によって指し示される〈我〉の単独性とはかけ離れた、たとえていえば〈神〉のごとき、より高次のレベルから、理念的な、もしくはすでに共同化され、ステロタイプ化されたクリシェとして言葉が発せられる。だがまちがえてはいけない。そこでの「三人称」は、西欧語の構文における一人称の〈主体〉を、その極限にまで肥大化させ、一般化させた、独我論的な世界の延長上にあるそれなのだ。

では〈顔〉の見えないそのメッセージは、だれに向けてなされたものなのか。特定のだれかれに向けてではない。一般化されたすべての人々（ただし規範をあらかじめ共有するというただし書きのついた）に向けて。ならば言葉を発する側も、それを受けとめる側も、どちらも具体個別の〈顔〉を失った匿名性（それゆえどちらも見せ消し）へと自己を埋没させているといえよう。**図Ⅲ-4**で示したように、そこには〈他者〉はおらず、したがってそれはまた、ことばの行為遂行的（パフォーマティブ）なはたらきが徹底的に排除され、隠蔽された場としてもとらえられる。科学的実証主義がしばしば標榜する「事実をもって語らせる」という言葉そのままに、無人称とも非人称とも言い換えられる、演劇の〈場〉からは最も遠い位置にあるこの「三人称」表現にあっては、あたかもことばの事実確認的（コンスタティブ）なはたらきだけが、禁欲的に、ひたすら追い求められているかのような受けとめ方がされる。

## 四　演劇の〈場〉における人称表現の多面的複合形態

対面的な〈場〉を前提とする「二人称」を「地」に沈め、それを隠蔽、排除して、独我論的な「一人称」へ、さらには〈神〉のごとき高みに立った超越的な、もしくは共同化され、ステロタイプ化された「三人

[17] ここで対比的にとらえている、行為遂行的な「かたらい」と事実確認的な「かたどり」の違いについては、次の第Ⅳ章で詳述する。

**図Ⅲ－4．無人称的三人称（１次図式）**

~~発話者（匿名）~~ ➡ C. 1「図（事実）」 ➡ ~~聞き手（匿名）~~

P.　1「地（不可視化）」

称（＝無人称、非人称）」へとたどってきた。ここで注意しておきたいのは、これらの人称表現が、それぞれ別にあるのではないということだ。リジットで独我論的な〈主体〉の殻を打ち破ってしまえば、〈同化〉と〈異化〉をそのつど繰り返しつつ、〈主体〉はさまざまな人称表現のあいだを自在に行き来しつつ、その位相差をゲリラ的に跳び移る。それが劇のドラマチックなコンテンツ（展開）をつくりだす。役者たちは互いに二人称で「対話（ダイアローグ）」し、一人称の「傍白（舞台上の対話関係からはずれた個的なわきゼリフ）」で間接的に見所（観客）に呼びかけ、三人称で虚空に向かって「独白（モノローグ）」する。そしてそれらすべてを、「こなた」によって指し示される〈我〉と、「そなた」によって指し示される〈汝〉とが対峙する、「いま、ここ」の行為遂行的（パフォーマティブ）な「二人称」の語りの〈場〉が、大きく外側から「入れ子」に包み込む。

以上に見てきたような図式は、外山のいう演劇空間に特有の「第四人称」、さらには藤井のいう物語人称としての「虚構の四人称」と、どのように関係付けられるだろうか。**図Ⅲ-5**に示したように、「第四の壁」によって隔てられ、局外者の立場に追いやられた西洋リアリズム演劇における観客と舞台の関係は、〈顔〉も見えず〈声〉も聴かれない超越的な「三人称（＝無人称、非人称）」をメタ・レベルへと押し上げて、さまざまな人称形式で組み合わされた戯曲のことばのあれこれを、外側から大きく「入れ子」に包み込むかたちとしてこれを理解できる。

まさしく「事実をもって語らせる」ところの事実確認的（コンスタティブ）な演劇空間の完成だ。西洋リアリズム演劇の舞台は、それ自体が独我論的な世界として構築（コンストラクト）されている。

具体個別の〈顔〉を持った語り手（ワキやシテがそのはたらきを担う）が登場して、おのれの体験した出来事を「二人称」の対話形式で語る演能の〈場〉では、それを、狂言方のアイ（間）の「語り」に代替される「一人称」が、大きく「入れ子」状に包み込むかたちとしてこれをとらえることができる。とはいえ、**図Ⅲ-6**に示したように、その場の状況から超越して、メタ・レベルの高みから、そうするのではない。ワキやシテの対話の〈場〉を、佐々木敦がいう「近傍の、両側の、以外の、準じる、寄生する」などの立場に立って、横合いから、パラ・フレーズするかたちでするのである。[18] そもそも「第四の壁」など存在しない日本の演劇空

[18] 佐々木敦『あなたは今、この文章を読んでいる――パラフィクションの誕生』（慶応義塾出版会、二〇一四）。

**図Ⅲ－5．独我論的一人称を「入れ子」に取り込んだ無人称的三人称（２次図式）**

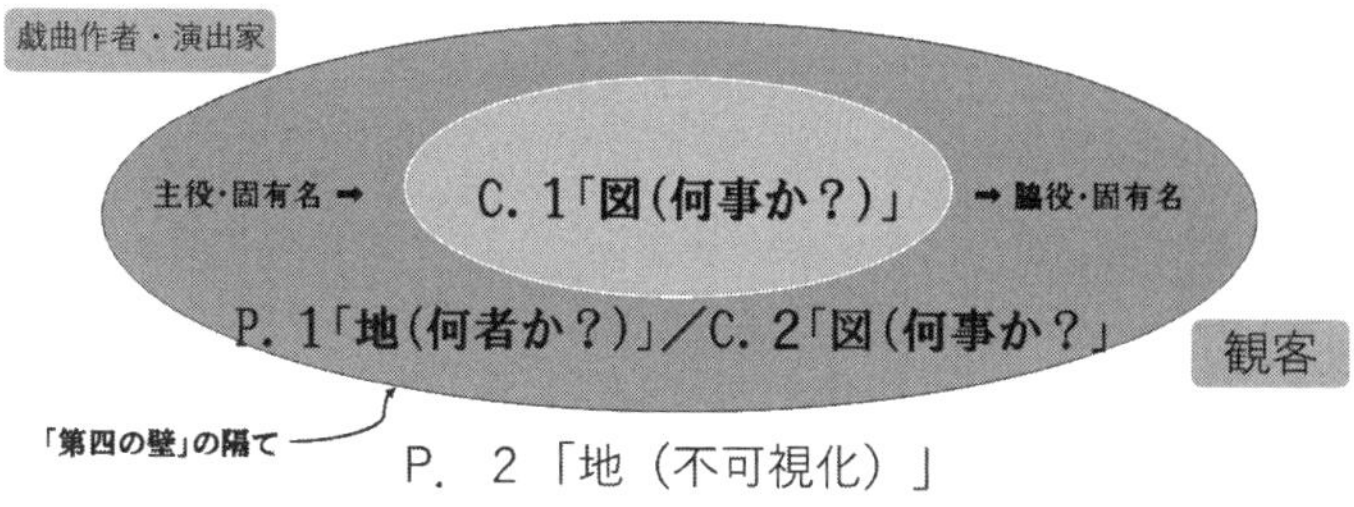

戯曲作者・演出家
主役・固有名 ➡
C．1「図（何事か？）」
➡ 脇役・固有名
P．1「地（何者か？）」／C．2「図（何事か？」
観客
「第四の壁」の隔て
P．２「地（不可視化）」

間にあっては、狂言方によって担われる、この「一人称」の「入れ子」が、大枠をかたちづくる。パウル・ツェランの「投瓶通信」にも似て、アイ（間）の「語り」に代表される、そのことばの行為遂行的（パフォーマティブ）なはたらきが「図」として浮かびあがり、前景化されてくる。そうすることで、そのつどの出来事の一回性も確保される。得体の知れない何者か（霊物、神仏、死者の亡霊）との出会いの〈場〉としての劇空間が、つかのまそこに、奇跡的に立ちあらわれる。

　複雑な「入れ子」関係にある互いの人称表現を、当の演者だけでなく、そのしぐさの一挙手一投足を見守り、そのセリフにひたすら耳傾ける見所（観客）もまた、登場人物への〈同化〉と〈異化〉を繰り返しながら自在に行き来する。そこに演劇のことばの特質があり、そこから様々なアイロニーも生じてくる[19]。アリストテレスのいう「喜び」としての「カタルシス（精神浄化）」の効果も、こうした演劇のことばのアイロニーによ

図Ⅲ－6．対面的二人称を「入れ子」にパラ・フレーズする一人称（2次図式）

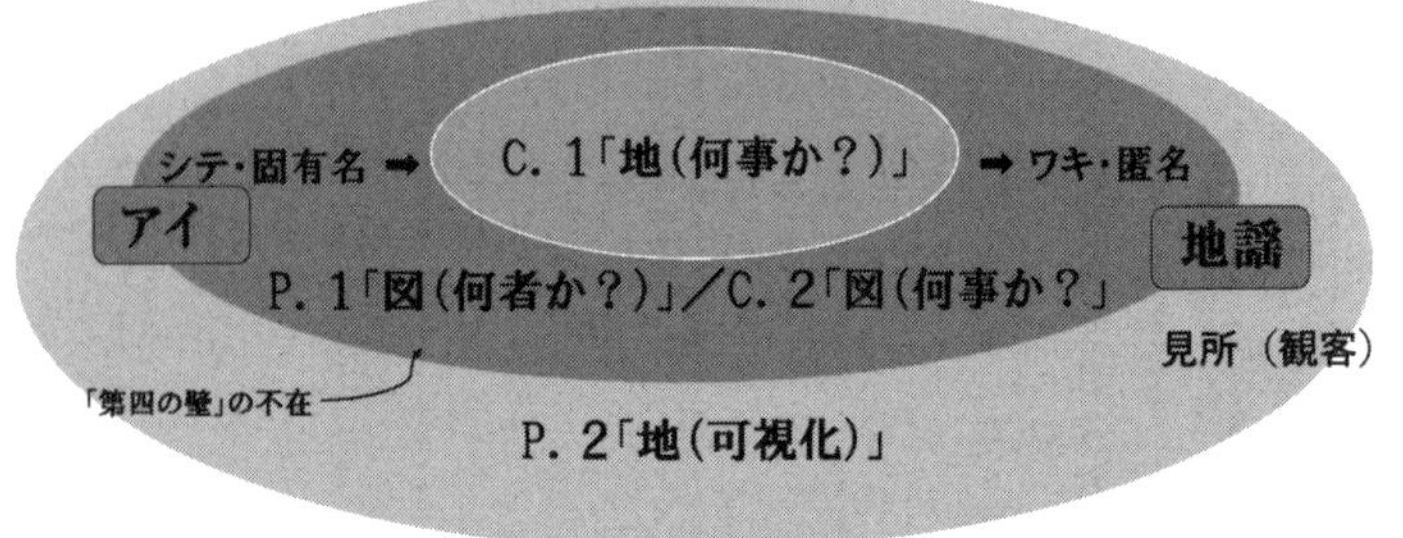

るところが大きいといえよう。そしてそれは、能の大成者とされる世阿弥が、その著『風姿花伝』で「秘儀に云はく」として、「そもそも、芸能とは、諸人の心を和らげて、上下の感をなさん事、寿福増長の基、遐齢、延年の法なるべし。極め極めては、諸道悉く、寿福延長ならん」と述べたのと相い通ずるものがあろう。[20]

とはいえこのアリストテレスがいう「カタルシス」ということば、『詩学』テキストには、たったの一箇所にしか用例の見いだせないものなのだか。[21]

［19］演劇的アイロニーの諸相に関しては、ウラディミール・ジャンケレヴィッチ『イロニーの精神』（久米博訳、ちくま学芸文庫、一九九七）を参照のこと。

［20］『風姿花伝』（岩波文庫、一九五八）p.75。ただしここでいう「寿福増長」とは、一方で金銭的豊かさをも言ったもので、そのゆえに世阿弥は、「道のための嗜みには、寿福増長あるべし。寿福のための嗜みには、道まさに廃るべし。道廃らば、寿福おのづから減すべし」（p.78）とも述べているのである。

［21］『詩学』全編の中で、本書の第Ⅱ章（p.95）で引用した当該箇所に、たった一度しか「カタルシス」の語は使われていない。なお三浦洋『アリストテレス 詩学』（光文社古典新訳文庫、二〇一九）は、その「解説」において「カタルシス」の語の解釈をめぐる研究史を丹念に跡付けていて有益である。

# 第Ⅳ章　かたらう「能」と、かたどる「狂言」

## ――演能の〈場〉における、「アイ（間）」のはたらきをめぐって――

国文法が日本文を書くのに役に立たないというのは、それでは文法書の欠陥なのであろうか。私はそうは思わない。私は、それは、日本語というものが文法的な言語ではないからだと思う。そしてそのことは日本語の根本的性格に関係しているように感ぜられる。そしてそれは日本語の生活との特に密接な関係から来ているので、このことばは、生活の中で、それを通してのみ学ばれるように出来ているのである。

（森　有正「「ことば」について[1]」）

### 問題の所在――かたどりVSかたらい

［1］森有正『旅の空の下で』（筑摩書房、一九六九）所収。

「かたり」は「かたどり（型取り、象り）」からきた語だとする語源説がかつて行われ、いまもそう思い込んでいる人は少なくない。アリストテレスの『詩学』にいう、対象を模倣し再現する「ミメーシス」との意味上のつながりが、その説を強固に下支えしている。これに対し、「かたり」は「騙り」へと通ずることばであって、「かたどり」からきたものではないとするのが折口信夫の説である。[2] 物語研究者の藤井貞和もこの折口説を支持し、『物語理論講義』の中で次のように言っている。[3]

> 『日本書紀』などで「かたる」は、単なる説明ではなく、熱心に説得すること、問いかけることを多く意味する。「便ち語りて曰はく、汝を悲しき故に来つる。答へて曰はく、族や、吾を勿看ましそ。（神代紀・上、五段、一書第十）」というのは、男神の「語」りに対して女神が「答」える、というので、語るとは熱心に説得することだ。反乱への唆しが「語」りであり、それを受ける「答」えがつづくというケースもまたいくつか見られる。現代語でも生きている〝かたる〟（騙る）という意味合いはこんなにも古くからあった。

藤井によれば、「かたり」は単なるものごとの説明にとどまらない。相手に積極的にはたらきかけ、その同意、共感を求める、多分に実践的（プラクティカル）な行為としてあった。つまりは互いに共謀し共犯関係へと巻き込んでいく「かたらい（語り合い）」へと通ずることばなのであった。だまし、そそのかす「騙り」の意味も、そこから自ずと派生してくる。イザナキにかたりとられ、そそのかされて、根の国からの逃亡を約したイザナミの用例に、藤井はその拠りどころを求める。

「かたり」の語義は「かたどり」なのか、それとも折口のいうように「かたらい」なのか。その解釈のちがいは、西欧語のように主客二元論に立脚して主語（主体）を前面に押し立て、ものごとをたえず対象化し、客体化してとらえる構文に対して、対象をとらえ説明することよりも、互いに面と向かい合って、相互にことばをとりかわす対偶的な〈場〉の表現に重きを置く日本語の構文の違いに、その根をもつように思われる。

[2] 折口信夫は「口承文芸と文書文学と」（『折口信夫全集』巻七所収）において、「「かたる」又は「かたらふ」と言ふ語がある。用語例は多少皮肉味を持つた語で、悪徳的な傾向にあるものだ。〈中略〉かたるなる綴音が「言語する」の意味を持つに到る導きが、其である。ある連続を持つた言語が、対者の魂に働きかけて、ある変化を惹起す事である。つまり、さうした結果の予想を以て言ひかけられた時、その魂は、言語の媒介によつて、発言者の意思に感染するのである。此を発言者の能動的所作と見て言ふのが、「かたらふ」である。だから、「かぶれさす」から出た「だきこむ」「たぶらかす」などと言つた意義中心を何時までも離れないのである。其が更に「かたる」なる原型にも反響してくる。「詐欺する」義に近い「かたる」も、凡「かたらふ」と並行して、更に一歩飛躍したものと見てよい。「たぶらかす」と言ふ用語例が、「かたる」にもある筈だからである」と述べている。

[3] 引用は藤井貞和『物語理論講義』（東京大学出版会、二〇〇四）p.9。

両者の違いはまた、ジョン・オースティンの言語行為論(スピーチ・アクト)にいうことばの二つのはたらき、すなわち事実確認的(コンスタティブ)なはたらきと行為遂行的(パフォーマティブ)なはたらきにそれぞれ対応する。[4] 事実確認的なはたらきを重んずる立場が「かたどり」だとすれば、行為遂行的なはたらきに焦点化していくのが「かたらい」なのである。そしてこの図式を演能の〈場〉にあてはめるなら、より多く「かたらい」に依拠するのが能の演目で、「かたどり」に重きを置くのが狂言であるように思われる。その能の演目と狂言とがハッシと切り結び、バチバチと火花を散らす結節点に、アイ（間）の「かたり」が位置している。

能の演目の中で、アイ（間）は例外的に狂言方がこれをつとめる。「前場」と「後場」とに大きく二分される複式夢幻能では、演目のほぼ中ほどに位置する「中入り」の際に、シテ（為手）は自らの固有名を「名告り」、姿をかくす。シテの「名告り」によって明らかにされたその固有名にまつわる、とある昔の「物語」を、シテと入れ替わりにあらわれたアイ（間）は、あたかも「枠物語」のその枠組みをつくりだすかのように、あるいは演目それ自体を「劇中劇」としてとらえかえすかのように、舞台の〈内〉と〈外〉との間(あいだ)に立って、ワキ（脇）もしくは見所（観客）に向け、おもしろおかしく（もしくは淡々と？）語って聞かせる。

演目の中でそれなりの役柄を担う「アシライアイ（会釈間）」と区別して、この限りなく独白（もしくは傍白）に近いアイ（間）の「かたり」を、「カタリアイ（語り間）」と称している。「間を取り持つ」からアイなのか、「相槌を打つ」から、「合の手を入れる」からアイと呼ばれるのか。説は区々に分かれる。しかし、多くの「枠物語」や「劇中劇」がそうであるように、「カタリアイ」は、同じようなことをもう一度、「入れ子」のかたちにして繰り返すわけで、一見すると無駄のように思える。それもあってか、能の詞章がテキスト化される際には、しばしば省略されてしまうことも多い。

だが、それでよいのだろうか。能の演目のなかに、鋭利なくさびのように、ガツンと打ち込まれたこのアイ（間）の「かたり」を通して、聴衆はようやく今までの経緯を十全に理解し、納得する。いやそれだけではない。出来事から一定の距離を置き、別の角度からそれをとらえかえすこと（異化効果！）で、あらたな気づきの可能性へと導かれる。[5]

演劇評論家の長井和博は、登場人物にとっては既知のことがらが、その外側にいる観客には

［4］ジョン・オースティン『言語と行為』（大修館書店、一九八五）。ただし舞台でのセリフのやりとりや小説のような虚構テキストを、それが実体の裏付けのないウソの発言だからという理由で、オースティンは考察の対象から除外した。デリダはこれを批判し、また発話者の「意図」を重視するその姿勢をポール・ド・マンは批判する。ド・マンによれば、ことばの事実確認的はたらきや行為遂行的はたらきは、言語自体が本性的に備えもつ機能なのであり、そこに発話者の「意図」を読みとることは後付け的な行為でしかない。

知らされず、多くの情報が隠されたまま劇が進行する岩松了（平田オリザや宮沢章夫とともに「静かな演劇」の旗手と目された劇作家）の戯曲作品を論ずるなかで、これを「ドラマチック・アイロニー（登場人物の知らないことを観客は知っていて、その〈知〉の落差が生みだすアイロニー）」の図式を意図的に反転させた、「反ドラマチック・アイロニー」と位置付けて高く評価している。[6] この図式を演能の〈場〉に当てはめたならどうか。情報の欠如した得体の知れない人物の登場にとまどう「反ドラマチック・アイロニー」が「前場」で、「カタリアイ」を間に挟んで、「後場」では既知の立場に身を置きつつ、それをパラ・フレーズするかのように、傍らにあってゆとりをもってこれに臨む「ドラマチック・アイロニー」が企図されたともとらえられよう。

以上を要するに、シテの「名告り」による固有名の提示を転轍点に、能のテキストと狂言のテキストが相互につながえられ、互いに互いを映し出す〈鏡〉のような補完関係をとり結んでいる。そこにアイ（間）の「かたり」の、アイロニカルなはたらきが見てとれる。本章ではそうしたアイ（間）の「かたり」の、能の演目の中での特異な位置づけに着目し、以下に考察を進める。その際、論の抽象化を避けるため、末尾に「付論」として、主に『義経記』を「本説」とし、そこから題材を取ってきた演目のいくつかをとりあげ、そこでのアイ（間）の「カタリ」のはたらきを、逐一検証していく。

## 一　主客二元論のくびき

西洋哲学を支える車の両輪として、「存在論」と「認識論」とがセットにつがえられ、考察の対象とされてきた。主体それ自体のあり様を問うのが「存在論」で、その主体による外界のとらえ方を問うのが「認識論」である。こうした問いの立て方の背景には、主客二元論の根強い伝統がある。ために西洋哲学は独我論へとおちいる傾向が強く、デカルトに典型的な、「われ思う、ゆえにわれ在り」のそうした独我論的閉域から抜け出すため、やがて〈他者〉との倫

［5］長井和博は『劇を隠す—若松了論』（勁草書房、二〇一五）において、「劇中劇」を仕組もうとするハムレットの「独白」をとりあげ、登場人物と観客との間に〈知〉の落差を作りだす「ドラマチック・アイロニー」がその「独白」によって仕掛けられ、「直前までの状況を整理し、現在の心境を述べ、直後の設定をはっきり方向づけることができる」（p.65）と述べている。限りなく「独白」に近い「カタリアイ」にも、それと同等のはたらきが見てとれよう。なお、こうした「カタリアイ」のはたらきについては、すでに戸井田道三『狂言—落剝した神々の変貌』（平凡社、一九七三）に、「舞楽以前に一番目（能）がシーリアス、二番目（狂言）が滑稽という古くからの神儀的習慣があって、それにのって二の舞という言葉だけが、一般化してきたものと考えられる」との類似の指摘がある。また大谷節子も「狂言の「をかし」—天正狂言本「柑子」を読む」（『世阿弥の世界』京都観世会、二〇一四）において、「能の重たさは狂言の軽みと共に味わうのがバランスの取れた摂取法」と述べている。

［6］注［5］長井前掲書。なおこの長井の著書の批判の原点にあるのは、自らを〈知〉の高みに位置づけて愚者を見下し笑う、いわゆる「ドラマチック・アイロニー」の傲慢さに対する生理的嫌悪であるかに思われる。

理的な関係が問題視されるようになる。[7]

神学者のマルチン・ブーバーは『我と汝』（一九二三）で、従来考えられていた「我」と「それ」との関係に対し、〈我〉と〈汝〉との対等平等の横並びの関係を重視し、対象化し客体化することで自己の世界へと取り込み、回収することの容易な「それ」ではなく、決して対象化しえず、了解しえない全人格的な存在として〈汝〉と真摯に向き合う必要を説く。カントのいう、「人に対するときは、その人を、手段としてではなく、目的としてあつかえ」との倫理的格律を思わせる主張であり、そこに、「かたどり」から「かたらい」へと大きく比重を移していく西洋哲学の、新たな動向が見てとれる。

だがブーバーのいう〈我〉と〈汝〉は、どちらもあらかじめ社会性を担った人格的な存在として、いまだ同じ土俵の上に立つ。そこにいう人格（パーソン）は、神の似姿として、社会的なネットワークの中にあらかじめ組み込まれた様々な〈役割〉の統体としての理念化されたそれであり、つまりは社会の中での、そのときどきの仮面（ペルゾーン）でしかなく、その意味で主客二元論のくびきから、いまだ充分に自由でない。

これに対しレヴィナスは、非対称の関係にある他者として〈汝〉を位置づけ、両者のあいだに決定的な「断絶」を見る。たとえていえば、「我」と「汝」としてではなく、〈我〉と〈それ〉

へと逆戻りさせることで、排他的に他者を位置づける。そうすることで、「人格」や「人間性」や「主体性」などの西洋哲学の根本理念に疑義を呈し、それを積極果敢に脱構築（ディ・コンストラクト）していく。

あらゆる人間性を剥奪され、社会の外部へと放逐されてありながら、それでも弱々しく、ときに鋭く、こちらにまなざしを返してくる裸形の〈顔〉。社会的な〈役割〉としての「仮面」を一切はぎとられ、アガンベンのいうホモ・サケルのように、剥きだしにされたその〈顔〉と向き合うとき、人は激しい嫌悪感を抱き、限りなく憎悪し、安定した既知の世界をおびやかすいまわしきものとして、これを目の前から消し去ってしまいたいと願う[8]。「殺したい」、「抹消したい」という欲望を激しく掻き立てるもの、それがレヴィナスのいう、〈それ〉へと物象化された〈他者〉なのだ。レヴィナスの他者論には、ホロコーストの生々しい記憶が刻まれている。パンドラの匣は、すでに開けられてしまった。

だが、人間性を徹底的に剥奪され、飢え、貧窮し、抵抗すらなしえず、力なくうずくまる他者（ム

[7] 内田樹は『日本辺境論』（新潮新書、二〇〇九）において、地政学的に辺境に位置する日本の在り方を逆手にとり、辺境にあるからこそ、人間中心主義にとらわれた西洋の独我論的思考から自由になれると述べる。中でもその第4章「辺境人は日本語と共に」は、西欧語と日本語の構文の違いについて論じており、有益である。ちなみにそれらの議論のよりどころに、レヴィナスの他者論があることはいうまでもない。

[8] ジョルジュ・アガンベン『ホモサケル—主権権力と剥き出しの生』（国文社、二〇〇七）。

ーゼルマン）の、そのなにものにも替えがたい剥きだしの〈顔〉の唯一性、単独性と向き合うとき、そこに自己像の映しを見て、おのれもまた、他に替えがたい唯一無二の単独性を担った存在としてあることに気づかされる。それへの応答は、こちらの側の限りない負い目、負債としてあらわれる。単なる同情や気遣いにとどまらない。他のなにものにも替えられないからこそ、自ら率先してその「身代わり」となることも辞さない一方的な挺身と贈与とが、倫理的な責務として要請されてくるのだ。レヴィナスはそこに、唯一の「希望」としての、究極の〈他者〉を見いだす。

　対象を客体化してとらえることで、自己の世界に取り込み、回収していく「かたどり」の、その権力的な所作はもちろんのこと、レヴィナスでは、「かたらい」までもが拒否されているかにみえる。だがそうではない。安易な妥協や馴れ合いに基づく「かたらい」ではなく、次元をちがえた非対称の関係にうながされた決定的な「断絶」、その交通不可能性を踏まえた上で、そのさらなる乗り越えではなく、というのもヘーゲル流の弁証法的な〈総合〉へ向けた動きは極力拒否されねばならないから。むしろ「命がけの跳躍」ともいうべき飛び越えが希求されているととらえるべきだろう[9]。そのようにして主客二元の独我論的閉域から逃れ出るための手立てが示される[10]。

同じく主客二元論からの脱却を試みた哲学者として、私たちに身近なところでは、西田幾多郎がある。その最初の著作『善の研究』（一九一一）において西田は、主客未分の「純粋経験」へと立ちかえる必要を説く。だがその硬質な用語選択からも見てとれるように、『善の研究』の時点では、独我論の閉域からいまだ充分に抜け出せていない。

それから二十年後の『無の自覚的限定』（一九三二）に収められた「私と汝」という論考（ブーバーのそれとタイトルが似るものの直接の影響関係は認められないとされている）において、ようやく倫理的な〈他者〉が、西田によっても問題視されてくる。藤田正勝『西田幾多郎の思索世界』（二〇一一）は、西田のこの「私と汝」を、ブーバーとレヴィナスの中間点に位置づける。そして、レヴィナスほどに根源的(ラディカル)ではないものの、独我論的な閉域から抜けでて、あらたに「社

［9］「アウシュビッツ以後、詩を書くことは野蛮である」という言葉を残したアドルノは、ヘーゲルに代表される西洋形而上学の弁証法的統合を批判して、戦後まもなく『啓蒙の弁証法』（一九四七）をホルクハイマーと共同執筆した。なお反弁証法的な「命懸けの跳躍」については、柄谷の論に拠りつつ、深沢『往きて還る。』（現代思潮新社、二〇一一）の第一章「タテ（超越的）ではなく、ヨコ（超越論的）への位置取り」において、吉本隆明のいう「関係の絶対性」と親鸞のいう「横超」という言葉を結びつけ論じたことがある。

［10］レヴィナスについて本格的に論じた内田樹の著書として、『レヴィナスと愛の現象学』（二〇〇一）、『死者と他者—ラカンによるレヴィナス』（二〇〇四）があり、どちらも文庫化されて文春文庫で再刊されている。また近著として『レヴィナスの時間論—『時間と他者』を読む』（新教出版社、二〇二二）がある。

会」や「世界」へと拓かれていく後期西田哲学への端緒が、そこに見てとれるとして、次のように述べている。[11]

絶対の他は絶対の他であり、それは直接に知覚されない。そこには絶対的な断絶がある。直接に知覚することもできないし、また両者を含む一般者によっても媒介されない。ただ「自己が自己の中に絶対の他を含」む、あるいは「自己が自己自身の底に自己の根底として絶対の他を見る」(傍点引用者)という仕方でのみ私は他者に結びつく。「自己が自己自身の底に自己の根底として絶対の他を見る」ということは、私の側の意味付与の遂行の過程で、その試みが他者によって否定されること、自己がむしろ他者に依存するものであることが自覚されることにほかならない。(傍点原文)

西田によれば、出会いの主導権はこちらの側になく、むしろ他者の側にある。他者による激しい拒絶と出会って、はじめて他者への回路は拓かれる。今まで気づかれずに隠されていたその他者の〈顔〉を、反照的に自己の内にも見いだしてはじめて、「私」と「汝」は互いに対等平等の人格的な相互承認へと至る端緒を得る。そのようにして、他者との「かたらい」の〈場〉

が、かろうじて確保される。ただしその場合にも、西田哲学に特有の、あの〈無〉の場所を迂回して、それに仲立ちされることが必須要件とされている。

西田のいう〈無〉の場所を理解するのはむつかしい。それは「どこまでも述語となって、主語とならないもの」とされ、「主語」を包み込み、それを「図」として浮かび上がらせ、下支えはするものの、みずからは「地」に沈んで、決しておもてにあらわれることのない「述語」的世界の広がりのこととされる。「私」と「汝」が向かい合い対話することを可能ならしめる、その「かたらい」の〈場〉を、根底で下支えし、成り立たせるものが、おいてあるところの「場所」であり、それはおもてにあらわれないゆえに〈無〉の場所としてとらえられる。

「有」との関係のなかでいわれる、相補的な「無」なのではない。たとえていえば、たまたま選びとられた統辞（シンタックス）の関係にある一連の文章の流れを「有」とした場合、そのときには選びとられることなく、現勢化しなかったものの、それを代替し代補するオルタナティブな可能性を潜在させた、いわゆる「可能世界」としての範列（パラディグム）の関係にあることばのあれこれが、相補的な「無」としてある。[12]その互いに相補的な「有」と「無」の双方を、さらに根底から

［11］引用は藤田正勝『西田幾多郎の思索世界─純粋経験から世界認識へ』（岩波書店、二〇一一）p.132。

下支えするところの、言語化しえないものこそが、西田のいう究極の〈無〉の場所なのだと、とりあえずは理解しておきたい。西田はそれを、おいてあるところものとして述語的に指し示そうとした。

さて、くだくだしい哲学談義はこれくらいにして、要はレヴィナスのいう一方的な贈与や挺身としての「身代わり」としてのはたらき、そして西田のいう、おいてあるところの〈無〉の場所に下支えされた代替、代補（オルタナティブ）の潜在的な可能性を、演能の〈場〉におけるアイ（間）の「かたり」に見てとろうとするところに本章のもくろみはある。演能の〈場〉の総体を、メタ・レベルの超越的な立場から対象化し、客体化するのではない。そうではなく、横並びに、パラ・フレーズ（伴走、併走、同伴）することで代替し、代補するようなはたらき、たとえていえば、脱構築批評で知られたイェール学派の領袖ポール・ド・マンがいうところの「アレゴリー（寓意）」のはたらきを、アイ（間）の「かたり」に見てとりたく思うのだ。

## 二　熱くうたう「能」、あるいは〈同化〉の眩惑

先に引いた藤井の発言には、実は続きがあって、「かたらい」としての「かたり」よりも、それに対立し、それと対抗する「ものかたり」に方に、むしろ藤井の関心は向けられていた。

接頭辞「もの」が冠せられることで、「くだけた感じ」の「かたり」、「かたりというほどではないかたり」、「二流のかたり」として有徴化（マーキング）され、そこにあらたな意味合いが加味される。自らを正当化し、権威づける「かたり」の無謬性に異をとなえ、それを横合いからパラ・フレーズ（言い替え、置き換え、翻訳し、解説）してみせることでまぜっかえし、脱構築（ディ・コンストラクト）してみせるのが「ものかたり」の立ち位置なのだ。[13]

藤井のいう「かたり」と「ものかたり」のこの二項対立を、本章の文脈に当てはめるなら、能の「かたり」に対し、それをおもしろおかしくもどき、茶化してみせる狂言の「かたり」にこそ、「ものかたり」としての特質が色濃く見てとれる。しかもそこでの「かたり」は、「かたらい」よりは「かたどり」の方へと大きくシフトしており、にもかかわらず、それが意味の上で、

[12]「可能世界」は、はやくにライプニッツによって提唱された概念である。『事典　哲学の木』（講談社、二〇〇二）で「可能世界」の項を担当した永井均は、「必然的な真理とはどう違うのだろうか。この問いに、神が無数の世界を創造したとしても、そのどれにおいても成り立っているのが必然的真理で、そうでないのが偶然的真理だ、と答えることができる。このとき、われわれは、この現実世界とは異なる無数の可能世界を考えている。シューベルトが「未完成交響曲」を完成していたら、そのフィナーレはどうなっていたであろうか？　このように問うときにも、われわれは現実に存在したシューベルトが「未完成交響曲」を完成していた可能世界を考えている」といったたとえ話から、その記述をはじめている。

[13] 注［3］藤井前掲書 p.10。

だまし、そそのかす「騙り」にも通ずるとしたら、かりそめのウソの出来事を、舞台の上につかのま現出させる芸能の、〈同化〉と〈異化〉とを併せもつ多分に両義的な性格をそこに見てとるようで興味深い。ウソの世界と知りつつ「かたり」、「からたられ」て、舞台の演技に見所(観客)は熱いまなざしをそそぐ。「騙し」、「騙される」約束事の上に立って、はじめて舞台は成り立つ。その意味で舞台は、シテとワキとの「かたらい」の〈場〉としてあるだけでなく、演ずる者とそれを観る者との「かたらい」の〈場〉でもあるのだ。その転轍点にアイ(間)の「かたり」が位置している。

だが、能の「かたらい」は容易になしえない。世阿弥によって大成された複式夢幻能に代表される能の演目では、しばしば「死者」や「霊物(神仏)」との、極めて困難な「かたらい」が要請されてくるからだ。レヴィナスや西田の他者論の行き着く先には、究極の〈他者〉のあり方として「死」を見据える必要がある。自己の「死」は誰も体験できない。なぜならそのとき、自分はもう死んでいるのだから。他者の「死」を目の当たりにしたところで、その「身代わり」にもなれない。他者の「死」を迂回して、想像的な仕方でしかそれを体験しえない。複式夢幻能において典型的な、「死者」や「霊物(神仏)」との「かたらい」は、そうした「死」の世界を体験することの不可能性(身代わりの不可能性)、その決定的な断念を前提にし、その上に立って構想されている。

「自力救済」の乱世を生きた中世の人々にとって、「死」はごく身近な、差し迫った現実としてあった。[14]とはいえ、ワキとシテとの間には、幽冥境を異にした決定的な断絶があり、互いに交通不能である点では今と少しも変わらない。その「断絶」を一気に飛び越え、決して弁証法的にそれを乗り越え、統合するのではなく、つまりは「断絶」をそれとして残存させたまま、死者や霊物との「かたらい（＝交通）」をいかに可能ならしめるか。[15]そのための工夫として、あのきらびやかな能の詞章が考案されたとも考えられよう。

その装束の豪華絢爛さに見合ってか、能のテキストは、あでやかなことばの色糸によって織りあげられ、綾なされている。仏典や漢籍故事を典拠とした語句の、断片的で多様な引用。引

[14] 晩年佐渡に流された世阿弥の以後の消息は不明である。佐渡で死んだのか、都に帰ったのか、それを示す資料は一切知られていない。なお末木文美士『哲学の現場―日本で考えること』（トランスビュー、二〇一二）は、『愚管抄』に見える「冥顕和合」に想を得て、眼に見えぬ「冥」の世界を常に念頭に置き、それとの関係性において「顕」としての現実世界を基礎づけ、根拠づけることで、西洋哲学への対抗軸を打ちだそうとしている。その発想の背景に、西田幾多郎の「場所」の論理からの影響が見てとれよう。

[15] 後シテの演ずる「死者」や「霊物」が、最終的に仏教的な救済にあずかるかいなかは微妙な分かれ目である。救済されず撃退されて終わる演目も見てとれ（たとえば「鵺」など）、かならずしも予定調和に終わらず、その時々の演出にゆだねられていたと思われる。

き歌や縁語、掛け詞を多用し、語呂合わせのように意味を屈曲させてつづれ織りのようにつなぎ合わせた華麗な文体。加えて、上げ歌、下げ歌、クリ、サシ、クセ、クドキなどの韻律をともなった独特の節回しが妨げとなって、見所（観客）の頭のなかで、その詞章のあれこれは容易に事実確認的（コンスタティブ）な〈意味〉を結ばない[16]。

ここにあるのは、長井和博いうところの反転された「ドラマチック・アイロニー」ともいうべき事態、すなわち情報の欠如した、得体の知れない登場人物（前シテ）へのとまどいという事態であり、それはまた、ワキの置かれた〈無知〉の立場へと見所（観客）が感覚的にみずからを同化させ、一体化させて、困惑とともに状況を受けとめることにも通ずる[17]。

能の詞章は、基本、ワキとシテの「問答」で構成される。とはいえ、ワキやシテのそのことばを、途中で「地謡」が横合いから引き取り、唱和してみせることで、「会話文」と「地の文」との癒着縫合が起こり、誰に向けてなされた、誰によることばなのか、その発話の方向性（ベクトル）がしばしば見失われる。ならばこれを、通常の意味での「セリフ」と呼ぶことすらできない[18]。

このような能のテキストを前にして、誰もが困惑せずにいられない。能役者たちにより、舞台でそれが朗誦されたならば、ましてや「面」を着け、くぐもった声で謡われたならばなおのこと、困惑の度はますます深まる。不透明でとらえどころのないそのことばのつらなりは、人の〈声〉であることすら忘れさせ、単なるおどろおどろしい〈音〉の響きへと還元されてしまう[19]。

古典テキストからのさまざまな引用や、縁語や掛け詞の多用による、こうしたたたみかけるような意味の重なり。さらには韻律をともなったその独特の節回しは、「かたり」というよりか、むしろ「うた」に近い。ならば「うた」と「かたり」はどうちがうのか。

[16] 韻律を伴った能の詞章について簡単に説明しておく。「上げ歌」は、一定のリズムにもとづき高音域を中心に謳われる。それに対し「下げ歌」は中音域を中心とし、「上げ歌」への導入としてその前で謳われることが多い。「クリ」は「クセ」の前に「サシ」と並んで謡われ、序歌的役割を担う。「サシ」は「クセ」の直前に位置して淀みなくすらすらと謡われ、前奏の役割を果たす。「クセ」は一曲の中での最大の聞かせどころで、シテにまつわる往時の出来事や、寺社の縁起などを物語りつつ謡う。「クドキ」は、低音域を中心にすごみを効かせて謡われ、詠嘆、辛さ、悲しみなどをかき口説くように朗誦する。

[17] 注［6］長井前掲書 p.31。

[18] 高橋康也遺稿集『橋がかり―演劇なるものをもとめて』（篠山隆編、岩波書店、二〇〇三）は能の詞章の特質を挙げ、「この不合理な人称の混乱、語る主体の同一性の崩壊は、西洋の観客をしばしば面食らわせているものだ」(p.206) と述べる。その一方でドミンク・チェンは『未来をつくる言葉』（新潮社、二〇二〇）においてこれを「共話」ととらえ、弁証法的な「対話」とは異なる新たな可能性をそこに見ている。

[19] 能の詞章に独特の節回しは、当時の仏教寺院で行われていた仏典読誦の仕方、なかでも韻律をともなった「声明（しょうみょう）」の節回しからの影響が考えられる。談義の場での僧侶たちの討論のことば遣いなども無視できない。常行堂の背後の「後戸」を楽屋とした「後戸猿楽」に能の源流を求める説も、服部幸雄『宿神論―日本芸能民信仰の研究』（岩波書店、二〇〇九）などによって唱えられている。

「うた」の語を、「うたた」（いよいよ、ますます）、「うたて」（なんだか不思議に）、「うたがたも」（一途に、わけもなく）などの一連の語と関連づけて、藤井はまた次のように言っている。[20]

うたた騒然と、orgie（orgy、オージー、騒乱）状態で、われにもあらぬ思いになって、口を衝いたことばを発すること、そこにうたのはじまりがあるのではないか、とした。個人的にであろうと、集団的にであろうと、むやみに高揚し憑かれたようになっている心的騒乱状態であって、これらを〝うた状態〟と認識するならば、まさに〝うた〟はそのような心的状態において律動を伴い、全身による動作に律せられながら、表現として口を衝いて出てくる実質であることがわかる。

能のテキストが、「かたり」より「うた」に近いとしたら、「律動を伴い、全身による動作を律せられながら、表現として口を衝いて出てくる」その「うた」の効能により、主客未分の「心的騒乱状態」へと人々を誘い込み、幽冥境を異にしたシテとワキとの「断絶」を一気に飛び越えて、両者の「かたらい」を可能にする行為遂行的（パフォーマティブ）なはたらきが、その詞章に期待されていたとはいえまいか。これに「地謡」の集団化された〈声〉が重なって、見所（観客）をも巻き込み、それこそ劇場空間全体を覆い尽くす狂騒的な「かたらい」の〈場〉が、つかのま現出する。
ちなみに「地謡」はシテ方がこれをつとめる。ワキやシテのセリフを引き取って、それを代弁し、仲立ちする「地謡」の、こうした役割については、古代ギリシャ劇のコロス（合唱隊）との類似がよく言われる。当初、観る者と観られる者とが未分化で、狂騒的な、集団合唱、集団輪舞としてコロスはあった。その集団（はじめは五十名ほどであったが、のちに悲劇作品では十五名、喜劇作品では二十四名とその数が限定される）の中から「音頭取り」がひとり抜け出て、プロ・スケネー（楽屋前の壇＝舞台）の上に立ち、オルケーストラ（円形踊り場）に留まる他のコロスたちと相対して交互に歌を掛け合い、唱和する。こうして、演ずる者と、それを観る者との分化が始まる。掛け合い唱和するその様子を、さらに周囲のテアトロン（客席）が大きく取り囲み、熱いシンパシー（心情的な共感）をもってこれに呼応する。このようにしてコロス（合唱隊）は、舞台と客席とを仲立ちする役割へと、みずからを特化させていった。[21]
同じような道筋をたどって、見所（観客）を舞台へと仲立ちする「地謡」（その数は現在八名

［20］引用は注［3］藤井前掲書 p.20。

［21］古代ギリシャ劇のコロスについては、佐和田敬司他編『演劇学のキーワーズ』（ぺりかん社、二〇〇七）所収の「コロス性」（藤井慎太郎担当執筆）の項を参照のこと。

と定められている）の中から、やがて音頭取りとしてのワキが登場し、そこからさらにシテが分化して、はやりのことばでいえば「3Ｄ」状に舞台の上に立ちあらわれ、可視化されていったわけでは必ずしもない。「うた」を起点に演能の〈場〉をとらえるなら、そうした図式が描けるというにすぎず、次節で見るように、「うた」ではなく「かたり」を起点に置くなら、折口がいうように、それとはまったくちがった、別の図式が描けてくる。「うた」を先立てるか、それとも「かたり」を先立てるか。「うた」と「かたり」の相克する、そのただ中に、アイ（間）の「かたり」は位置している。

## 三 〈異化〉の覚醒、あるいは冷たくかたる「狂言」

集団的な「心的騒乱状態」に感染し、みずから進んでそれに巻き込まれつつも、見所（観客）の頭の片隅には、いま舞台で起こっている出来事はウソであり、演技でしかないという思いが併存している。「うた」を装いつつも、それはあくまでも「かたり」であり、「騙り」「騙られる」約束事の上にかろうじて成り立つ虚構の世界なのだということを、あらかじめどこかで了解している。見所（観客）の意識に去来する、こうした二重化された思いを代弁し、仲立ちするものとして、狂言方のつとめるアイ（間）の「かたり」が位置しており、劇の進行の傍らにあって、部外者の立場からそこへと介入してくる。

狂言のテキストもまた、「問答」を基本に構成されている。だが能の詞章とはまったく違って、そこで用いられることばは、いたってシンプル。古典籍からの引用はめったに見られず、当時の口語そのままに、平易なことばのやりとりがされる（平田オリザのいう現代口語演劇を、それは多分に想起させる）。セリフに韻律がともなうこともないし、節付けされることもない。もちろん「地謡」の介入もない。鳴り物もないし、舞働きも（ストーリーの必然として舞うことはあっても）ない。その意味で狂言は、科白劇（セリフとしぐさだけで成り立つ劇）へと特化した西洋の近代リアリズム演劇により近い[22]。

能はもと「猿楽」といった。その「猿楽」は、滑稽なものまね芸を本領とする。だからであろう、折口は、シテ方がつとめる白式尉（翁）ではなく、それをおもしろおかしく滑稽にまねて、もどいてみせる、すなわち横合いからパラ・フレーズ（伴走、併走、同伴）してみせる狂言方の黒式尉（三番叟）の方に、「翁」の演目の本来の姿を見てとっている[23]。だが現在の演能の〈場〉では、シテ方と狂言方の比重がいつしか逆転し、狂言方のアイ（間）の演技は、単

［22］科白劇としての近代リアリズム演劇の特質については、注［21］前掲書所収の「リアリズム」（東晴美担当執筆）の項を参照のこと。

なる添えもののようなあつかいだ。なぜそうなってしまったのか。

世阿弥は『申楽談義』の中で、狂言方のつとめる三番叟（さんばそう）の演技が、あまりに滑稽に流れることを嫌って、次のように言っていた。[24]

三番申楽、をかしにはすまじきことなり。近年、人を笑はする、あるまじきこと也。

必ずしもアイ（間）の「かたり」をいったものではない。とはいえ三番叟の演技に対する「人を笑はする、あるまじきこと也」とのこうした抑圧的な言辞が、同じく狂言方のつとめるアイ（間）の「かたり」へと適用されておかしくない。先に見たように、複式夢幻能では、シテとワキとの、幽冥境を異にした「かたらい」が巧みに演出される。不可能事を可能にするその場の厳粛な雰囲気を、「をかし」を本領とする狂言方の、ややもすれば不遜で場違いなアイ（間）の「かたり」によって、壊されたくなかったのであろう。

おもしろいことに、世阿弥の発言とよく似た抑圧的な言辞のあったことが、アリストテレスの『詩学』に見えている。「叙事詩」との比較の中で悲劇を論ずる際に、最近の俳優は「演技の過激さ」ばかり志向してよろしくないとの批判を踏まえ、アリストテレスは次のように言っている。[25]

実際、悲劇はこうした［身振りで真似る］特徴を持つ模倣であって、古い世代の俳優たちも後の世代の俳優たちの特徴に対して似たような思いを抱いていた。例えば、［古い世代の俳優］ミュンニコスは、［後の世代の俳優］カリッピデスのことを、演技の過激さゆえに「猿」と呼んだが、［後の世代に属する、もう一人の俳優］ピンダロスもまた同じような評価を受けた。〈中略〉少なくとも舞踊が悲劇から排除されはしない以上、全面的に身体動作が禁じられなければならないわけではなく、低俗な人々の動作に限って排除されるべきである。実際、カリッピデスにしても現在の俳優にしても、非難されたのはこの点であり、模倣の対象が自由市民ではなく、卑しい女性の身体の動きだったことにある。

［23］『日本芸能史六講』（講談社学術文庫、一九九一）所収の「翁の発生」の章において折口は、「一体、白式、黒式両様の尉面では、私に言はせると、黒式が古くて、白式はその神聖観の加わって来た時代の純化だ、とするのです」と述べる。なお類似の発言は、「能楽における「わき」の意義」（『折口信夫全集』第三巻所収）に、「翁は元来して方の役目のやうにみえるが、実は脇方で始めたもので、脇役者がしてをつけた、とみなければならぬ」というようにみえる。

［24］引用は『申楽談義』「勧進の舞台、翁の事」（日本古典文学大系『歌論集能楽論集』所収）による。

［25］引用は『アリストテレス 詩学』（三浦洋訳、光文社古典新訳文庫、二〇一九）p.213。

悲劇における「演技の過激さ」を非難するにあたって、「猿」とか、「低俗な人々の動作」（たとえばパッロス＝男性器の巨大な張形を腰にぶらさげて登場する決まりであった喜劇の役柄）とか、「卑しい女性（娼婦）の身体の動き」が比喩としてもちだされるところなど、いかにも古代奴隷制下のギリシャ古典劇らしい。『詩学』の第二部「喜劇論」は失われており、確かなことはいえないが、これは、「滑稽なものとは一種の失態であり、それゆえ醜悪ではあるけれども、「悲劇中の惨劇のように」苦痛に満ちたものや、破滅的なものではないのである。例として喜劇用の滑稽な仮面を挙げれば、すぐにも得心できるであろう。歪んで醜悪ではあるが、苦痛を含む表情ではない」[26]とされる喜劇の要素（パロディ、カリカチュア、もじり、猥褻さ、どたばた、アイロニー、ウィット、語呂合わせ、駄洒落などの横溢する世界）の、悲劇のなかに持ち込まれるのを嫌った発言でもある。

そのことを知ってか知らずか、狂言の「をかし」にも、単なる滑稽なしぐさにとどまらない穏やかならざる「犯し」の衝撃力をみて、折口は次のように述べていた。[27]

此猿楽を専門とした猿楽能では、其役を脇方と分立させて、わかり易く狂言と称えてゐ、又をかしとも言ひます。此は、をかしがらせる為の役を意味するのではなく、もどき同様、犯しであったものと考へられます。こゝに、猿楽が「言」と「能」との二つに岐れて行く理由があるのです。能は脇方としての立ち場から発達したもの、狂言は言ひ立て・説明の側から出た名称と見られませう。

（傍点引用者）

シテはあとからの付け足しで、当初はワキのみが舞台に立ち、見えない「霊物（神仏）」相手に、滑稽な「独り芝居」を演じていたと折口はみる。そもそもワキは一所不住の遍歴の民間宗教者（たとえば山伏すがたに典型的な）で、折口にいわせれば「ごろつき」の一類なのであって、そのワキから、一方に「霊物（神仏）」をみずからに憑依させ、演じてみせるシテが、他方に「をかし」を担うアイがそれぞれ分化し、可視化されていった、というのだ。[28]

［26］注［25］アリストテレス前掲書、p.44。

［27］引用は注［23］折口前掲書の「翁の発生」p.170。なお「能楽における「わき」の意義」にも、「をかしは、をかしがらせることから言ふのだとするのが、一般の解釈の様であるが、実は、他人の領分にまで侵入するからのをかしで、犯しである。勿論これにも、からかひの意味をもつた用語例もある」との類似の発言がある。なおこれに対し柳田国男は、「鳴滸の文学」（『柳田国男全集』巻9所収）において、「をかし」を「をこ」の形容詞形ととらえ、「そうしてヲコは必ず咲（笑）うべき話であるというだけでなく、そのヲカシという形容詞それ自身が、本来ヲコの語に基いて、新作されたものだということが、これによって心づかれるのである」と述べる。

［28］「ごろつきの話」（『折口信夫全集』巻3所収）を参照のこと。なお安田登『異界を旅する能―ワキという存在』（ちくま文庫、二〇一一）は、折口の図式をなぞるかたちで、自身ワキ方を演ずる立場から特異な演能論を展開する。

それにしても、現在行われるアイ（間）の「かたり」は、なんともそっけない。たいした動きもなく、見所（観客）に向け「傍白」するかのように、淡々と「昔物語」を語ってみせるだけで（たとえば「居語り」では、ただ座って滔々と説明的なセリフを述べるだけである）、これではテキスト化された際に、アイ（間）の「かたり」が、しばしば省略にゆだねられてしまうのも致し方ない。しかし例外もなくはない。『道成寺』でアイをつとめる能力（のうりき）の、表情豊かで滑稽なしぐさや、『夜討曽我』の小書き演出に登場する大藤内（おおとうない）のユーモラスなセリフ回しなどに、折口のいう「をかし」のパワーの片鱗を、かいま見る思いがする。

世阿弥はむしろこう言うべきであった。三番叟は「をかし」に徹するべきである。ならばそれとの対比で、翁（白式尉）の舞の荘厳さが一層きわだつ、と。でないと、翁が二人も出てきて、同じようなしぐさを、後の翁役（三番叟）がおもしろおかしくくりかえしてみせる、その意図がわからない[29]。

**『当流間（あい）仕舞付』（貞享三年）の「舟弁慶」**

その場の雰囲気にそぐわない、一見すると場違いにも見えるアイ（間）の「かたり」には、ワキ（脇）によって担われる「かたらい」よりも、舞台の上でいま現に起こっている出来事を一旦対象化し、「枠物語」として縁取るかのように、あるいは「劇中劇」をのぞき見るかのように、やや醒めた目でそれを突きはなし、事細かに説明していく「かたどり」のはたらきが期待されている。しかも純然たる第三者の、客観的な立場から、すなわちメタ・レベルの高みからそうするのではない。作中人物の一人として自らもその出来事に参画する当事者の立場から、言ってみれば横並びに、パラ・フレーズ（伴走、併走、同伴）する形で〈かたる〉のである。そしてこの二重化された困難な立ち位置を可能にしてくれるものこそ、折口のいう「もどき」のはたらきにほかならない。

「もどき」について、折口はまた次のようにも言っている。[30]

［29］アイのセリフばかりを集めた「間狂言」の江戸期版本が、早稲田大学演劇博物館所蔵『能・狂言文献資料集成』（雄松堂、二〇〇五）に二十数篇登録されている。その中から大蔵流十三代大蔵虎明による貞享三年板行の『当流間仕舞付』を参考図版として掲出した。およその筋書きだけあって個々のセリフはアドリブ的な要素の強かった間狂言の詞章も、能楽が武家の式楽となることで固定化されてくる。こうした板本が刊行される背景として、当時隆盛であった「鷺流」に対抗して「大蔵流」を権威づける意図のあったことを付言しておく。

［30］引用は注［23］折口前掲書の「翁の発生」p.165。なお「能楽における「わき」の意義」にも類似の発言が見える。

もどくと言ふ動詞は、反対する・逆に出る・非難するなど言ふ用語例ばかり持つもの、様に考へられます。併し古くは、もつと広いもの、様です。尠くとも、演芸史の上では、物まねする・説明する・代わつて再説する・説き和らげるなど言ふ義が、加はつて居る事が明らかです。「人のもどき負ふ」など言ふのも、自分で、赫い顔をせずに居られぬ様な事を再演して、ひやかされる処に、非難の義が出発したので、やはり「ものまねする」の意だつたのでせう。

折口によれば、「もどき」には二つのはたらきが見てとれる。ひとつはアリストテレスの『詩学』にいうミメーシス（模倣、再現）にも似て、「物まねする・説明する・代わつて再説する・説き和らげる」はたらきである。だがそれにとどまらず、より積極的に、「反対する・逆に出る・非難する」などの第二のはたらきもある。第一のはたらきでは、主人と奴隷の、奴隷の位置に、いまだとどまっており、あとさきとの関係で言えば、あとにつき従って、いまだ従属する位置にある。しかし第二のはたらきでは、もどく対象に対抗し、それと横並びの対等平等の位置づけか、もしくはそれを凌駕するゆとりある立場へと、みずからのステータスを上げている。その場の出来事を、ただ単に模倣反覆し、再現し、説明して終わらせるのではない。それを突きはなしてまぜっかえし、別のことばに置き換えて翻訳し、茶化し、あざけり、笑いとばす、多分に行為遂行的（パフォーマティブ）なはたらきが、そこでは大いに期待されている。そのようにして「かたどり」へとその軸足を大きくシフトさせながらも、いまだ「かたらい」にも片足突っこんで、それがウソの世界であると知りつつ、「かたり」、「かたられる」関係性のうちへと、ダメ押し的に、再度見所（観客）を誘い込んでいく。

そこにはまた、「ドラマチック・アイロニー」へ向けての端的なはたらきを見てとることもできよう。「後場」での展開を、見所（観客）にあらかじめ先取りさせておくこと。そうすることで、「死者」や「霊物（神仏）」との、おぞましくも、いまわしい、へたをすればこちらの身があやうくなるような、嫌悪すべき〈他者〉との「出会い」の衝撃を、シッカと受けとめて、そうなろうことならレヴィナスのいう一方的な贈与、挺身としての「身代わり」をも辞さない、そうした心の備えを見所（観客）のうちに求めていく。アイ（間）の「かたり」には、そうした多分にアイロニカルで重層的な効果が期待されているのだ[31]。

## 四　アレゴリーと異化効果

折口に対抗してか、能の演目の中にしばしばアイ（間）の役回りで登場する、「能力（のうりき）」とか

「強力」などと呼ばれる「力者（りきのもの）」に着目し、柳田国男も「能と力者」という文章を書いている。民俗事例だけでない、さまざまな過去の文献をも参照した上で、さてその結論はといえば、演能の担い手である猿楽の徒自身のすがたが、「力者」には色濃く投影されているとするものであった。すこし長くなるが、その結論部分を引いておこう。[32]

> 能の文芸が大部分は観世父子の著作に成るというのは、今日の通説のように承知するが、それがあの歌舞の全部の創始であるように、解することはおそらく史実に反する。というわけは猿楽の起りは、彼等よりも三百年は古く、またそれぞれの舞の曲目は、すでに『明月記』その他に列記せられているものが多いからである。舞の面白さに応じて語りの詞を伸縮し、綾羅の袂をもって舞台の正面を覆うようにしたのは彼等〈観世父子—引用者注〉であって、そのために技芸の外貌の変わったことまでは争われないが、それでもなお小さくなって能力は片隅に控えていたのである。すなわち彼等〈能力たち—引用者注〉が参与しなければ猿楽は存立しなかった。単に執次や輿舁きの童子を引っ張り出して、いわゆる仕出しの役に追い遣ったのとは、少しばかり話がちがうと思う。もしそうだったら、あの活々とした狂言は生まれて来るはずがないからである。

戦局ますます急を告げる昭和十九年にこの文章は書かれている。発表当時、どのような受けとめ方がされたのか、今となっては知る由もない。事は被差別の問題とかかわって微妙であり、誤解を招く不用意な発言は、極力これを差し控える必要があった。それもあってか、ずいぶんともってまわった言い回しとなっている。

しかし、「それでもなお小さくなって能力は片隅に控えていたのである」という、それこそ控えめな言い回しからも見てとれるように、言い籠められ、やり込められて、片隅に追いやられ、敗者の悲哀をかこちつつも、それでもなお、引かれ者の小唄よろしく、負け惜しみの憎まれ口もたたかずにいられない、そんなアイ（間）の「かたり」の苦渋の面もちを透かし見る思いが

[31]「平家もの」を主な対象とした高木信の一連の論考は、こうした「霊物」との出会いの衝撃を、「怨霊化」と「亡霊化」との二項対立でとらえる。高木『死の美学化に抗する―『平家物語』の語り方』（青弓社、二〇〇九）、同『亡霊たちの中世―引用・語り・憑在』（水声社、二〇二〇）などを参照のこと。なお山下宏明「『平家』物の能と間狂言のカタリアイ」（『日本文学』752、二〇一六・二）は、『平家物語』を題材とした能の演目におけるアイ（間）の「かたり」のはたらきを詳細に検討し、「能内部の世界を世俗、外からの解説、相対化しながら能の活性化を図るものと言える」と述べる。能の演目を「虚仮（こけ）」にし、台無しにするかに見えて、一方でそれを補完するはたらきをアイ（間）の「かたり」に見る点で、本章と問題意識を同じくする。

[32] 引用は『柳田国男全集』巻9（ちくま文庫、一九九〇）p.185。

して興味深い。[33]泣きっ面の渋面をつくりつつも、自身ユーモアの才に長けた「好々爺（こうこうや）」を演ずることに、この時期の柳田は賭けていた。坂口安吾のことばを借りていえば、「道化はいつもその一歩手前のところまでは笑っていない。そこまでは合理の国で悪戦苦闘していたのである」。[34]突然ほうりだしたのだ。もしゃくしゃして、原料そのまま、不合理を突きだしたのである。

敗戦後、柳田は、笑い話やウソ話、オコ話などを題材とした一連の文章を一書にまとめ、『笑いの本願』（一九四六）や『不孝なる芸術』（一九五三）として世に問う。占領下の荒廃した世相のなか、これらの著作が、どれだけの励ましを人々に与えたか知れない。[35]

シテばかりが表立つ、あでやかな演能の〈場〉を、その陰で支えたのは、「力者」たちの、滑稽を演じてはしばしば見所（観客）の笑いをさそう、アイ（間）の「かたり」なのであった。ならば修辞学の用語を借りてきて、能の演目総体を映し出す「アレゴリー」としての〈鏡〉のはたらきを（ただしその鏡は相当に歪んでいるのだが）、このアイ（間）の「かたり」に見てとることはできまいか。[36]

その語源にまでさかのぼれば、「アレゴリー」は、allos agoreuein（other to speak）、すなわち「別のもの（allos）について語る（agoreuein）」ことを意味するギリシャ語である。言語が根源的にかかえもつ、代替し代補するオルタナティブなはたらきをそこに見て、これをみずか

らの批評用語として積極的に活用したのは、イェール学派を主導したポール・ド・マンであっ

[33] 滑稽なもどき芸は、敗者の服属儀礼として始まった「隼人舞」などとも密接なかかわりを持ち、そうした敗者の苦渋の面(おも)もちをかたどったものとして、「べしみ」や「武悪」などの面が知られている。「鬼の話」(『折口信夫全集』巻三所有)で折口は、「べしみ」面について、「能楽の面に大癋と言ふのがあるが、癋は「へしむ」という語から出た名詞で、口を拗り曲げてゐる様である。神が土地の精霊と問答する時、精霊は容易に口を開かない。尤、物を言はない時代を越すと、口を開くやうにもなつたが、返事をせないか、或は反対ばかりするかであつて、此の二つの方面が、大癋の面に現れてゐるのだ」と述べる。また「日本文学における一つの象徴」(『折口信夫全集』巻十七所収)では「武悪」について、「癋見に似て口は結んで居るが、稍開きかけて居ると言ふことが出来る。〈中略〉癋の字は、痘と同じであり痘は亦唖の一体である。日本語としては、古くは用言として、おふしすと言ふ語すらあつた。物言わぬと言ふ点において、此字を用ゐたのである」と述べる。

[34] 引用は『坂口安吾全集14』(ちくま文庫、一九九〇)所収の「茶番に寄せて」(初出は一九三九)。安吾はこの文章で、知の高みに立って愚者を笑う「ドラマチック・アイロニー」と同等の傲慢さを風刺の精神に見てとり、これを批判する。その一方で、それとは性格を異にしたユーモアあふれる笑いを狂言のセリフに見て、「一言にして僕の笑いの精神を表わすようなものを探せば、「浜松の音は、ざざんざあ」という太郎冠者がくすねた酒に酔っぱらい、おきまりに唄いだすはやしの文句でも引くことにしようか。「橋の下の菖蒲は誰が植えたしょうぶぞ。ぼろおんぼろおん」という山伏のおきまりの祈りの文句にでもしようか。それ自体が不合理だ。人を納得させもしないし、偉くもしない。ただゲラゲラと笑うがいいのだ。一秒さきと一秒あとに笑わなければいいのである」と狂言の詞章を挙げ、その秀逸な文章を締めくくっている。

[35] これらの著書を通して柳田国男が追い求めた笑いは、すでに注[5]長井前掲書や注[34]安吾前掲書でも触れたような、〈知〉の高みに立って愚者を笑う風刺の笑いではなく、それに代わる、自らをもまた愚者の立場に位置づけて、おのれでおのれを笑う、場違いで不合理な、ユーモアの笑いであったといえよう。

た。『理論への抵抗』（一九八二）に収載された論考「読むことの歴史」において、ド・マンは「アレゴリー」を次のように定義付けている。[37]

> アレゴリーとは、文学テクストが現象的、世界志向的方向から、文法的、言語志向的方向へ動くさいの修辞的過程のことである。したがって、アレゴリーとは美的価値と詩的価値が袂を分かつ瞬間の名称でもある。

なんとも難解なものいいである。土田知則『ポール・ド・マン——言語の不可能性、倫理の可能性』によれば、ここに言う「現象的、世界志向的方向」とは、シニフィアン（指示記号）とレファラン（言語外的な指示対象＝実体）との自然な結びつきの上にたちあらわれる事実確認的（コンスタティブ）な世界のビジョンであり、それをド・マンは「美的価値」と呼んでいる。対するに「文法的、言語志向的方向」は、シニフィアンとしてのことばそれ自体を自己言及的に志向して、その行為遂行的（パフォーマティブ）な差異の戯れに着目する立場であり、それが「詩的価値」とされている。[38]

そもそも「美的」とか「詩的」とかの訳語がまぎらわしいので、時枝文法にいう「詞」と「辞」の二分法になぞらえ、これを「詞的価値」と「辞的価値」に置き換えるとわかりやすい。[39]この図式を本章の趣旨にあてはめるなら、「美的価値（＝詞的価値）」を担うものとして能の詞章があり、対するに狂言は「詩的価値（＝辞的価値）」を担う。ワキとシテとの「問答」によって主導される演目の主筋からは、ずいぶんと外れつつも、両者の傍らにあって、場違いにそれを反覆し、別のことばに置き換えて、パラ・フレーズ（伴走、併走、同伴）して見せるアイ（間）

[36]「アレゴリー」は通常、「寓意」とか「寓話」などと訳される。だがその本来の意味は、ギリシャ古典劇において、「愛」とか「誠実」とか「正義」とかの抽象概念をその固有名に冠した役柄を登場させ、観客に道徳的な教訓を、可視化して示すようなあり方のことであった。ならば、いささかずれた立ち位置で能の演目を「寓意」し、場違いな視点からそれを再話していく「寓話」として、アイ（間）の「かたり」を位置づけることもできるはずだ。岩波『哲学・思想事典』は、「（本来の語とは）別の語を用いる」という意味の「アレゴリー」のギリシャ語起源の意味を説明したのち、「アレゴリーは、本当に伝えたいことを、他の事例に移しかえて語ることによって、潜在的な意味の両方をもつ点で、隠喩と共通しており、そこでクィンテリアヌスはアレゴリーを「連続した隠喩」と定義した。つまり一つの隠喩から次々に同系列の隠喩を連続させていく表現形式である」と説明する。また記述の最後でベンヤミンの『ドイツ悲劇の根源』に触れ、「ベンヤミンによれば、デューラーの銅版画「メランコリア」が示すように、アレゴリーは有機的な調和世界をばらばらな死んだ構成要素に分解して、没落、死、廃墟の世界として捉えかえそうとする手法なのである」と述べる。このベンヤミンのアレゴリー理解を踏まえつつ、ド・マンは「アレゴリー」を自らの批評用語として活用した系譜的なつながりを確認しておきたい。

[37] ポール・ド・マン『理論への抵抗』（国文社、一九八六）。

[38] 土田友則『ポール・ド・マン――言語の不可能性、倫理の可能性』（岩波書店、二〇一二）。

[39] 時枝誠記は、江戸期の国学者の日本語構文に対する研究成果を踏まえ、「言語過程説」に代表される「時枝文法」を起ち上げる。それは、欧米の言語学に依拠した上田万年以来のアカデミズムの文法学説と鋭く対立する。この間の経緯を知る上で参考になるのが、時枝誠記『文章研究序説』（明治書院、一九七七）である。

の「かたり」は、「別のもの（allos）について語る（agoreuein）」という意味において、まさしく「美的価値と詩的価値が袂（たもと）を分かつ」その結節点に位置しており、ド・マンいうところの「アレゴリー」のはたらきそのものだといえまいか。

さらに敷衍（パラ・フレーズ）していえば、ブレヒトのいう「異化効果」を、アイ（間）の「かたり」に見てとることもできる。ナチズムのくびきからようやく解き放たれ、社会主義体制へと移行しつつあった旧東ドイツを、最終的な活動の場としたブレヒトであったが、当面の敵である西洋近代のイリュージョン演劇と、新たな抑圧機構となりつつある社会主義リアリズムとに対する苦しい二正面作戦（幸いなことに一九五六年に五八歳で急死して、メイエルホリドのように粛清されることなく、その生を全うしたが）を展開しなければならなかった。[40]

アリストテレスの『詩学』に由来するとされる「三単一の法則」や、戯曲における起承転結の「五幕構成」、客席と舞台を仕切る「第四の壁」の隔てなどを通して、西洋リアリズム演劇は、舞台の上に本当らしさを「模倣、再現」するイリュージョン効果をひたすら追求してきた。その結果、観客は登場人物に感情移入することを一方的に求められ、劇中のヒーロー、ヒロインたち（たいていは王侯貴族や将軍などの英雄的な役柄であり、今風に言えば美男美女）に自らを同化、一体化させて、その運命（多くの場合それは破局へと至る）に限りなく共感を寄せることで、カタルシス〈精神浄化〉を得るものとされてきた[41]。

問題は、出来事や人物の言動が一定の思考の枠組みにしばられ、しかもそれが普遍的なものとして理念化されて描かれていることにあった。観客（その多くは国民国家の成員として新たに動員されつつあった一般大衆としての労働者農民）はそれに対して疑問を抱くこともなく、一定の視点（ヒーローやヒロインに自己仮託した「君主（＝独裁者）の目」）からのみ追体験することを強いられる。劇中の出来事を別の視点から批判的にとらえかえしたり、登場人物が背景としてもつ社会的環境や階級的条件にあらためて目を向けたりすることは想定されていない。

これに対しブレヒトは、あらたに「叙事演劇」なるものを提唱し、本当らしさをよそおった舞台が実は作りものであり、ウソの世界であることを積極的に示そうとした。ねらいは「異化効果」にあり、「枠物語」や「劇中劇」などの舞台の〈内〉と〈外〉とを行き来する手法を駆

［40］ブレヒト劇に関する以下の記述は、川島健『演出家の誕生―演劇の近代とその変遷』（彩流社、二〇一六）、および注［21］前掲書『演劇のキーワーズ』所収の「叙事的演劇」と「異化効果」（ともに丸本隆分担執筆）の項を参照した。なおブレヒトと同時代を生きたベンヤミンに、すぐれたブレヒト論のあることを付言しておく。

［41］藤井康生『バロック演劇の詩学』（森話社、二〇一二）が指摘するように、西洋古典主義演劇は、その手法の起源をアリストテレスの『詩学』に求めているが、三単一の法則等の特質が実際に形式化され、権威として受けとめられるようになったのは、ラシーヌやモリエールと同時代を生きた文芸批評家ボアロー（一六三六〜一七一一）の『詩法』によってであった。

使して、登場人物への同化、一体化に水を差し、それを妨げる工夫を様々に試みた。〈異化〉とはそもそも、見慣れたもの、自明とされたものから距離をとり、驚きをもって世界を再発見することで、視点の転換をうながすための手法であった。だとしたら能の演目のなかでのアイ（間）の「かたり」は、まさしくそうした「異化効果」をねらったものととらえることができ、ブレヒトはそこから数多くのヒントを得たのかもしれない。たとえばブレヒト劇にあっては、劇中の出来事と直接かかわらない「語り手（ナレーター）（＝騙り手）」が出てきて「前口上」を述べたり、客席へ向けた役者の「名告り」があったり、劇中で観客席に直接語りかける演出があったり、当世はやりのオペラ形式をまね、それをもどくように、劇の流れを突如中断してスクリーン上にタイトルと歌詞を文字情報として示し、登場人物たちに歌わせたりと、従来のイリュージョン効果を破壊するための様々な工夫が試みられた。幕を下ろさず、舞台転換の様子をそのまま見せたり（能の後見や歌舞伎の黒子）、照明を消さずに観客席を明るいままにしておいたり（視線の分散）、役者が観客席を通って舞台に登場したりもした（花道からの出）。

　ことばのレベルでも、「異化効果」をねらった工夫がされた。たとえばハムレット役の役者に、「そのときハムレットは「・・・」と言った」などと、「地の文」（ト書きや演出家の指示のことば）と融合したセリフを言わせ、地口や駄洒落、皮肉やパロディなどの風刺を効かせたセリフを次々と繰りだして、観客を大いに挑発するとともに、困惑させた。今ではどれも当りまえの演出手法となった感があるが、「異化効果」をねらったブレヒトのこうした様々な試み（それにはナチのプロパガンダへの対抗という意図もあった）が、演能の〈場〉のスタイル、中でも狂言方のアイ（間）の「かたり」との間に多くの共通点を持つことを、あらためて確認しておきたい。

以上、柳田とド・マン、さらにはブレヒトとの、それぞれ無関係と思われるテキストを、アイ（間）の「かたり」と強引に結びつけたのには訳がある。アイ（間）の「かたり」を通して見えてくる、能のテキストと狂言のそれとの対比構造は、日本語の「かたり」の語のもつ広範なはたらき、すなわち一方の極には「かたらい」があり、他方の極には「かたどり」があるといったその振れ幅の大きさと緊密に関係してくると思われるからだ。

フランス語との対比で、日本語はいまだ文法体系が確立されておらず、その場その時の〈場〉の状況に多くを依存する、未熟で不完全な言語だとして、くり返し批判したのは森有正であった。[42] 欧米語と違い、日本語の構文ではたしかに「主語」を立てない。ことばの意味よりも、

[42] 二宮正之は『文学の弁明―フランスにおける思索の現場から』（岩波書店、二〇一五）所収の「フランス語に「拷問される？」日本文学」という挑発的なタイトルの文章において森有正の日本語批判を紹介し、いわゆる「ぼくはうなぎだ」の日本語のうなぎ文と、ラシーヌの戯曲『フェードル』の断片化されたセリフのやりとりを対比し、両者の文法構造のちがいから、フランス語と日本語のそれぞれの構文の特質を明らかにしている。

ことばのやりとりを通して、話し手と聞き手がその〈場〉を共有することに重きを置く[43]。

そうした日本語の特性をふまえつつも、しかし能と狂言では、それぞれの扱いが微妙に違っている。舞台は、あくまで虚構の、ウソの世界である。より多く「かたらい」へとシフトする能の詞章は、そのウソの世界をウソと知りつつ、見所（観客）がそれと同化し、一体化して、その世界に没入すべく、さまざまに工夫をこらす。対するに狂言は、その軸足を「かたどり」へと大きく移すことによって、ウソをウソとすっぱ抜き、そこからの異化、対象化を、見所（観客）に積極的に求めていく。そうすること

| 後シテ | 典拠 | 備考 |
|---|---|---|
| 大天狗（面） | 巻1「牛若鞍馬入りの事／牛若貴船詣での事」 | 五番・現在能（宮増作ヵ） |
| 熊坂長範（面） | 巻2「鏡の宿吉次が宿に盗賊の入る事」 | 四番・現在能（宮増作ヵ） |
| 熊坂長範（面） | 巻2「鏡の宿吉次が宿に盗賊の入る事」 | 五番・夢幻能（作者不明） |
| 弁慶 | 巻3「弁慶洛中にて人の太刀を奪い取る事／弁慶義経に君臣の契約申す事」 | 四番・現在能（作者不明） |
| 土佐坊正尊 | 巻4「土佐坊義経の討手に上る事」 | 四番・現在能（観世弥次郎長俊作） |
| 平知盛（面） | 巻4「住吉大物二カ所合戦の事」 | 五番・現在能（観世小次郎信光作） |
| 菜摘女／静御前の霊（面） | 巻6「静若宮八幡宮へ参詣の事」 | 三番・夢幻能（井阿弥作） |
| 武蔵坊弁慶 | 巻7「愛発山の事／如意の渡にて義経を弁慶打ち奉る事」 | 四番・現在能（作者不明） |

で、「をかし」の世界を現出させている。芸能の〈場〉における「もどき」の本性がそこに見てとれる。

## 付論　「義経もの」にみるアイ（間）の「かたり」の諸相

以上述べてきたアイ（間）の「かたり」のはたらきを、演能の〈場〉に即して見ていくため、主に『義経記』を題材とした演目のいくつかを、以下にとりあげる。現行曲のなかで『義経記』に取材した、いわゆる「義経もの」は、**図Ⅳ−1**の一覧に示したように八つほど。その成立に世阿弥は一切かかわっていない。それだけに、「をかしにはすまじきことなり」とした、その抑

**図Ⅳ－１．「義経もの」演目一覧**

| No. | 演目 | 場所 | ワキ | 前シテ | アイ |
|---|---|---|---|---|---|
| ① | **鞍馬天狗** | 鞍馬山中 | 客僧 | 山伏 | 能力／木の葉天狗（２名） |
| ② | **烏帽子折** | 近江鏡の宿 | 三条の吉次 | 烏帽子屋の主人 | 早打ち／宿の主人 |
| ③ | **熊坂** | 近江鏡の宿 | 旅僧 | 僧 | 里人 |
| ④ | **橋弁慶** | 京五条橋 | （無し） | 弁慶 | 都の者（２名） |
| ⑤ | **正尊** | 京堀川義経宿所 | 弁慶 | 土佐坊正尊 | 間者の女 |
| ⑥ | **船弁慶** | 住吉大物の浦 | 弁慶 | 静御前（面） | 船頭 |
| ⑦ | **二人静** | 吉野勝手明神 | 神職 | 里の女（面） | 下人 |
| ⑧ | **安宅** | 加賀安宅の関 | 富樫某 | 武蔵坊弁慶 | 強力／関守 |

圧的な言辞からは、ある程度自由だとみてよい。複式夢幻能のかたちをとるものは、そのうち『熊坂』と『二人静』の二曲のみ。ほかはすべて現在能の形態をとる。[44]「義経もの」を選んだについては他意はない。『安宅』や『橋弁慶』など、比較的ポピュラーな演目が多いのと、後継の人形浄瑠璃や歌舞伎演目とのかかわりをも視野に入れてのことである。

①　**『鞍馬天狗**（くらまてんぐ）**』**

花見への誘いを鞍馬山中に触れまわる「能力」と、二人の「木の葉天狗」との、あわせて三名のアイが出る。稚児たちを集めた花見の席で、「能力」は機嫌よく座興の舞を舞う。いわゆる「アシライアイ（会釈間）」としての役柄である。そこに闖入してきた見知らぬ山伏（前シテ）を追い出そうと、「これは近頃、狼藉なる者にて候、追つ立てうずるにて候」と騒ぎ立て、また、「それがしがままになるならば、これ（げんこつ）

『能之図』より「鞍馬天狗」（国立能楽堂蔵）

を一つ戴かせたいな、腹立ちや、腹立ちや」と歯噛みするセリフに「をかし」が見てとれる。前シテの山伏は牛若（子方）とねんごろとなり（男色関係が暗示される）、みずからの素性を明かして、ともに「中入り」する。次に「間の段」がくる。二人の「木の葉天狗」がアイ（間）として出て、大天狗による牛若への兵法伝授のありさまを、おもしろおかしく、滑稽なしぐさを交えて語る。面はそれぞれ「うそぶき」と「けんとく」。それこそ「をかし」の面目躍如というところか。ただし「カタリアイ（語り間）」としてのそのセリフの滑稽なやりとりは、大抵の能のテキストでは、残念ながら省略されてしまう。

後場では、牛若と大天狗（後シテ）がともにあらわれ、黄石公から張良への兵法伝授のいき

［43］日本語文法の体系性については言語学者の小松英雄の諸論（たとえば『日本語を動的にとらえる――ことばは使い手が進化させる』笠間書院、二〇一四など）が内部からの発言として注目される。それに対し、外部からの発言として金谷武洋の諸論がある。たとえば金谷『日本語に主語はいらない』（講談社メチエ、二〇〇二）所収の「うなぎ文論争」（p.110）は、日本語に対する森有正の否定的発言を取りあげ、これを徹底的に批判する。そして『象は鼻が長い』の著者三上章の所説に拠りつつ、従来「主語」の指標とされてきた助詞「は」に、「節を越え（コンマ越え）、文を越える（ピリオド越え）」はたらきを見て、「～について言えば」という意味の「主題」の提示としてこれをとらえる。さらに、欧米語の構文は「主語」によって統括される「クリスマスツリー型」なのに対し、日本語の構文は「述語」によって下支えされる「盆栽型」だとする。それと明示されていないが、こうした金谷の主張の背景には西田幾多郎の「場所」の論理からの影響が色濃く見てとれる。

［44］「能」の本文引用は、主にシリーズ『能を読む』全4巻（角川学芸出版、二〇一三）による。

さつを語り、日本にもたらされたこの兵法をもって、源氏の再興がはたされることを予祝する。

### ②『烏帽子折（えぼしおれ）』

「平治の乱」ののち、敗れた源氏の落ち武者狩りを触れまわる六波羅の「早打ち」と、鏡の宿（しゅく）の「亭主」の二人のアイが出る。「早打ち」はそのあわただしい素振りに、宿の「亭主」は盗賊の襲来におびえる姿に、それぞれ「をかし」の要素が見てとれる。ただしその影は薄い。前シテが烏帽子屋の主人で、後シテが盗賊の熊坂長範というように、別人格となっているのも演能の形態としては変則的だ（いうまでもなく前シテと後シテは一人の演者がこれをつとめる）。

ワキが金売り吉次で、それに義経が「子方」として加わる。成人儀礼として烏帽子をかぶり、そのあかしとして盗賊退治を行うという趣向でもあろうか。ならば、フロイトのいう「父親殺し」のモチーフをそこに読みとって、「烏帽子親＝熊坂長範」という等式が成り立つかもしれない。いずれにしろアイの「をかし」は中途半端で、この演目では不発に終わっている。

### ③『熊坂（くまさか）』

「義経もの」のなかでは数少ない複式夢幻能の形式をとる。前シテは僧形で直面（ひためん）。「たとひ名を名乗らずとも」と、みずからは名をあかすことをせず、姿を隠す。その庵室には、「大長刀、拄杖にあらざる鉄の棒、そのほか兵具をひしと立て置かれ候」とあるように、出家者には似つかわしくない暮らしぶり。盗賊退治のための備えとの言い訳に、ワキの旅僧は不審を抱く。

僧（前シテ）の「中入り」とともに庵室はたちまち消え失せ、そこへ「里人」がアイ（間）として出て、むかしこの地で、義経によって退治された熊坂長範の無惨な最期の様子を、ワキの旅僧に語って聞かせる。ただし舞台の「正中」に座しての「居語り」で、立ち居振る舞いは一切ない。後シテの亡霊が出て、ワキの旅僧が、「熊坂の長範にてましますか」と問いかけて、その固有名が示される。

複式夢幻能の形態を採るからであろう、この演目で

『能之図』より「熊坂」（国立能楽堂蔵）

は、アイは「居語り」として形骸化しており、「をかし」の要素はまったく見られない。

④『**橋弁慶**(**はしべんけい**)』

千人斬りの不届き者が出るとのうわさの五条橋へ、シテの弁慶が向かう途中、アイと行き合う。二人のミヤコの者がアイ(間)として出て、「助けてくれ、助けてくれ」と舞台に駆け込み、事の顚末を「間語り」するとともに、ひとりが「思いなしや、背中がひいやりひいやりして気味が悪い、もし斬られてないか見てくれさしめ」と問う。するともうひとりが、「したたかに斬られた」とウソをついてだますやりとりなどがあって、そこに「をかし」が見てとれる。

⑤『**正尊**(**しょうぞん**)』

夜討ちの準備をする常陸坊正尊の様子を密偵として探り、その由を注進におよぶ義経方の「下女」が、アイ(間)として出る。狂言方の役なので面を着けず、女出立ち(おんないでたち)である。前場でニセの起請文を書いた正尊(前シテ)が、逃げるようにして「中入り」してのち、「間の段」でこの「下女」の「シャベリ」がある。

シリーズ「能を読む」全四巻(角川学芸出版)に掲載の用語解説によれば、「シャベリ」とは、

「能狂言における演技の一類型。諸役に扮した狂言方が舞台常座に立ち、他役とは没交渉に独白する例が多い」とされるもので、ここでも「をかし」は形骸化している。

### ⑥『**船弁慶**（ふなべんけい）』

西国へと向かうことで再起をはかろうとする義経一行が、途中で宿を借りることとなった浦の船頭がアイ（間）として出る。前場で静御前（前シテ）をミヤコへ帰すためのやり取りがあって、静は別れの舞を優雅に舞う。その場のしめやかな雰囲気に水を差すかのようにアイの船頭が割り込んできて、御座船の用意の整ったことを告げる。

『能之図』より「正尊」（国立能楽堂蔵）

「間の段」では、船中でのやり取りが、おもしろおかしく、滑稽になされる。兄頼朝との仲が修復されたなら、この海の航行権を自分に与えてくれと、なんとも場違いで身勝手な要求を、

船頭のアイはもちだす。やがて雲行きがあやしくなり、弁慶の従者（ワキツレ）の、「このおん船には妖怪（あやかし）が憑いて候」との、心無いひとことにいたく狼狽し、「船中にてさやうのことは申さぬことにて候」と抗弁する。しかしますます高まる波風に、「あまりのことを、おつしやるによつてのことにて候、えいえいえい、さればこそまた、あれから波が打つて来るわ、波よ波よ波よ、しかれしかれしかれ、しいしいしい、えいえいえい」と、当人のとっては深刻な、しかしはたで聴く者の耳には滑稽に響くセリフを、アイは次々と繰りだす。かくして海のなかから平知盛（後シテ）の亡霊が立ちあらわれるという次第。

### ⑦『二人静（ふたりしずか）』

『能画巻物』より「船弁慶」（国立能楽堂蔵）

複式夢幻能の形式をとる演目で、アイの出は限られている。神前に供える若菜を調達するため、菜摘女（なつみおんな）（ワキツレ）を呼びだす、その「下人」の役しか与えられていない。アイが本来担うべき「もどき」の役を、ワキツレの菜摘女に奪われてしまった格好である。みずからの身体に、後に出る「里女」の霊を憑依させ、それこそもどいてみせるのが、この菜摘女の役柄だからである。

野に出た菜摘女の前にあらわれた、あやしげな里女（前シテ）に、「おん名をば誰れと申すべきぞ」と問いかける。しかし里女は、「その時わらは、おことに憑きて、くわしく名を名のるべし」とだけ答えて消えてしまう。社家へと立ちかえった菜摘女は、里女からのことづてを、ワキの神職に、はじめは「間接話法」で、しかし途中から突如として「直接話法」で語りはじめる。そうすることで、里女の霊の、菜摘女に憑依したさまが示される。原文を引いておこう。

〈問答〉・・・一日（ひとひ）経書いて跡弔ひてたまはれ」と、「み吉野の人、とりわき社家の人々に申せ」とは候ひつれども、まことしからず候ほどに、申さじとは思へども、「何（なに）まことしからずとや、うたてやな、さしも頼みしかひもなく、まことしからずとや、ただよそにてこそみ吉野の、花をも雲と思ふべけれ、近く来ぬれば雲と見し、〈クドキグリ〉桜は花に現はるるものを、あら恨めしの疑ひやな。

傍点を付した、はじめの「まことしからず」と、あとの「まことしからず」とで、その発話主体が、三谷邦明のいう「自由直接言説」（これについては後述する）にも似て、菜摘女から静御前の亡霊へと、たちまちに移行していることを確認したい。そのことばの突然の変容に、「言語道断、不思議なることの候ものかな、狂気して候はいかに」と、ワキの神職は驚きあきれ、「さていかやうなる人の憑き添ひたるぞ、名を名乗りたまへ」とその素性を尋ねる。これに対して菜摘女に憑依した里女は、「つつましながらわが名をば、静かに申さん、恥ずかしや」と答え、むかし神前に奉納した舞装束を身につけて舞いはじめると、そのすがたと瓜二つの先の里女が後シテとしてあらわれ、互いに「もどき」、「もどかれ」つつ、二人して相舞いを舞うのである[45]。

里女の憑依した際の菜摘女のセリフに付される「クドキグリ」は、「クドキ」と「クリ」の合成語で、くだんの用語解説によれば、「クドキ」は、「謡の小段の一つ。低音域を中心に謡われ、詠嘆・辛さ・悲しみなどをかき口説くように朗唱する。直前にクドキグリと呼ばれる心情の昂ぶりを謳う小段のあることが多い」とされている。

『申楽談義』によれば井阿弥（ゐあみ）作とされる「静」が本曲のもとにあったようで、世阿弥もこの曲を高く評価した。それはともあれ、幽冥境を異にする「死者」との「かたらい」を巧みに演出する複式夢幻能においては、「をかし」を信条とするアイ（間）の出番はほとんどないように思われる。

### ⑧『安宅（あたか）』

義経方の「強力」と、富樫方の「関守」の二人のアイが出て、敵味方双方の間（あいだ）を取りもち、橋渡しする重要な役割を担い、大いに活躍する。まずは義経方の「強力」が、「おれが衣は鈴懸の、破れてことや欠きぬらん」と、厳（おご）そかに始まる一行の謡を茶化し、もどいてみせる。また関所の様子を探りに行き、梟首（きょうしゅ）された山伏の首が並んでいるのを見て、「山伏は貝吹いてこそ逃げにけれ、誰追ひかけて阿毘羅吽欠（あびらうんけん）」と狂歌を一首詠み、一行の顰蹙を買う。

その「強力」に扮した義経（子方）を、「いかに申しあげ候、判官（ほうがん）殿のおん通り候」と見破

［45］注［19］高橋前掲書で、筆者の高橋は、前シテとして登場する人物はただの里女にすぎず、それに霊物が憑依するのが本来の基本形だったとする（p.209）。ならば「二人静」は、そうした憑依の過程を可視化させた演目だと考えられる。

るのは富樫方の関守（アイ）である。しかし弁慶（シテ）に激しく打擲（ちょうちゃく）される「子方」の様子を見てたちまちだまされ、「まことの山伏じゃ、急いでお通りやれ」と逃がしてしまうまぬけぶりを示すのも、この関守である。

無事に関所を越えた一行を追いかけて、酒肴をもてなす際のこの関守と強力双方の二人のアイのやり取りは、たえず警戒を怠らない弁慶（シテ）との対比で、おかしみを誘う。『安宅』の演目では、ストーリーの展開になくてはならない重要な役回りを、二人のアイが担っている。

＊　＊　＊

以上見てきたように、ワキとシテとの出会いによる「問答（かたらい）」を重視し、そのセリフのやり取りに焦点化する複式夢幻能では、アイ（間）の出は極力抑えられる。シテが「中入り」して後の「カタリアイ」も、動きのない「居語り」や、平板な「シャベリ」という形で、その形骸化がいちじるしい。「シテ一人主義」の弊害でもあろうか。

一方、現在能ではドラマ性が前面に出て、シテの役割はそれほど重くはなく、その分、ワキや子方、そしてアイ（間）の活躍が前景化されてくる。シテは「死者」や「霊物（神仏）」でない場合が多く（現在能だから当然だが）、面を着けずに直面（ひためん）で舞台に立つ。とはいえ終始無表情で、面を着けたのと少しも変わらない。それもあってか、劇的な筋の展開に欠かせない滑稽な役回りとして、アイ（間）は各所で、表情豊かにその存在感を示す。

世阿弥のおかげか、現在では、複式夢幻能が能の演目の代表曲のように言われる。ために「カタリアイ」は軽視され、活字化された能のテキストからは、のぞかれてしまう場合が多い。テレビ放映される際も、時間の制約から「カタリアイ」はしばしばカットされる。とんでもないことだ。

アイ（間）の「かたり」を抜きにして、前後を継ぎはぎした演目など、それこそメリハリを欠いた「間抜け」の極み。それでは、緩急自在のドラマチックな筋の展開が台無しで、ダイナミズムもなにもあったものではない。そんな演目ばかり見せられた日には、見所（観客）はそれこそ「死ぬほど退屈[46]」して、ついには狂い死にしてしまうであろうに。

世阿弥もずいぶんと罪なことをしたものだ。

[46]　小谷野敦『能は死ぬほど退屈だ』（論創社、二〇一〇）は、そのタイトルにみえる発言を、フランスの文化使節団の一員が、能「井筒」を見せられた際に、ふともらしたことを伝える新聞記事に基づいて、当時のいきさつを明らかにするとともに、その問題含みの発言が、その後の日本の言論界に及ぼした社会的影響を丹念に跡付けている。

# 第Ⅴ章　きつねたちは、なにもので、どこからきて、どこへいくのか？

## ――〈名〉を得ること、もしくは「演技する身体」の行為遂行機能(パフォーマティブ)――

**ワキ**「ただいまの女性(にょしょう)の申しつることを汝も聞きてあるか」**アイ**「さん候(ぞおろお)、承(うけたまは)つて候」**ワキ**「それにつき汝は小賢(こざか)しき者にてある間(あいだ)、いにしへの玉藻の前の子細、存じたらば語り候へ」

**アイ**「さても玉藻の前と申したるおん方の正体は七つほどござ候。狐にてありたりと承り候。天上にてはいしほの宮、唐土にてはきさらきの宮、わが朝にては祇園稲荷五社の宮と現はれ申す。ある時、鳥羽院の后に斎(いわ)はれ申し候ふが、化生(けしょお)の者にて候へば……

（謡曲『殺生石』）

## 問題の所在――「固有名」の翻訳不可能性と、演劇の〈場〉におけるその「再現」

『今昔物語集』は全三十一巻、総数一千話におよぶ膨大な数の説話を集めて平安末期に編纂されたテキストである。その地理的範囲は、天竺（インド）、震旦（中国）、本朝（日本）の、当時でいえば全世界にわたっており、話の種類も、「それが内に、尊きこともあり、可笑しきこともあり、恐ろしきこともあり、哀れなることもあり、汚きこともあり、少々は空物語もあり、利口なることもあり、さまざま様々なり[1]」と多岐にわたる。しかし、きつねたちについては[2]、いまだ単なる断片的な「出来事／事件」としてしか語られない。同時代テキストとして重視される大江匡房の『狐媚記』にしてからが、やはり断片的な「出来事／事件」の閾をでない。首尾一貫した一連の「物語」としての結構を、これら平安朝期のテキストは決定的に欠いている。

対するに、山東京伝の『糸車九尾狐』（三編九冊、文化五年）や滝沢馬琴の『殺生石後日怪談』（五編三十六巻、文政八年）などでは、数十巻にもおよぶ長大な「物語」のなかに、きつねたちはしっかりと位置づけられ、変幻自在の活躍ぶりを示す[3]。平安朝期の説話世界から江戸戯作へ。この間、実に七百有余年。単なる「出来事／事件」の記述から、一連のはなしの流れをもつ長大な「物語」へと、きつねたちがたくましく成長を遂げていくにあたっては、大きく二つの要因が作用したと思われる。

一つ目の要因としては、ある言語体系から別の言語体系への「名前」のうつしかえ、すなわちその〈翻訳〉の不可能性をどう乗りこえていくかということ。「名前」――より正確にいえば固有名は、他に代えがたい個物を、単独に指し示すがゆえに、別の言語体系のうちにその対応物をみいだせず、翻訳不能である。[4] したがって固有名は、これを〈異物〉としてそのまま取りこむしかない。たとえば「茶枳尼天（だきにてん）」や「九尾の狐」などの固有名があるとして、それらの対応物が和語の言語体系のうちにないとしたら、それをそのまま〈異物〉として（すなわち外部性を担った異質な記号として）取りこむしかない。ソシュール風に言いなおせば、それは、

[1] 鎌倉期成立の『宇治拾遺物語』冒頭に見える、説話集「宇治大納言物語」についての記述。そこで紹介された「宇治大納言物語」は『今昔物語集』のことだとされてきたが、最近の研究では否定されている。

[2] 「きつねたち」と複数表記にしたのは、人形浄瑠璃の演目『蘆屋道満大内鑑』（竹田出雲作、享保十九年初演）で知られる「葛の葉」と、同じく『玉藻前曦袂』（寛延四年初演、文化三年改作）で知られる「玉藻の前」の、代表的な二疋のきつねを念頭に置いてのことである。

[3] 「九尾狐」の伝来に関しては、堀誠「九尾狐綺想―妲己と玉藻の前」（『ユリイカ』35-1、二〇〇三・一）、佐藤信「山東京伝の文学と絵画―『糸車九尾狐』と『絵本玉藻譚』」（『国文学 解釈と鑑賞』、二〇〇八・十二）などを参照のこと。

[4] 「固有名」の翻訳不可能性については、柄谷行人「固有名について」（『探求Ⅱ』講談社学術文庫）に指摘がある。

シニフィエ（言語記号の意味される側面）なきシニフィアン（言語記号の意味する側面）としてどこにも根をもたず、カタカナ語で記される外来の語彙のように、中身の見えぬブラックボックスとして、いつまでも浮遊したままにとどまる。それとちょうど反対に、一方で日本に独自のきつねのあやかしは、いまだ名づけえぬものとして、その固有名を欠いたまま、すなわちシニフィアン（言語記号の意味する側面）なきシニフィエ（言語記号の意味される側面）として、そのときどきの一回的な「出来事／事件」にとどまる。

とはいえそれら外来の、シニフィエなきシニフィアンはやがて、「玉藻の前」や「葛の葉」などの固有名でもって呼ばれるようになるだろう。本地垂迹よろしく、「荼枳尼天」や「九尾の狐」と等号で結ばれ、たとえばジグソー・パズルに失われたピースをはめ込むように、和語の言語体系のうちにその居場所（niche）をえて内部化されたとき、ここにようやく一連の「物語」が完成する。だが皮肉なことに、外部性を担った記号として浮遊するのをやめたとたん、固有名は、唯一かけがえのないその単独性を失う。

この間の事情を理解するため、カール・ポッパーのいう「枠組み（framework）」や、ソシュールのいう「ラング（langue）」の概念が参考となろう。ポッパーによれば、およそ文化なるものは、それなくしては自立した文化として自己主張しえぬ内在的な認識の「枠組み」をそなえもつ。この「枠組み」あるがゆえに、各々の文化はそれ自体において整合的な一個の記号論的構造体として、すなわちソシュールいうところの「ラング」の体系としてある。記号論的構造体（＝ラング）としての文化は、時として、その構成員個々人の嗜好や感情、行動様式までも規定し、方向づける。意識しようとしまいと、人は誰でも、自分がたまたまその成員として生まれ育った文化の「枠組み」の命ずるところに従って考え、感じ、行動しがちである。いささか否定的な見方をすれば、この文化的な「枠組み」は、人が決してそこから逃れ出ることのできぬ内的牢獄ともなる。[5] ならば「玉藻の前」や「葛の葉」などの固有名を与えられ、和語（やまとことば）の言語体系のうちに居場所を得たきつねたちは、そうすることによって、かえってラングの「牢獄」に封じ込められ、身動きできぬ状態に留め置かれることとなったといえようか。

ところで、「差延、遅延（difference-differance）」という概念を引っさげて、ルソーに代表される「現前」の形而上学への批判を展開したのはジャック・デリダであった。話者が口を開いてなにか言う。自分の発話を自分の耳で聞き、ただちにそれを理解する。このプロセスは無媒介的であり、発話とその「意味」は、話者の意識にじかに「現前」するとする音声中心主義を、

[5] カール・ポッパー『フレームワークの神話――科学と合理性の擁護』（未来社、一九九八）。

デリダは批判する。間髪を入れぬ瞬間にも「差延、遅延」は見てとれる。「現前」がないわけではない。ただしいつまでたってもそれは現勢化しない。それは絶えず繰り延べにされる。問題は固有名だ。対象をじかに指し示すとされ、「現前」の形而上学において、ことのほか重要視される固有名は、ことばを、私たちの生きるこの現実世界にシッカと結びつける「留めボタン」の役目をはたすと一般に理解されている。だからデリダは、その批判の矛先を、真っ先に固有名へと差し向ける。

レヴィ＝ストロースの『野生の思考』にみえる記述を批判するなかで、それを口外することがタブー視されている喧嘩相手の本名（＝固有名）を、異邦人であるレヴィ＝ストロースにひそかに告げたナンビクワラ族の一人の少女のエピソードを踏まえ、デリダは次のようにいう。[6]

> レヴィ＝ストロースがここでその禁止と暴露について述べている「固有名詞」なるものは固有名詞ではないということである。「固有名詞」という表現は、まさに『野生の思考』が後に喚起する諸理由によって不適当である。禁止によって阻止されるのは、〈固有名詞として**機能しているもの**を口に出して言う〉という行為である。そしてこの機能は**意識そのもの**である。普通の意味での固有名詞、意識という意味での固有名詞（「実際」この場合この

〔意識という〕語に用心すべきでないかどうかは後に見るであろうが）は、所属の指定や言語＝社会的なクラス分けでしかない。禁止の解除、告発の大ぎょうな遊戯、「固有なもの」の大々的提示（この場合問題なのは諍いの行為であって、この遊戯に没頭し敵意に溺れているのは少女たちであるという事実についてては多くの問題があろう）は、固有名詞を暴露するのではなく、クラス分けと所属を隠蔽しているヴェールをとり払い、言語＝社会的な差異体系への登録を引き裂くのである。（強調文字は原文）

デリダはここで、「固有名詞」と「固有なもの」との区別の必要を訴える。レヴィ＝ストロースが「固有名詞」と呼んでいるものは、ナンビクワラ族の社会のなかで、すでに「固有名詞」として「機能しているもの」のことであり、その限りで当該文化の言語体系のうちに組み込まれ、浮遊性を失った単なる記号でしかない。それは「意識そのもの」（つまりつねにすでに記号化されたもの）なのであって、あくまでも「所属の指定や言語＝社会的なクラス分け」（つまりは言語によって分節化されたカテゴリー）を指し示す単なる記号でしかない。

［6］ジャック・デリダ『根源の彼方に―グラマトロジーについて（下）』（現代思潮新社、一九七二）p.226。

それに対し、告げ口によって立ち現われる「固有なもの」は、「クラス分けと所属を隠蔽しているヴェールをとり払い、言語＝社会的な差異体系への登録を引き裂く」、多分に実践的でイレギュラーな行為としてある。その裂け目からあらわれ出る、いまだ名づけえぬもの、もしくは名づけのみあって実のないものこそ、デリダにとって唯一かけがえのない「固有なもの」なのだ。加えて、その担い手である「少女たち」の存在が注視される。「遊戯に没頭」する少女たちは、その未熟さゆえ、ポパーのいう「枠組み」にも、ソシュールのいう「ラング」にもいまだ囚われることのないゆらぎの中を、いままさに活きてある。

これを、当面の問題にあてはめたならどうか。

「玉藻の前」や「葛の葉」などの固有名をえて、和語の言語体系のうちに居場所を与えられたとき、固有名は、個物を指し示すその単独性を失って、単なる言語記号へと堕してしまっている。だがナンビクワラ族の一人の少女が異邦人に向けて喧嘩相手の本名（＝固有名）を告げ知らせたように、外部への交通というイレギュラーな行為を通して、固有名はその単独性を回復する。デリダのいう「固有なもの」がその裂け目から、つかのま立ちあらわれてくる。

かくしてここに、二つ目の要因として、『殺生石』や『三輪』などの能の演目における実践的行為（パフォーマティブ）が浮かび上がってくる。さらにはそのパロディとしての狂言『釣狐』の演目が。

演劇の〈場〉においては、相即的かつ即時的な意識をいったん離れた上で、再度その相即的な立場へのたちかえりが、演技を通じて偽装される。生身の役者による「演技する身体」を介した、往きつ戻りつの往復運動のうちに、唯一かけがえのない「出来事／事件」の一回性が、あたかも回復されたかのような演出がされる。つまりはデリダのいう「差延、遅延」を逆手にとり、音声中心主義に基づく「現前」の形而上学を、むしろ方法的に「再演」してみせるところに、演劇の本質はあるといえよう。多分にアイロニカルなこのたちかえりを、アリストテレスは『詩学』において「ミメーシス（模倣、再現）」と呼び、ロジェ・カイヨワは『遊びと人間』において「ミミクリ（擬態、変装）」と名づけた。

かくして、その最終的な完成形態に、京伝の『糸車九尾狐』や馬琴の『殺生石後日怪談』があるのだが、だからであろう、これらのテキストは演劇的な結構をあらかじめ兼ねそなえ、書かれている。これをそのまま人形浄瑠璃や歌舞伎の演目として舞台の上に載せることも可能な、場面ごとの視覚的効果（北斎や国芳などの当時一流の浮世絵師がその挿絵を描いている）を重視した「合巻」とよばれるジャンルが、こうして成立してくる。[7]

## 一　都市伝説――幼年期のきつねたち

天竺部の六話をふくめ、『今昔物語集』には全部で三十一話にきつねが登場してくる。だがどれも断片的で、いまだ「物語」の体をなしていない。「九尾の狐」との関連が期待される肝心の震旦部にいたっては、きつねの登場するはなし自体がない。『今昔物語集』の編纂意図は、なにもきつねに限ってのものではないので、あたりまえといえばあたりまえなのだが。[8]

天竺部の六話のうち、「汝ガ前生ニ一劫ノ間、或時ハ犬、狐ト生レ」（巻一―二十六）や「狐、狼、其ノ家ヲ鑿チ」（巻二―三十一）などの断片的なあつかいにとどまるものを除くなら、あやかしという点で注目されるのは巻五の十九、二十、二十一話のみである。「天竺ノ亀、人ノ恩ヲ報ゼル語」（巻五―十九）は仏典の『六度集経』にみえるはなしで、洪水の際にたすけた亀、狐、蛇が、冤罪でとらわれの身となった恩人をすくおうとして、その際に、きつねのなきごえがだましのテクニックとして用いられる。「狐ヲ以テ宮ノ内ニ鳴キ喤ラセム。然ラバ国王驚キテ、占師ニ其ノ吉凶ヲ問ヒ給ハムトス」とあるとはいえ、陰陽師（占師）とのむすびつきは、まだそれほど顕著ではない。「天竺ノ狐、自ラ獣ノ王ト称シテ獅子ニ乗リ死ニタル語」（巻五―二十）は『賢愚経』などにみえ、はなしの内容はアンデルセンの「裸の王様」に似る。「天竺ノ狐、虎ノ威ヲ借リ責メラレテ菩提心ヲ発セル語」（巻五―二十一）は『注好選』にみえ、ここでは一転、きつねは「大弁才天」の化身とされている。のちにみる「荼枳尼天」との習合のはしりとして注目されるが、それ以上にでない。

本朝部できつねが登場するはなしは二十五話ある。それらはどれも、平安京を舞台としたきつねのあやかしであり、ある種の「都市伝説（urban legend）」[9]としてこれをみることができよう。「野干、人ノ形ト変ジテ僧ヲ請ジテ講師ト為ス語」（巻二十―十四）は題名のみで本文を欠くが、のちにみる『狐媚記』の増珍律師の体験談と同工であろう。「雅通ノ中将ノ家ニ、同ジ形ノ乳母二人在ル語」（巻二十七―二十九）や、「民部大夫頼清ノ家ノ女子ノ語」（巻二十七―三十二）では、

[7] 実際にも浄瑠璃『玉藻前曦袂』（浪岡橘平・浅田一鳥合作、寛延四／一七五一）やその改作『絵本増補玉藻前旭袂』（近松梅枝軒・佐川藤太合作、文化三／一八〇六）があり、また歌舞伎『玉藻前御園公服』（鶴屋南北、文政四／一八二一）などがつくられた。なお朝里樹『玉藻前アンソロジー　殺之巻』（文学通信、二〇二一）は、玉藻関係の関連書籍を多数網羅し紹介していて有益である。続編として二〇二二年には『生之巻』が刊行され、さらに二〇二三年に『石之巻』が出版予定である。

[8] きつねについての平安期の伝承記録に関しては、中島和歌子「平安時代の狐―類書、幼学書、家宝「小狐」、けなげさ他」（『朱』52号、二〇〇九・三）、千本英史「『今昔物語集』の狐」（『朱』53号、二〇一〇・三）などを参照した。

[9] 「都市伝説」については、J・ブルヴァン『消えるヒッチハイカー―都市の想像力のアメリカ』（新宿書房、一九九八）を参照のこと。なお「都市」という形容は、「都市化した」という意味で、伝承の舞台がたとえ「地方」にあっても、都市伝説の称が用いられる。古代都市平安京もまた「都市化した」空間であったととらえるなら、これに都市伝説の称を用いることは許されよう。

きつねは人にばけて子どもをかどわかす。「狐、人ニ託キテ取ラレシ玉ヲ乞ヒ返シテ恩ヲ報ズル語」（巻二十七―三十九）では、だいじな玉（如意宝珠か？）を返してもらった返礼に、きつねは盗賊の被害から男をすくう。つづく「高陽川ノ狐、女ニ変ジテ馬ノ尻ニ乗ル語」（巻二十七―四十）では、きつねは「女ノ童」にばけて人をだます。

そのほか巻二十七の三十八、三十九話などでも、きつねは女にばけて男をたぶらかし、おなじく二十八、三十一、三十三、四十四話などでも人をだます存在として登場する。そこには水辺で春をひさぐ遊女、傀儡子のイメージとの重ね合わせもみてとれ、したがってその霊威はかならずしも高くはなく、人間と同等か、もしくはそれ以下の、おそれるに足らぬ存在でしかないとされている。[10] しかもそれぞれのはなしはどれも断片的で、「出来事／事件」の報告にとどまり、相互に関連づけられることがない。しいて共通点をもとめれば、どれもが平安京の**周縁部**の、しかるべき特定の「場所」で起こった出来事であり、しかもそれらは、かならずしもきつねのしわざと確定したわけでもなく、いまだ**名づけえぬもの**としての不可解な性格を多分にかかえもっている。その意味で、いまだ「都市伝説」の閾をでない。

とはいえ「都市伝説」にも、それなりの意味はある。私たちは、X、Y、Zの座標軸にすべて還元されるような、三次元の均質空間を生きているのではない。はげしい地殻変動の結果、山あり谷ありと、起伏にとんだ地形がかたちづくられ、その上には森や林や、岸辺や河原が広がって、地質や気候風土もそれぞれにちがっている。ひとつとしておなじ「土地」、おなじ「場所」はない。人々の暮らしの記憶が歴史となって、さらにそれに上書きされる。こうして「土地」や「場所」は、人々によって様々に書き込みされた重層的な文化空間へと徐々に変容していく。こうした現象を、古代ローマ人は「ゲニウス・ロキ(genius loci)」と称して畏敬の対象とした。[11]「地霊の力」とか「土地の記憶」と訳され、その立地や周囲の景観に配慮した建築をデザインしたり、造園をアレンジしたりする空間工学の領域で、昨今注目されているこの「ゲニウス・ロキ」という概念は、特定の空間に対して人々が抱く土俗的な想いやこだわり、愛着や親しみ、恐れや忌避の感情として読みかえ可能である。

［10］遊女、傀儡子をきつねに見立てる点では、『本朝法華経験記』（下）にみえる「朱雀大路」のきつねの哀話も同工異曲であり、『梁塵秘抄』にみえる三〇七番歌「何れか法輪へ参る道、内野通りの西の京、それ過ぎて、や、常盤林の彼方なる、愛行流れ来る大堰川」なども参考となろう。

［11］クリスチャン・ノルベルク＝シュルツ『ゲニウス・ロキ』（住まいの図書出版局、一九九四）を参照のこと。シュルツの著書を紹介するなかで松岡正剛は、「このようなことは古代ならどこにでもそのようになっているだろうと想像もつく。地霊に関係がない古代の都市や古代の墓などありそうにない。では近代ではどうなのか。現代ではどうか。ノルベルク＝シュルツが挑んだのは、ゲニウス・ロキを近代や現代の建築の場所に発見しようとしたことだった」と述べている。なおゲニウス・ロキは、古代ローマでは特定の土地や場所の守護霊とされ、「蛇体」で描かれることが多い。

造成されたばかりのニュータウンに典型的な、無機的な均質空間であっても、日々の暮らしのいとなみをとおして、人々はそこに、様々な意味づけをほどこさずにいない。どこでも同じ風景の「ファースト・フード化」した近代的な空間構成にあらがって、手垢まみれのなじみの〈場所〉へとそれを手なずけ、飼いならし、「露地」や、「巷所」や、「悪所」や、「聖所」などへと分節化し、さらには特定の地名（＝固有名）でもって名指すことにより、陰影や奥行きをともなった複雑で有機的な空間へと変容させてしまうのだ。[12]

はなしを『今昔物語集』に戻すなら、平安京の造営にあたって、まずは自然誌的な条件が考慮された。いわゆる「四神相応」である。[13] しかし平安のなかごろまでは、特定の「場所」や「土地」に対する人々の土俗的な想いはいまだ充分成熟せず、たとえば慶滋保胤（よししげのやすたね）が晩年いとなんだとされる「池亭（ちてい）」の場所の特定には、「左京、六条、三坊、二保、六町」のように数詞化された、無味乾燥な地名表示が用いられた。加えてその邸内の建物配置も、「四神相応」の原理が入れ子式に反復され、いまだ幾何学的な、グリッド状の無機的な空間構成にとどまっている。保胤はもっぱら、外来的な漢文脈の世界を活きた人物であった。[14]

それが平安末期の『今昔物語集』のころになると、平安京のそこここで、固有名詞化した「地名」が、ゲニウス・ロキさながら、立ちあがってくる。本朝部に集められた、いまだ名づけえぬものとしてのきつねのあやかしは、その兆候でもあり、成果でもあって、おおいに歓迎すべき「出来事／事件」なのであった。[15]

## 二　上書きされる系譜――「震旦きつね」の飛来

『今昔物語集』における震旦部の欠落をおぎなって、平安末期の漢学者大江匡房の『狐媚記』には、中国種（だね）のきつねのあやかしが集中してあらわれる。「康和三年、洛陽に大きに狐媚の妖ありき」で始まるその文章では、朱雀門や賀茂の斎院、洛東白河の御願寺や六条朱雀大路、さらには七条京極などの、都市域の周縁部のしかるべき「場所」で当時観察された、五つの「出

---

[12] 丸田一『「場所」論―ウェブのリアリズム、地域のロマンティシズム』（NTT出版、二〇〇八）は、インターネットの出現によって変容を余儀なくされた「場所」のありかたについて論じており、ネット上のウェブ空間によっては侵食されない「残域」としての「郷土」、それも「帰るべき場所（故郷）」としてではなく「記憶としての故郷」の保持される必要を説く。

[13] 「四神相応」の空間概念は日本ではあまり浸透せず、朝鮮半島や琉球などとちがって、陰宅禁忌や陽宅禁忌などの「風水思想」にまで進展することがなかった。

[14] 慶滋保胤『池亭記』に描かれる、「予六条以北に初めて荒地を卜し、四つの垣を築きて一つの門を開く」で始まる邸内の様子は、『簠簋内伝』巻四「造屋編」の「四神相応」の記述と相似形である。

[15] 今に残る平安京の街の痕跡については、糸井通浩編『京都学の企て』（勉誠出版、二〇〇六）、西山良平編『恒久の都 平安京』（吉川弘文館、二〇一〇）などを参照のこと。

来事／事件」が記される。『今昔物語集』とおなじく、そこでの「出来事／事件」も、いまだ「都市伝説」の閾をでない。とはいえそれを、中国種のきつねのあやかしと対比させてみせた点に『狐媚記』の独自性があらわれる。個々の「出来事／事件」の分析については、別の機会にゆずって[16]、ここでは参照項目として末尾に引かれた、中国種のきつねのあやかしに注目する。[17]

> 狐媚の変異は、多く史籍に載せたり。殷の「妲己」は「九尾の狐」と為り、「任氏」は人の妻と為り、馬嵬に到りて犬のために獲られき。或は鄭生の業を破り、或は古冢に書を読む。或は「紫衣公」と為り、県に到りてその屍を許せり。事は倜儻（他にかけ離れてはなはだしいこと）にあり、いまだ必ずしも信伏せず。今、我朝にして、正にその妖を見たり。季の葉に及ぶといへども、怪異古のごとし。偉しいかな。

四つのはなしが紹介されるなかで、最初に挙げられた「妲己」はとりわけ有名だ。殷の紂王に寵愛され、ついに国を滅ぼした悪女として、『史記』や『列女伝』にその名がみえる。『千文字』の「周発殷湯（中国古代王朝を創始した人名）」に付せられた李邏注（五代後梁）では、その妲己を「九尾の狐」とむすびつける。殷をほろぼして妲己をとらえた周の文王は、後世に禍根を残さぬため、これを殺そうとする。だがたちまち「九尾の狐」と変じて逃げ去った。とはいえ「九尾の狐」は、遠くは『山海経』、近くは『白虎通』、『文選』、『芸文類聚』、『太平広記』などの諸書にもみえ、霊亀や鳳凰などと並んで、もとはといえば「河図洛書」をもたらす瑞獣であった。[18]

唐代伝奇小説『任氏伝』（沈既済筆）は、鄭六という男が長年つれそった妻の「任氏」を馬にのせ、任地へおもむく旅の途上で猟犬にほえつかれてきつねの正体をあらわし、あげくに喰い殺されたはなしを伝える。散逸していまは伝わらないが、これを題材とした「任氏怨歌行」という白楽天の詩もあったらしい。『任氏伝』では、任氏が犬に喰われた場所を、馬嵬に設定する。安禄山の乱をのがれた楊貴妃が、逃げ場を失って殺された場所が馬嵬であり、ならば楊貴妃もまた、きつねの化身とイメージされたか。

「古冢に書を読む」は、六朝志怪小説『捜神記』巻十八のはなしをふまえる。胡博士という老学者が行方不明となり、しばらくして、塚のなかで狐たちをまえにして講義している白髪の

［16］深沢『中世神話の煉丹術』（人文書院、一九九四）を参照のこと。

［17］『狐媚記』の引用は『古代政治社会思想』（日本思想大系、一九七九）による。

［18］「河図洛書」とは、霊獣がその背に負って黄河や洛水からあらわれたとする図像で、易の八卦の起源とされる。

老きつねが目撃された。おなじ題材は『太平広記』所収の孫甑生のはなし（出典は『広異記』）としてもみえ、三善清行（みよしのきよゆき）編の『善家秘記（ぜんけひき）』逸文にみえる、賀陽良藤（かやのよしふじ）がきつねにばかされたはなしは、これをふまえて潤色されたものと思われる。

「紫衣公」については、『芸文類聚』の「獣部下」に、「狐は先古の淫婦なり。その名を曰く「紫」と、化して狐となる。故にその怪多く、自ら称す「阿紫」と」とある記述がその典拠かとおもわれ、「阿紫（あし）（むらさきちゃん）」を名乗る淫婦が狐に化けたはなしは、これまた『捜神記』巻十八にみえる。[19]

見てきたように、これら中国種（だね）のきつねのあやかしは、すべて固有名をともなう。これが存外重要だ。固有名で呼ばれるとき、いままでどれとも区別がつかず、単なる「類的記号（＝自然種名）」でしかなかったきつねたちは、それぞれに単独性をあらわにし、唯一かけがえのない存在として、ペルソナ（＝顔）をもって立ちあらわれてくる。[20]ならば、固有名をもつ中国のきつねのあやかしと、平安京のそここで起こった、いまだ名づけえぬものとしての土俗的なそれとを等号で結びつけようとする『狐媚記』テキストの出現は、本地垂迹思想を先どりして、充分にエポック・メイキングな「出来事／事件」であったといえよう。

『狐媚記』の筆者大江匡房は、「康和三年」のこの年、大宰権帥（だざいのごんのそつ）として赴任中で、都にいなかった。ならば遠く九州大宰府の地にあって、平安京を舞台とした「都市伝説」のあれこれを人づてに聞き、『狐媚記』のテキストを書いたことになる。ではなぜ「康和三年」だったのか。なぜこの年でなければならなかったのか。

二年前の康和元（一〇九九）年六月、匡房を抜擢し重用した関白藤原師通（もろみち）が、働きざかりの三十七歳の若さで、病を得て急死する。さらに康和三年のこの年、前関白師実（師通の父）が、六十歳で亡くなる。摂関家当主のこの相次ぐ死去で、都の政界に一時期空白が生じた。以後長治二年までの六年間は関白不在のまま、専制君主として権勢をふるう白河上皇の専横に、ますます歯止めがかからなくなる。師通の死をうけ、その子の忠実（ただざね）が、いそぎ権大納言から、一挙に四人を超えて右大臣に任ぜられ、康和三年のこの年、「大臣大饗」がおこなわれた。だが、たかだか二十歳（はたち）そこそこの「少年雲客」（『狐媚記』）にすぎなかった。そうした不安定な政局を反映してか、「馬通（うまくそ）をもて飯（いい）と為し、牛骨をもて菜（な）と為す」と『狐媚記』冒頭に記された「狐の大饗」を、朱雀門門前や式部省のうしろなどに設ける悪ふざけを、なにものかが画策したの

[19] 小峯和明『院政期文学論集』（笠間書院、二〇〇八）所収「大江匡房論・前編―〈記〉と江談」、胡塋原著、藤井良雄訳注「中国古代狐信仰源流考」（『福岡教育大学紀要』41号、一九九二）などを参照のこと。

[20] ソール・クリプキ『名指しと必然性』（産業図書、一九八五）。

かもしれぬ。

　とはいえきつねのあやかしは多分に両義的で、吉凶どちらとも採れる。さきに見たように、『狐媚記』の末尾は「怪異古（いにしへ）のごとし。偉（あや）しいかな」と結ばれており、その最終判断は読者にゆだねられた格好だ。急の病で死去した師通については、武者たちに命じて、強訴する山法師（比叡山の僧兵）を強引に排除したため、山王の祟りが下ったとの風聞が、まことしやかにささやかれ、その様子を歴史物語の『今鏡』は、「限りある御命と申しながら、御二禁（にきび）（悪性の腫物）のほど、人の申し侍りしは常のことと申しながら、山の大衆のおどろおどろしく申しけるもむつかしく」と記す。[21] ならば『狐媚記』は、そうした世間の風聞を否定し打ち消すため、意図的に作為された「対抗神話」としても読めてくる。[22]

## 三　白魔術VS黒魔術――「天竺きつね」の到来

　それかあらぬか、『狐媚記』の第一読者と目された忠実は、晩年にいたって、きつねをみずからの守護霊として信奉するにいたった。忠実晩年の談話集『中外抄（ちゅうがいしょう）』には、保延五（一一三九）年五月の日付で、閻魔大王をみずからのまもり本尊としたことが見え、さらに閻魔の眷属は「荼枳尼天」ゆえ、長くきつね狩りをやめたことが述べられる。邸宅の一角には、きつねたちへの供物を置く「狐戸」も設けられていた。中村禎里『狐の日本史』[23]によれば、院政期（十二世紀後半）の閻魔曼荼羅の図像にみえる荼枳尼天は、「女体」や「きつね」の姿で描かれる。荼枳尼天がきつねの化身とかんがえられたからで、また性愛を祈る際の祭神として、藤原明衡の『新猿楽記』に描かれたきつねが、しばしば「専女」の名で呼ばれたことにも由来しよう。鎌倉期（十二世紀末頃）にはいると、さらに蛇体にかたどる「弁才天」と「荼枳尼天」との習合もはじまってくる。それらの動きを先きどりしてであろうか、同じく忠実晩年の談話集『冨家語』の応保元（一一六一）年の記事からは、きつね憑きともみまがう忠実の、その異様な信仰形態がうかがい知られる。[24]

[21] 急死した師通について、『源平盛衰記』は「此の御病は御髪際に出でて、悪瘡にて大きに腫れさせ給へり。御看病に伺候したる輩、立烏帽子を著て前後に侍りけるが、互いに見えぬほど大きく高く腫れさせ給ひたれば」と、その病態の異様さと、祟りの恐ろしさを、一層誇張して描く。さらに『山王絵詞』や『山王霊験記』、『日吉山王利生記』では、師通病死の顛末が中心テーマとしてあつかわれ、生々しく図像化される。

[22] 「電子レンジに猫を入れて殺してしまったお婆さんが電子レンジの製造会社を訴えた」という都市伝説は、実は「法律の先生がジョークで挙げたたとえ話が広まった」ものだとか、「元は p.L 法を説明する際のたとえ話だった」とする類の言説を「対抗神話」と呼ぶ。都市伝説を、その起源にまでさかのぼって説明することで、その虚偽性をあばこうと意図した、多分にメタ化されたさらなる都市伝説のことをいう。

[23] 中村禎里『狐の日本史 古代・中世編』（日本エディタースクール、二〇〇一）を参照のこと。

[24] 『中外抄』と『冨家語』の引用は『江談抄 中外抄 冨家語』（新日本古典文学大系）による。

吾、発心地して、少し宜しくなりたりしとき、「小さき狐」のうつくしげなるが、肩の上にありと見ゆ。また、背に「大きなる狐」、はひかかる。また、我が目の下も「狐の目」の様になりて覚えしかば、人ども、しばしあきれて、後には咲ひなどしき。その後は見えず。

忠実は白河上皇と折り合いが悪く、保安二（一一二一）年には一時関白職を罷免されている。鳥羽院政の開始とともに内覧をゆるされ、ふたたび政界に復帰するものの、子の関白忠通と後継者問題で対立し、保元の乱（一一五六）でまたもや失脚、以後は宇治に幽閉されたまま、波乱の生涯を終えた。『中外抄』と『富家語』はどちらも、忠実の不遇の時期の談話を、側近の家司が筆録したものだ。鎌倉期成立の『古今著聞集』第六「管絃歌舞」にはまた、次のようなはなしを伝える。忠実が荼枳尼天の修法をおこなわせたところ、満願の日の夢に、天女のごとき美女をみた。実は美女に化けたきつねの、その「いき尾」をえて、忠実は関白職就任の宿願をはたし、以後みずからも、しばしば荼枳尼天の修法をおこなったという[25]。

やがてその「法」を習はせ給ひて、さしたる御望などのありけるには、みづから行はせ給ひけり。かならず験（しるし）あるけるとぞ。妙音院の護法堂に収められける、いかがなりぬらん。その「いき尾」のほかも、また別の「御本尊」ありけるとかや。

忠実の時代、摂関家はその地位をおおきく後退させ、当主（一の人、氏長者）の選任すら、院（上皇）に対し、おうかがいを立てるまでに弱体化する。失われたその権勢を回復すべく、きつねの呪法への異常なまでののめりこみが、忠実においてみられた。

おりしも、世はまさに古代から中世への変革期、本地垂迹説にもとづく「神仏習合」、「王法仏法相依」の機運にみちびかれつつ、南都北嶺の僧団世界のなかで、「天竺」の仏菩薩を、「本朝」の神祇や宗廟社稷へとうつしかえる思想操作（シンクレティズム）が、きつねの呪法を介して積極果敢に行われた。

美濃部重克「「玉藻前」考」[26]によれば、日本紀（記紀神話）に付せられた、多分にいかがわしい注釈的記述にその拠りどころをもとめ、東寺真言系の即位灌頂儀礼として、院政期にあらたに「荼枳尼天法」が位置づけられた。太陽神アマテラスは岩戸隠れの際に「辰狐」へと姿を変じ、身から如意宝珠の強烈な光を発した。さらに鹿島、春日明神もその「本地」は荼枳尼天

[25]『古今著聞集』の引用は、新潮日本古典集成による。
[26] 美濃部重克「「玉藻前」考」（『伝承文学の世界』三弥井書店、一九八四）。

とされ、大化の改新で蘇我入鹿を討ちはたし、中大兄皇子を即位させた摂関家の始祖鎌足は、この荼枳尼天（その正体は藤原氏の祭神の鹿島、春日明神とされた）に支援され、「即位灌頂（白魔術?・）」の修法を創始して、その功績によって大職冠の位をえたとされた。[27]

その一方、天台系では、荼枳尼天を「邪法（黒魔術?・）」としてしりぞけ、これを調伏し使役するための「対抗呪術」がさまざまに案出された。王位簒奪をはかろうとした斑足王が外道の師にそそのかされ、千人の王の首を供えて「塚神」を祀ろうとしたが、般若波羅蜜の力によって回心を遂げ、仏道に帰依したとするはなしが『仁王経』の「護国品」にみえる。その「塚神」は大黒天で、それが荼枳尼天と習合してきつねとむすびつく。しかし「儀軌」（諸仏諸天の図像集）によれば大黒天は戦闘神の位置づけで、その威力により荼枳尼天を使役し降伏するとして、天台系の僧団世界では「大黒天法（白魔術?・）」が重んじられた。

平清盛は王権の簒奪をもくろんで「荼枳尼天法」を修し、その結果、平家に栄華をもたらしたとする『源平盛衰記』の記述は、その例証として「九尾の狐」の中国故事を引く。殷の妲己とならんで、夏の桀王をたぶらかした末嬉や、周の幽王を堕落させた褒姒も、その正体はきつねであり、幽王がほろんだとき、褒姒は尾の三つに岐れたきつねと変じて古塚に逃げこんだとされる。

『源平盛衰記』をはじめとして平家物語の諸本は、おおむね天台系にその発想をあおぐ。立川流密教の大成者として知られる小野僧正弘真（こうしん）（文観（もんかん））は「荼枳尼天法」をもって王権に取り入り、後醍醐天皇を惑わせたとしてこれを非難する『宝鏡抄』も、やはり天台系のテキストだ。東寺真言系と天台系との論争がらみの対立は、ことを幾重にも錯綜させ、「荼枳尼天法」をめぐっての、白魔術とも黒魔術ともつかぬ見解は、区々にわかれる。それら煩雑な議論にこれ以上深入りすることは避け、ここでは次の一点のみ確認しておく。

凋落いちじるしい摂関家の権威を回復すべく、忠実によって「荼枳尼天法」が積極的に活用された。これに触発されて、王家を取り巻く宮廷社会のなかに、きつねの呪法が蔓延する。加えて、密教修法に通暁した天台系や東寺真言系の論客たちが、記紀神話や仏教典籍の注釈的言辞をとおして、それらに学問的な裏づけを与えるとともに、本地垂迹説に基づいて「九尾の狐」との結びつけを積極的に行った。かくしてここに、「天竺」から「震旦」を経て、「本朝」へといたる、「三国相伝」のきつねのあやかしが、ようやくにその体裁をととのえたということ、

[27] 荼枳尼天法をめぐる、以下の天台系と真言系の思想的確執は極めて複雑で、充分な整理がむずかしい。これについては、山本ひろ子『変成譜―中世神仏習合の世界』（春秋社、二〇〇〇）、阿部泰郎「入鹿の成立」（『芸能史研究』69号、一九八〇・四）、伊藤正義「慈童説話考」（『国語国文』555号、一九八〇・十一）など多くの先行研究があるので、それらを参照のこと。

これである。

## 四　在地（ヒナ）との出会い（一）――「玉藻の前」の場合

きつねたちが固有名でもって呼ばれるのは、「玉藻の前」でいえば南北朝期成立の『神明鏡（しんめいきょう）』が最初である。一方「葛の葉」についてはずっと遅れ、近世初期の版本『簠簋抄（ほきしょう）』（寛永四／一六二七年刊）まで待たないと、その名の由来となった「恋しくは訊ねきてみよ和泉なる信太の森のうらみ葛の葉」の歌を見いだしえない。

『神明鏡』や『簠簋抄』の内容分析については、別の機会にゆずるとして、[28] ここでは、大江匡房の『狐媚記』によって「震旦」のきつねが、また密教系（東密、台密）の僧侶たちによって「天竺」のきつねが、それぞれ固有名をともなって、はやくに「本朝」に請来されていたにもかかわらず、「玉藻の前」や「葛の葉」の固有名でもって呼ばれるまでに、数百年のときを要したのはなぜなのかを問うてみたい。

結論を先きどりしていえば、「天竺」や「震旦」のきつねたちは、当初、漢文脈の世界をもっぱらその住みかとし、そのかぎりで、いまだ外部のものにとどまって、その居場所（niche）を「本朝」の土俗的（ヴァナキュラー）な和語の言説空間のうちに容易に確保しえず、特定の「土地」や「場所」

とむすびつくことがなかった。つまりは固有名の翻訳不可能性ということ、これである。土俗的な、いまだ名づけえぬものとしてのきつねのあやかしと、互いにテリトリーを異にして、漢文脈の世界と、和文脈の世界とに、それぞれ仲良く、「棲み分け」していたというわけなのであった[29]。

そのあわいというかはざまに、あらたに在地（ヒナ）の「地名」が呼びこまれてくる。在地（ヒナ）にはいまだ、なんの書き込みもされていない未開の原野が拡がっている。そこは、歴史も物語もない、タブラ・ラサの、まっさらな新開地なのだ。その在地（ヒナ）と結びつくことで、つまりはその「土地」や「場所」に固有の「地名」と出会うことで、きつねたちはようやくみずからの居場所（niche）を見いだし、固有名でもって呼ばれるようになる。固有名には、属人的（属狐的？）なペルソナ（＝顔）としてのそれと、属地的な地名（＝ゲニウス・ロキ）としてのそれ

[28] これについては、別途、深沢「吉備大臣入唐・外伝―「こよみ」をめぐる中世のモノガタリ」（『書物と語り』若草書房、一九九八）、同「「保名」考―「玉藻の前」と、恨み「葛の葉」、二疋の狐が出会うとき」（『朱』53号、二〇一〇・三）において詳述した。

[29] 漢字仮名併用がもたらすその二元的な文化効果については、千野香織「日本美術のジェンダー」（『美術史』136号、一九九四・三）、柄谷行人『日本精神分析』、同『〈戦前〉の思考』（どちらも講談社学術文庫）などを参照のこと。また悉曇（サンスクリット）学に着目し、その表音文字としての共通性を拠り所に仮名を称揚し、漢字、漢文を相対化していく動きについては、金文京『東アジアと漢文』（岩波新書、二〇一〇）を参照のこと。

の二つが考えられる。それら双方があいまって、『今昔物語集』や『狐媚記』においては、いまだ単なる断片的な「出来事／事件」にとどまったきつねのあやかしは、ここへきて一気に「物語」へと成長を遂げる。[30]その過程を、以下にあとづけたい。まずは「玉藻の前」から——。

どこからともなく宮中にあらわれた「化女（けにょ）」は、その美貌と才知ゆえ「玉藻の御方」と名づけられる。「玉藻」はいうまでもなく美称である。『後撰和歌集』七二番歌「春の池の玉藻に遊ぶにほどりの脚のいとなき恋もするかな」をはじめとして、後続の勅撰集に数多く詠まれた歌語で、散逸していまは伝わらないが『玉藻に遊ぶ権大納言』というタイトルの王朝物語まで書かれた。[31]こうした「命名儀式（クリプキの用語で、これについては後述）」は、どこの馬の骨ともしれぬ「化女」を、和語の言語体系のうちにシッカと取りこみ、内部化していく効果をもつ。それもみやびな美称でもって。かくして「玉藻の前」は、「内、外典、仏法、世法までも晴らさざるなき也。才人也」とほめたたえられ、「諸事を問ふに、一々に答ふ、誠に権者也」とあるように、はては「権者（ごんじゃ）（神仏の仮の姿）」にまで祀りあげられる。天竺、震旦、本朝の「三国」にわたるその豊富な知識は、称揚されこそすれ、決して非難される筋合いのものではなかったからだ。

だが、そうした外来の豊富な知識も、文字の読み書きもおぼつかない一般大衆にとっては、おのれの理解のおよばない、あやしげでうさん臭いものに映り、忌避されもする。だからであろう『神明鏡』のテキストでは、「玉藻の前」の存在それ自体に「玉体不予」の原因をもとめ、その正体を陰陽師安倍泰成は、那須野のきつねと見あらわす。[32]

是は下野那須野にある狐也。彼の狐と云ふは、『仁王経』に、昔天羅国の班足王、千人の王の頸を取りて祭りしと云ひし「塚の神」、是也。大唐にて「褒似」と成り、周の幽王、后として、終に幽王を亡ぼし、已に下りて今此国に来て君を悩まし候也。

[30]『今昔物語集』のテキストにしばしば見られる「空郭（ブランク）」は、依拠した資料には記述されていない「固有名」を補入しようと意図して、編纂作業が未完に終わったため、それがかなわなかった痕跡と思われる。そこには「出来事／事件」を、「物語」へと組み替え、回収しようと意図して、ついになしえなかった編纂者のジレンマをうかがい知れて興味深い。なおこの件については小峯和明『今昔物語集の形成と構造』（笠間書院、一九八五）を参照のこと。

[31] 歌語「玉藻」をめぐっては、太田美知子「玉藻の喩と紫の上」（『日本文学論究』64号、二〇〇五・三）、千原美弥子「玉藻に遊ぶ権大納言」（『古典と現代』64号、一九九六・九）、尾崎暢殃「人麿の「玉藻刈る」の歌をめぐって」（『國學院雑誌』92-7号、一九九一・七）、島内景二「蛍と玉藻―玉鬘の人物造形をめぐって」（『中古文学』41号、一九八八・五）など関連論考は多数におよぶ。

[32]『神明鏡』は『続群書類』（第二十九輯上）所収。

プラス価値としての「天竺」、「震旦」、「本朝」にわたる広範な知識と、マイナス価値としての、「塚の神」から「褒似」をへて「玉藻の前」へといたるきつねの系譜は、本来おなじもののコインの裏表である。プラス価値ともマイナス価値ともつかぬ「玉藻の前」のこの両義的で、はなはだ不安定な位置づけは、「天竺」から「震旦」をへて「本朝」へともたらされた外部のものとして、いまだ特定の「土地」や「場所」に根づくことのないその浮遊性に起因する。抽象度の高い漢文脈の世界にとどまって、都あたりの、あたまでっかちな知識人の書物的（ブッキング）な世界にしか、その居場所を得られなかった「玉藻の前」の位置づけは、だがここへきて、一気にマイナスへとその振れ幅を拡げる。

「玉藻の前」が最初にその居場所を求めた「宮中」は、すでにして空洞化し、それ自体書物的（ブッキング）な世界として、もはや地名（＝ゲニウス・ロキ）としての実質を欠いていた。その「宮中」を追われ、次なる居場所として「玉藻の前」に提供されたのが「那須野」であった。これには、在地（ヒナ）の側からの要望もあったろう。人畜を寄せつけぬ那須野殺生石（せっしょうせき）の、そのなんとも異様な地理的風土に、なんらかのペルソナ（＝顔）を付与し、意味づけしたいとの願いが、やがてあらたな物語を招きよせる。

那須野殺生石に巣くう性悪（しょうわる）きつねと見あらわされた「玉藻の前」を追討すべく、かくして鎌倉武士団のなかでもとりわけ武勇にたけた三浦介（みうらのすけ）と上総介（かずさのすけ）とが派遣される。めでたく退治されたきつねの腹中からは「仏舎利」がえられ、これを院に献上することで衰退いちじるしい都の王権が補強された。そのひたいからは「白玉」が、二股にわかれたその尾からは、赤、白二本の「針」がえられ、それぞれ、きつね退治に功績のあった三浦介と上総介に下し与えられた[33]。ここへきて「玉藻の前」

[33] これは『古事記』に見えるスサノオによる穀物神オオゲツヒメ殺害（『日本書紀』ではツクヨミとウケモチノ神とする）と同工異曲である。なお『吾妻鏡』によれば、建久四年四月に、頼朝は那須野で大規模な巻狩りを行う。三浦介と上総介がこの巻狩りに参加していたとすれば三浦介は義澄であろうが、この時点での上総介は足利義兼で、幕府草創期の功臣上総介平広常はすでに謀殺されていない。

『源翁和尚行状縁起』中巻第八段（白河 常在院蔵）狐を追う両介

『源翁和尚行状縁起』中巻第九段（白河 常在院蔵）犬追物で鍛錬する両介

の物語はふたたびプラスの方向へとおおきくゆり戻す。たとえその正体はきつねでも、けっして悪いばかりではない。「荼枳尼天」も「九尾の狐」も、本来は福徳をもたらす瑞獣であった。

室町期成立の『玉藻の草子』（根津美術館蔵）にいたると、きつねの尾からえられたその「白針」（源氏の白旗のもとでの武力を象徴していよう）が、上総介の手をへて「伊豆国流人、兵衛佐殿」に献上され、そのたすけをえて、源頼朝は平家を討ちほろぼし、めでたく鎌倉に幕府を拓くことができたとされる。なんのことはない、これは「辰狐」としてあらわれたアマテラスの岩戸隠れを、武技を鍛錬する「犬追物」の起源譚に結びつけてみせる、東国武家政権の「草創神話」なのであった。[34]

## 五　在地（ヒナ）との出会い（二）——恨み「葛の葉」の場合

ついで「葛の葉」が特定の地名（＝ゲニウス・ロキ）とむすびつき、そのペルソナ（＝顔）をえる過程をあとづける——。

平安中期に実在した人物、陰陽師安倍晴明の一代記としてかたられる『簠簋抄』（寛永四／一六二七年刊）では、陰陽道の秘事口伝を記した一巻の書物（すなわち『三国相伝陰陽管轄簠簋内伝金烏玉兎集』）の伝来が、「天竺」から「震旦」をへて「本朝」へといたる「三国相伝」

の、インターナショナルな地理的広がりのなかに位置づけられる。しかもその書物伝来の系譜は、「天竺」と「震旦」の二つのルートに分けられている。ひとつは、遣唐使として唐土へわたった吉備真備により、「震旦」から「本朝」へともたらされた系譜（＝震旦ルート）であり、いまひとつは安倍晴明（原文では清明）がみずから唐土へとおもむき、荊山(けいざん)の伯道(はくどう)仙人から天竺伝来の書物を伝授され、それを「本朝」へ持ちかえったとする系譜（＝天竺ルート）である。中国の暦法にもとづく「宣明暦(せんみょうれき)」の注釈書（すなわち『簠簋内伝』）と、インド占星術にもとづく「文殊宿曜経(もんじゅしゅくようきょう)」の注釈書（すなわち『金烏玉兎集』）の合冊として、『簠簋内伝／金烏玉兎集』のあることから、こうした伝承経路の二旋律化が生じたものとおもわれる。

『簠簋内伝金烏玉兎集』（南北朝期成立とされる）の、そのさらなる注釈書の位置づけにある『簠簋抄』には、「荼枳尼天」も「九尾の狐」もでてこない。とはいえ、吉ともなれば凶ともなるその両義的な性格は、弟子の道満(どうまん)と密通して晴明を殺そうとはかり、「七子の妻に心許すな」とのことわざの由来とされた「莉茄(りか)」の悪妻ぶりと、晴明の産みの母とされる「信太の森」の

［34］『玉藻の草子』が「草創神話」として機能することに関しては、高島一美「『玉藻前物語』諸本研究―物語の展開と王権」（宮城学院大学大学院『人文学会誌』6号、二〇〇五）を参照のこと。

きつねの慈愛に満ちた姿とに、それぞれ割りふられ、物語のなかに巧妙に組みこまれる。[35]

> かの清明が母は、化来の人なり。遊女往来の者となり、往行し給ふを、「猫島」にてある人に留められ、三年間滞留ある間に、今の清明誕生あり。すでに童子三歳の暮れ、歌を一首連ね給ひていはく、「恋しくは尋ね来て見よ和泉なるしのだの森のうらみ葛の葉」と詠み給ひ、掻き消すやうに失せにけり。ゆえに清明上洛のみぎり、まず母の詠み置きし歌を、いかがと思ひ、和泉国へ尋ね行き、「しの田の森」を尋ね入りて見れば、社稷これあり。伏拝して、母の様子を祈誓すれば、古老経たる狐一疋、我が前に出来し、「我こそ汝が母なれ」といひて、失せにけり。これすなはち、「しの田の明神」にておはしますなり。ゆえに清明は、博士一道自然智にして、天下に名を馳すと云々。

遠くへだたった常陸（茨城県）の「猫島」と、泉州「信太」のふたつの「地名」が、きつねを介してひとつに結びあわされた経緯は、いまもって不明である。[36] 鹿島明神の本地を「荼枳尼天」とする、東寺真言系の中世的解釈が、あるいは背景にあったか。それはともかくとして、『簠簋抄』によれば、常陸猫島の地で清明を産んでのち、一首の歌を遺して姿を消した母は、実は「古老経たる狐」であり、泉州信太の森に鎮座する「社稷（＝地霊、地主）」の神として「しの田の明神」の姿であらわれた。それゆえ清明は、生まれながらに「博士一道自然智」の卓越した能力を兼ね備え、陰陽師の伝説的な始祖としての地位を確立することとなった。

これ以後きつねは、「恋しくは」の詠歌主体として特定のペルソナ（＝顔）を付与され、その歌にちなんだ「葛の葉」の美称でもって呼ばれるようになるだろう[37]。この「葛の葉」の名もまた、『古今和歌集』九二三番歌「秋風の吹き裏かえす葛の葉の恨みてもなほ恨めしきかな」をはじめとして数多く勅撰集に詠まれ、人口に膾炙（かいしゃ）した歌語である[38]。さきにみた「玉藻の前」とおなじく、その「命名儀式（クリプキ）」には、地の底から鬱勃とわきあがってくる、いまだ名づけえぬものとしてのゲニウス・ロキ（在地信仰）を、和語の言語体系のうちにすくいあげ、シッカと内部化していく効果が期待された。

[35]『簠簋抄』の引用は、日本古典偽書叢刊『兵法秘術一巻書 簠簋内伝金烏玉兎集 職人由来書』（現代思潮新社、二〇〇四）による。

[36] 東西に離れた双方の地域には陰陽師の居住したことが確認されており、両者がなんらかのネットワークで結ばれていた可能性も考えられるが、推測の域をでない。

[37] 去り際に書き残した和歌の詞章にちなんで、母きつねが「葛の葉」の名でもって呼ばれるには、さらに時代を下って人形浄瑠璃『蘆屋道満大内鑑』（一七三四）まで待たねばならない。

[38] さきの「玉藻」とちがい、管見のおよぶ限り、歌語「葛の葉」についての研究は、あまりされていない。

ところで『簠簋抄』には、浦島太郎の竜宮伝説が清明のはなしとして取りこまれ、そののちに「信太の森」での母きつねとの再会が語られる。住吉の浜でいじめられていた「小蛇」をたすけた清明（浦島ではなく）は、その返礼として、「小蛇」から「竜王の秘符」と「一青丸」をさずけられる。「小蛇」は、じつは竜宮の乙姫であった。『簠簋抄』をふまえつつ、それを翻案した浅井了意の仮名草子『安倍清明物語』（寛文二／一六六二年）では、晴明の一代記としての結構を整えるため、二つのはなしの順序を入れかえ、「信太の森」での母きつねとの再会を、住吉の浜での竜宮訪問譚よりも以前に位置づける。結果、以後の物語伝承では、「母きつね」と「竜宮の乙姫」との混同がおこった[39]。

江戸初期の随筆集『月刈藻集』では、信太のきつねの子別れについて、「三歳のときに、父の異かたに心ざしある女侍りしを恨みて、行くえ知らず、失せたり」と合理的な理由づけがなされ、そのうえで、竜宮の乙姫との出会いは、なんとこれを省略してしまう。結果どうなったか。もとは竜宮の乙姫から請来された呪物が、「明（清明のこと）、十三歳の時に信太神に詣づ。明神夢の如く現じて、水晶の如き玉を得たり」とあるように、母きつねからの伝授へとすり替わってしまうのだ[40]。

これは意図的な改変か、それとも単なるケアレスミスか。ともあれそうした改変の結果を受けて、古浄瑠璃『しのだづま』（延宝二／一六七四年刊）では、本来「小蚫（＝竜宮の乙姫）」から授けられるはずの、「竜宮の秘符（河図洛書か？）」の入った「四寸四方の黄金の箱」と、「鳥獣の鳴く声、手に取るごとく聞き知」ることのできる「水晶のごとくなる輝く玉（如意宝珠か？）」が、どちらも「信太の森」の母きつねから清明へと授けられたはなしへすり替わってしまう。[41]

こうしたすり替えが可能となった文化的背景として、蛇体と、きつねと、両様に描かれた「荼枳尼天」の図像表現があったか。それとも、より深く土俗的な民俗の世界に根差したイメージの伏在があったか。いずれにせよ、ここでもきつねは瑞獣のあつかいだ。加えて古浄瑠璃『しのだづま』では、「野干も、まことは、信太の明神、これ、いにへの吉備大臣なり」とその正体（本地）が明かされ、遣唐使の吉備真備によってもたらされた外部の要素と、在地（ヒナ）の地名

［39］『安倍晴明物語』の引用は『仮名草子集成』巻1（東京堂出版、一九八〇）による。なお『簠簋抄』と『安倍晴明物語』がともに、母きつねが姿を消した理由をなんら説明しないのに対し、古浄瑠璃『しのだづま』では、はやく『霊異記』に見える「来つ寝」のはなしを取りこんで、秋菊にみとれてうっかりきつねの本性をあらわしたその姿を、安倍の童子が怖れたことに端を発するとの理由づけがされている。

［40］成立年代は前後するものの、竜宮伝承を省かない『安倍晴明物語』（寛文二／一六六二年）の方が、それを省く『月刈藻集』（寛永七／一六三〇～同十九／一六四二）より伝承経路の上では先行する。なお『月刈藻』については西田正宏「中世古今注の変容―『月刈藻集』をめぐって」（『国文学解釈と鑑賞』45-5、二〇〇〇）、上岡勇司「『月刈藻集』作者の周辺」（『語学文学』30号、一九九二・三）などを参照のこと。

［41］古浄瑠璃『しのだづま』の引用は、東洋文庫『説経節』（平凡社、一九七三）による。

（＝ゲニウス・ロキ）とをむすびつけるその接点に、またもやきつねが位置づけられる。

以上、いささか煩瑣な説明に終始したが、ここでのはなしの肝は、信太の森（＝しの田の明神）のゲニウス・ロキと出会うことで、ここにきつねは「葛の葉」の固有名をえて、ようやくみずからの居場所（niche）を、この「本朝」の地理的空間のうちに確保し、それこそ草の根の民俗の世界に、シッカと根を下ろすことができたということ、これである。[42]

『源氏雲浮世画合』より「葛の葉狐」（都立中央図書館蔵）

## 六　「演技する身体」の行為遂行機能（パフォーマティブ）

前節ではいささか先走りして、近世初期の「仮名草子」や「古浄瑠璃」の世界にまで、いっきに時代を下ってしまった。ここで少しあともどりし、能や狂言などの中世芸能の演目を経由することで、きつねのあやかしがこうむったであろう、その質的変化をあとづけ、本章の綴じ目としたい。

翻訳不能の〈異物〉として取りこまれた「荼枳尼天」や「九尾の狐」は、名づけえぬものとしての、本朝に独自の、多分に土俗的なきつねのあやかしと結びつき、「玉藻の前」や「葛の葉」の固有名をえて、和語の言語体系のうちにしっかりと組みこまれ、内部化された。ここに一連の「物語」が、呱々の声をあげる。

だがその過程で、「出来事／事件」としての一回性は失われ、特定の「土地」や「場所」に付随する地名（＝ゲニウス・ロキ）との結びつきも希薄化する。「物語」の仮想世界へと組みこまれた時点で、固有名はその本来の唯一性、他に代えがたいその単独性を喪失し、シニフィアンとシニフィエとの一対一対応の関係のうちに自閉して、本章のはじめで取りあげたデリダの批判にもあったように、何度でも反復可能な「類的記号」へと堕してしまっているからだ。い

［42］信太妻に関する民俗事例については折口信夫「信太妻の話」（『折口信夫全集』2、中公文庫）に詳しい。

ったんは失われたその地名（＝ゲニウス・ロキ）との結びつきを再度回復（ただし擬似的に！）すべく、ここに能や狂言の中世芸能の演目が、あらたに浮かび上がってくる。

能楽は「総合芸術」だとされる。能楽の世界に造詣深く、みずからも能舞台に立った白洲正子が述べるように、「田楽からは、軽快なハタラキを、近江猿楽からは、幽玄な舞踊を、延年(えんねん)からは、勢(いきおい)のある形を、白拍子からは、女躰の柔軟性を、曲舞(くせまい)からは、クセとよばれる物語の部分を、そして、くぐつの操(あやつ)り人形からも」その特異な芸態を貪欲に摂取し、それら「すべて」を、ほんのいっときの演能空間に凝縮してみせるから「総合芸術」なのである。使えそうなものはなんでも取りこむ能楽の、その貪欲さを、白洲は「和合の精神」として称揚する。[43]

だがここで一等重要なのは、「演技する身体」を介してなされる、その役柄との一体化だ。演能空間においては、相即的かつ即自的な意識からいったんは離れつつも、一方で、相即的な立場へのたちかえりが偽装（＝演技）される。「演技する身体」を介したこのアイロニーを経由して、唯一かけがえのない単独性が、疑似的に回復される。「いま、ここ」における「出来事／事件」の一回性が、そのつど「再演」されるのだ。これをいまかりに演能空間の「現場性」と呼んでおきたい。そして世阿弥が「くぐつの操(あやつ)り人形」から学んだのは、まさにそのことであった。[44]

> 棚の上の作り物のあやつり、色々に見ゆれ共、まことには動く物にあらず。あやつりたる糸のわざ也。此糸切れん時は落ち崩れなんとの心也。申楽も、色々の物まねは作り物也。これを持つ物は心なり。此心をば人に見ゆべからず。もしもし見えば、あやつりの糸の見えんがごとし。返々、心を糸にして、人に知らせずして、万能をつなぐべし。

人形をあやつる演技者は、いっぽうで人形と心をかよわせ、人形と一体化しなければならない。そうでなければ、当の人形の動きが活きてこない。「あやつりの糸」はありながらも、ないものとして振る舞わなければならないのだ。それと同じに、生身の役者も役柄との一体化につとめつつ、一方で、どこかにその自分をあやつる「心（＝醒めた意識）」を保持していなければならない。しかもその「心」が観客に見えてしまっては、役柄との一体化はおぼつかない。

[43] 白洲正子『世阿弥』（講談社文芸文庫、一九九六）、p.127。
[44] 世阿弥『花鏡』（日本古典文学大系『歌論集 能楽論集』所収）「万能綰一心事」条。
[45] 注［43］白洲前掲書、p.128。

これについて白洲はまた、次のように言っている。[45]

> 演ずる人と、演ずる物が、一しょくたになってはいけない。自分はいつでも後にいて、もう一つの自分をあやつっている、— 役者なら誰でもこうした体験はあると思いますが、世阿弥は更にこの「心」が外に見えれば、それは態（わざ）になってしまう、どこまでも自分は無心の境にいて、「我心を我にもかくす安心」が必要だと説いています。

作為された、わざとの「演技」を、あたかも自然な「素（す）」のふるまいであるかのように見せる〈詐術〉が、巧妙に駆使されてこそ、はじめて真迫の演技が可能となる。では、そうした〈詐術〉はどうしたら可能となるのか。

フランスの社会学者ロジェ・カイヨワ（一九一三〜一九七八）は、人間に特有な文化的営みとして「遊び」の行為に着目し、勝敗を争うスポーツに典型的な「アゴン（競争）」、じゃんけんや賭博行為などの「アレア（運）」、物まねや人形遊びに見られる「ミミクリ（模擬）」、ブランコやメリーゴーラウンドなどの「イリンクス（眩暈）」の四つにそれぞれ形態分類した上で、演劇行為を「ミミクリ（模擬）」に位置づける。さらにそれら四つの「遊び」の形態を組みあわせた場合、「アゴン（競争）」に対しては「アレア（運）」が、「ミミクリ（模擬）」に対しては「イリンクス（眩暈）」が、互いに親和的であるとして、次のように述べている。[46]

模擬行為（＝ミミクリ）においては、演技者の意識が本来の人格と演技する役割との間で、いわば分裂をおこしていることに気づく。眩暈（＝イリンクス）においては逆に、意識の完全な消滅ではないまでも、混乱とパニック状態とがある。しかし、模擬はそれ自体パニックを生みだし、人格の二重化はパニックの源となるという事実そのものが、不吉な状態をまねく。他者であるかに見せかけるということは、疎外であり、譲渡である。仮面をかぶることは人を陶酔させ、解放する。したがって、知覚が惑乱するような危険な領域では、仮面と失神との結合はとりわけ恐るべきものである。憑かれた幻視者の意識の中で現実世界が一時的に消失してしまうほどに、それは激しい発作、痙攣をひきおこすのである。

「ミミクリ（模擬）」と「イリンクス（眩暈）」との共通点は、人格の分裂、融合がくりかえし

［46］ロジェ・カイヨワ『遊びと人間』（講談社学術文庫、一九九〇）第6章「遊びの拡大理論」、p.132。

なされる点にある。とはいえ、確固とした〈主体〉に拠りどころを求めるフランス啓蒙思想の文化伝統ゆえであろうか、カイヨワはそうした人格の分裂と融合を、「不吉な状態」とか「危険な領域」として批判的にとらえる。なかでも「イリンクス（眩暈）」に対しては否定的で、「心の奥にひそむ失神とパニックとの追及は、人間の分別をたぶらかし、意識をとろけさせてしまう。それは人を刺激的でいかがわしい恍惚のとりこにしてしまう。人は神になったつもりだが、じつはそうした恍惚は人間たることを忘れさせ、彼を無化しているのである」[47]と、なんとも手厳しい。演劇行為と結びつく「ミミクリ（模擬）」はまだしも、カイヨワにとって「イリンクス（眩暈）」は、人格崩壊をひき起す、狂気一歩手前の危険な兆候として、とうてい受け入れがたい「遊び」の一形態なのであった。

しかし、意識によって統御（とうぎょ）された「ミミクリ（模擬）」の段階にとどまる限り、世阿弥のいう「あやつりの糸」が透けて見えてしまう。めくるめく「イリンクス（眩暈）」の領域へと、あえて跳びこむのでなくては、「我心を我にも隠す安心」[48]は到底えられない。演技者が仮面をかぶることで「神」と一体化することまでは容認できても、おそらくカイヨワには、きつねの仮面をかぶって、演技者がきつねへと〈変身〉することなど、想像すらできなかったであろう。しかし能や狂言の世界では、いとも簡単にそれをやってのける。きつねに「化ける（＝ミミクリ）」

だけでは、まだ足りない。それこそ、きつねに「成って（＝イリンクス）」しまわなければ、ホンモノではない。

## 七　ミミクリ――変換装置としての『殺生石』、そして『釣狐』

那須野で退治された「玉藻の前」の後日譚として、能の演目『殺生石（せっしょうせき）』が位置する。さらにその『殺生石』のもどきとして、狂言『釣狐（つりきつね）』が位置している。「猿（靭猿（うつぼざる））にはじまり狐（釣狐）におわる」とされたように、この『釣狐』は、数ある狂言の演目のなかでも「重い習いもの」とされ、一人前の狂言師として認められるためには、ぜひとも習得しておかなければならない「秘曲」の位置づけにある。[49] 演技者がきつねに扮し、それがさらに人間にばけるので、数ある物真似芸のなかでも特段にむつかしく、その二重三重の「ばけ」によって、演技者は極

［47］注［46］カイヨワ前掲書、p.136。

［48］注［44］世阿弥前掲書にみえる言葉。なお西平直著『世阿弥の稽古哲学』（東京大学出版、二〇〇九）は、子どもの立ち居振る舞いから離れつつ、一方でそれへと意図的に回帰することを世阿弥は求めたとして、「①子どもの身体は理想的である。②しかし、子どもの身体から離れ、意識的な技芸（わざ）を習得せねばならない。③しかし、再び、その技芸（わざ）から離れ、無心の舞へと越え出てゆく。伝書の根底には、こうした骨太なダイナミズムが潜んでいる」（p.86）という趣旨の解釈を展開している。

［49］日本古典文学大系『狂言集・下』の解説による。

度の緊張をしいられる。

『釣狐』の演目がつくられたいきさつは不明である。しかしその内実はといえば、謡曲『殺生石』のパロディなのである。猟師にきつねを釣るのをやめさせるため、叔父の伯蔵主（はくぞうす）にばけた老いきつねは、甥の猟師に次のようにかたってきかせる。[50]

> 総じて狐は神にてまします。（男：ホー）「天竺」にてはやしおの宮、「唐土」にてはきさらぎの宮、我が朝にては稲荷五社の明神、これただしき神なり。（男：ホー）まった人皇（じんのう）七十四代、鳥羽の院の上童（うえわらわ）に、「玉藻の前」といいしも狐なり。

謡曲『殺生石』における、「前シテ」の入りと「後シテ」の出のあいだをつなぐアイ（間）のセリフ（アイは狂言方がこれをつとめる）とほぼおなじ内容の、那須野で退治された「玉藻の前」の悲しい顚末が、そっくりそのまま、えんえんと語られる。

謡曲『殺生石』が下敷きとした、源翁心昭（一三二九～一四〇〇、曹洞宗の禅僧で東北地方に教宣を拡大した）による殺生石度石譚（どせきたん）は、中国の禅僧一千七百余人の伝記を集めた『景徳伝燈録』（三十巻、北宋、道原撰）にみえる嵩嶽（すうがく）の破竈堕（はそうだ）のはなしを流用したもので、室町物語『玉藻の草子』の伝本は、後日譚としてこの源翁のはなしをのせる。亨徳、康正期（一四五二～一四五六）成立の『聖徳太子伝記』（内閣文庫蔵本）にも、玉藻の前の物語に加えて源翁度石譚がしるされており、当時すでに、ふたつのはなしはセットで享受されていたらしい。[51]

そうした伝承世界の流れを背景に、謡曲『殺生石』は成立してくる。だが、アイ（間）の語りによるそこでのきつねの登場のしかたは、以下のように、あいかわらず両義的だ。[52]

ある時、帝は清涼殿に出御なり、月卿雲客の堪能（たんのう）なるを召し集め、管絃の御遊ありしに、頃

[50] 狂言「釣狐」の引用は、日本古典文学大系『狂言集・下』（岩波書店）による。
[51] 源翁度石譚の来歴については、伊藤正義「殺生石雑記」（『かんのう』、一九八二・十一）を参照のこと。
[52] 謡曲「殺生石」の引用は、新潮日本古典集成『謡曲集・中』（新潮社）による。

『能画巻物』より「殺生石」（国立能楽堂蔵）

は秋の末、月まだ遅き宵の空の、雲の景色すさましく、うちしぐれ吹く風に、御殿の灯(ともしび)消えにけり。雲の上人立ち騒ぎ、松明(たいまつ)疾(と)くと進むれば、「玉藻の前」が身より〈光〉を放ちて、清涼殿を照らしければ、〈光〉大内(おおうち)に満ち満ちて、画図の屏風、萩の戸、闇の夜の錦なりしかど、〈光〉に輝きて、ひとへに月のごとくなり。

アマテラスの〈降臨〉、もしくはその〈再来〉としてこれを理解することも、あるいはできたはずだ。さきにもみたように、東寺真言系の「荼枳尼天法」では、アマテラスは岩戸隠れの際に荼枳尼天としての本性をあらわし、その身から如意宝珠の強烈な〈光〉を発したとされている。

だが続いて、「帝、それよりも、御悩とならせ給ひしかば」とあるように、本来は王権を補完し、強化するはずの、その強烈な〈光〉のパワーを受けとめるだけの度量を、もはや都の天皇には期待すべくもなかった[53]。かくして、「王法を傾けんと、化生(けしょう)して来たりたり、調伏の祭りあるべし」との陰陽師安倍泰成の進言にしたがって、「玉藻の前」はそのきつねの本性をあばかれ、東国へと追却され、あわれ「那須野の草の露と消え」失せる。その怨恨は凝り固まって、近づくものの命をたちどころに奪う恐ろしい「殺生石」と化し、源翁和尚による成仏(じょうぶつ)を待つこととなる。

とはいえ予定調和でおわらないところに、演能空間のおもしろさがある。もどきとしての狂言『釣狐』ではその顚末を、人間の伯蔵主に化けたきつねの口を借り、きつねの側から、再度なぞってみせる。

総じて狐というものは、仇(あだ)をなせば仇をなす。恩を見すれば恩を報ずる。あたかも身の影に添うごとく、執心の深く恐ろしい物じゃによって、この後はふっつと釣らしますな。

かくして、「さてさて、かようの恐ろしいお物語りをはじめて承ってござる。この上はふっつりと狐を釣ることではござらぬ」との約束を、猟師の口から取りつけるのだが、その言葉とはうらはらに、謡曲『殺生石』で演出されたおどろおどろしい世界とちがって、ちっとも「恐ろしいお物語り」となっていない点に注意したい。そもそも「恐ろしいお物語り」として対象化され、もどかれてしまった時点で、謡曲『殺生石』の話柄はその毒気を抜かれ、すでに「笑

[53] アマテラス神話の中世的変容に関しては、斎藤英喜『アマテラスの深み へ――古代神話を読み直す』（新曜社、一九九六）を参照のこと。

い」をさそう滑稽な内容へとおおきく変容してしまっているのである。

こうした演能空間における狂言方のもどきの重要性について、先にも見たように折口信夫は次のようにいっている。[54]

> もどくと言ふ動詞は、反対する・逆に出る・非難するなど言ふ用例ばかりを持つものの様に考へられます。併(しか)し古くは、もつと広いものの様です。尠(すくな)くとも、演芸史の上では、物まねする・説明する・代つて再説する・説き和げるなど言ふ義が、加はつて居ることが明らかです。「人のもどき負ふ」など言ふのも、自分で、赫(あか)い顔をせずには居られぬ様な事を再演して、ひやかされる処に、非難の義が出発しましたので、やはり「ものまねする」の意だつたのでせう。

折口の説をパラ・フレーズ（近傍の、両側の、以外の、準じる、寄生する）していえば、シテ（為手）をもどくのがワキ（脇）の役目であり、その両者のやり取り（問答）を、さらに横合いからパラ・フレーズしてもどくのが、狂言方のつとめるアイ（間）の役目なのである。そのアイ（間）の語りがやがて独立して狂言『釣狐』となる。

謡曲『殺生石』のもどきとして、狂言『釣狐』が位置するとして、では狂言の「笑い」が意図するものは、いったい何であったか。アリストテレスは『詩学』において、「素晴らしい行為や優れた人間たちの行為を対象として模倣」するのが悲劇であり、それに対し「劣った人間たちの行為を模倣」するのが喜劇だとのべている。ならば悲劇をみる観客は、悲劇の英雄（半神）たちとくらべ「劣った人間」として冷笑の対象となり、それとは逆に、喜劇をみる観客は「優れた人間」として、嘲笑する立場にみずからを位置づけるのか。だが『詩学』の次の発言にみるかぎり、劇中人物と観客との間での、「笑い、笑われる」、相互の関係性が問題とされているわけでは、どうやらなさそうだ[55]。

ホメロスは、悲劇に通じる真面目な題材に関して詩人であった。それは、詩作に優れていたというに尽きず、演劇的ストーリーとなりうる行為の模倣も行った唯一の詩人であったからだが、同様に喜劇の分野でも、その様式を暗示した最初の詩人となった。すなわち、諷刺ではなく、滑稽さを主題とする演劇的ストーリーを創作したのである。〈中略〉他方、喜

[54] 引用は折口信夫「翁の発生」（『日本芸能史六講』講談社学術文庫、一九九一）p.165。
[55] 引用は『アリストテレス 詩学』（三浦洋訳、光文社古典新訳文庫、二〇一九）p.44。

劇の方はどうかといえば、劣った人間たちを対象とする模倣であることは既に述べた通りである。ただし、この場合にいう人物たちの劣悪さとは全面的な意味での悪ではなく、彼らの滑稽さが、醜悪なものの一部に属するという意味である。すなわち、滑稽なものとは一種の失態であり、それゆえ醜悪ではあるけれども、[悲劇中の惨劇のように]苦痛に満ちたものや、破滅的なものではないのである。例として喜劇用の滑稽な仮面を挙げれば、すぐに得心できるであろう。歪んで醜悪ではあるが、苦痛を含む表情ではない。

喜劇の仮面は「歪んで醜悪ではある」が、「苦痛を含む表情」ではなく、「一種の失態であり、それゆえ醜悪ではあるけれども」、そこに「滑稽さ」の生ずる糸口があるという。ならば「諷刺」とは区別された、「滑稽さ」としての喜劇の特質とは、いったいどのようなものなのか。「アテナイ人の中ではクラテスが最初に諷刺詩の姿を脱し、普遍性を持った話し、つまりストーリーを制作し始めたのである」[56]とされている。そしてその際に重視されたのが、固有名の名づけだとアリストテレスはいう。[57]

詩作は、登場人物に固有名を設定しつつも、この普遍性に狙いを定めるのである。それに対し「個別的」とは、特定の個人であるアルキビアデスが何を行ったか、あるいはどんな目に合ったかというようなことである。［悲劇と喜劇を比較すれば］固有名を使いつつ普遍性に狙いを定める仕方は、喜劇の方で既に明瞭になっている。というのも喜劇詩人たちは、もっともな展開でストーリーを組み立てておき、その上で、たまたま案出した固有名を設定するからである。これは、喜劇詩人に先行する諷刺詩人たちが、特定の個人を題材に決めてから創作したやり方を脱している。

たとえば敵側のスパルタに寝返るなどして、政治的変節漢として非難されたアルキビアデスのような実在の人物[58]を嘲笑の対象としてとりあげ、「諷刺」するのではなく、まったくの架空の人物（＝固有名）を設定することで、喜劇は「諷刺詩」から自立し、より普遍性を持った「滑稽さ」を表現する演劇空間へと進化を遂げたということらしい。残念ながら現存する『詩学』

［56］注［55］アリストテレス前掲書 p.46。

［57］注［55］アリストテレス前掲書 p.71。

［58］アルキビアデス（BC四五〇～四〇四）はアテネの名門出の政治家であったが、スパルタとの戦闘でアテネ市民の信を失いスパルタに亡命した。のちアテネへ復帰したが政争に巻き込まれてふたたび小アジアに亡命、その地で政敵に暗殺された。その日和見的な政治姿勢が、しばしば諷刺や揶揄の対象とされた。

テキストは、「諷刺詩」と、その発展形態とされる「喜劇」について論じようとする手まえで唐突に終わっており、これ以上のくわしい説明をきくことができない。[59] ついては、「諷刺」と「滑稽」のちがいについてのべた、坂口安吾の『茶番に寄せて』という次のような文章がある。『詩学』の言い足りなかったことの補いとして、これを理解することが、もしかしてできるかもしれない。[60]

笑いは不合理を母胎にする。笑いの豪華さも、その不合理とか無意味のうちにあるのであろう。ところが何事も合理化せずにいられぬ人々が存在して、笑いも亦合理的でなければならぬと考える。無意味なものにゲラゲラ笑って愉しむことができないのである。そうして喜劇には諷刺がなければならないという考えをもつ。然し、諷刺は、笑いの豪華さに比べれば、極めて貧困なものである。諷刺する人の優越がある限り、諷刺の足場はいつも危く、その正体は貧困だ。諷刺は、諷刺される物と対等以上ではあり得ないが、それが揶揄という正当ならぬ方法を用い、すでに自ら不当に高く構えこんでいる点で、物言わぬ諷刺の対象がいつも勝ちを占めている。

狂言『釣狐』には、安吾が批判するような「諷刺する人の優越がある」のでもなく、また「不当に高く構えこんでいる」わけでもない。謡曲『殺生石』の世界はそれとして認めつつ、つまりはその世界の「合理的」な「意味」はそれとして尊重したまま、そのかたわら（＝よこ）に立ち、それをパラ・フレーズ（同伴、伴走、併走）することで、狂言『釣狐』は、「不合理」で「無意味」な笑いをつくりだしているのである。「それまでは合理の法で捌きがついてきた。ここから先は、もう、どうにもならぬ。――という、ようやっと持ちこたえてきた合理精神の歯をくいしばった渋面が、笑いの国では、突然赤褌ひとつになって裸踊りをしているようなもの[61]」なのである。

「演技する身体」は、伝統文化から採りだされた題材や役柄を一旦は対象化し、そのうえでその役柄にみずからを同化、一体化させていくと先にはのべた。しかしそこでの対象化は、「不当に高く構えこん」だり、みずからを「優越」する立場に立たせて、その対象を見下し「揶揄」

[59]『詩学』第2部「喜劇論」は、書かれなかったと一般に考えられている。これについてウンベルト・エーコは『薔薇の名前』で、第2部「喜劇論」は書かれたが、そのテキストは、中世スコラ哲学における実在論と唯名論とで闘わされた「普遍論争」に巻き込まれて失われたとの想定のもと、サスペンスドラマ仕立ての小説に仕立てている。
[60]「茶番に寄せて」の引用は『坂口安吾集14』（ちくま文庫、一九九〇）p.285。
[61] 注[60] 坂口前掲書。

することでは断じてない。メタ・レベルの高みに立つ超越的なタテの関係ではなく、横並びの、対等平等なパラレル（並行、併行、平衡）の関係とこれを言いかえてもいい。そのかたわら（＝よこ）の立場から、対象への同化、一体化に首尾よく成功したとき、すなわち世阿弥のいう「我心を我にも隠す安心」がえられたとき、それはイリンクス（眩暈）としての悲劇となる。対象への同化、一体化がうまくいかず、失策ばかり繰りかえすかのようにふるまうとき、そこにアリストテレスのいう「滑稽さ」が巧みに演出され、ミミクリ（模擬）としての喜劇の笑いがもたらされる。[62]観客との関係でいえば、それは「笑い、笑われる」受け身の関係ではなく、「笑い、笑わせる」能動的な関係なのであろう。能と、そのもどきとしての狂言の関係を、とりあえずはそのようなものとして押さえておきたい。

## 八　ミメーシス――変換装置としての『三輪』、そして『翁』

「恋しくは訊ね来てみよ和泉なる信太の森の恨み葛の葉」の歌にちなんで、「信太の森」のきつねは、やがて「葛の葉」の固有名でもって呼ばれるようになる。しかし、折口の指摘にもあるように、『簠簋抄』や『月刈藻集』などの近世期のテキストに到ってはじめてみえるこの歌は、三輪明神の神詠とされた、「恋しくはとぶらひ来ませちはやぶる三輪の山もと杉たてるかど」

のもどきである。[63]

平安末期の歌論書『俊頼髄脳』は、この「恋しくは」の伝承歌が詠まれた背景として、記紀神話にみえる三輪山伝説を引く。夜ごと女のもとにかよう男は、その正体を蛇体と見あらわされ、「恋しくは」の歌をのこして泣く泣く去る。その歌の詞章をたよりに三輪山のふもとをたずねると、男は三輪の明神としてあらわれた。

男女の関係が親子の関係に入れかわっていることを除けば、「葛の葉」の物語の展開とそっくりで、その正体を蛇体とするのも、「荼枳尼天」とのかかわりで納得がいく。やがて鎌倉時代になると伊勢、三輪同体説がとなえられ、アマテラスと同様、三輪明神は「男体」から「女体」へと変化する。それらの伝承をふまえ、三輪明神を「女神」とする能の演目『三輪』がつくられた。前シテ（三輪明神）の中入りの際の、その詞章にいう。[64]

［62］折口信夫は「日本文学における一つの象徴」（『折口信夫全集』十七所収）で、狂言の「べし見」や「うそぶき」面に典型的な「ゆがみ」や「みにくさ」の造形に、服属することを肯んじない抵抗のしぐさ、ふくれっ面した反抗的な表情や立ち居振る舞いをみて、そこに「もどき」の本質があるとする。

［63］注［42］折口前掲書を参照のこと。

［64］謡曲『三輪』の引用は、新潮日本古典集成『謡曲集・下』（新潮社）による。

わらはが住みかは三輪の里、山もと近き所なり、その上「わが庵は、三輪の山もと恋しくは」とは詠みたれども、なにしにわれをば訪ひ給ふべき、なほも不審に思しめさば、「訪ひ来ませ、杉立てる門」をしるしに、尋ね給へと言ひ捨てて、かき消すごとく失せにけり。

謡曲『三輪』では、『敏頼髄脳』所収歌ではなく、その典拠を『古今和歌集』九八二番歌にまでさかのぼらせて、「わが庵は三輪の山もと恋しくはとぶらひ来ませ杉立てる門」のその本歌をふまえ、前シテの詞章を構成する。加えてワキとして歴史的に実在した玄賓僧都が設定され、衆生済度の方便として、後シテの三輪明神が仏法に結縁するため罪障懺悔する、和光同塵、本地垂迹のイデオロギー操作に忠実なプロセスを踏む。そのぶん近世期の「葛の葉」の物語からは遠いのだが、前段で人に化けたきつね（＝前シテ）が、後段でその正体（＝後シテ）をあらわす「葛の葉」

『能之図』より「三輪」（国立能楽堂蔵）

の二段構えの構成は、明らかに謡曲『三輪』における複式夢幻能の形式をうけている。

　とはいえ一等重要なことは、次のことである。能の題材としてあつかわれ、「演技する身体」を経由することで、そこに重大な転機がもたらされた。すなわち方法としての固有名ということ、これである。

　「物語」のうちに内部化された時点で、「玉藻の前」なり「葛の葉」なりの固有名は、反復可能な言語記号へと堕し、もはやその浮遊性を失っていた。だが演能空間においては、「演技する身体」を介して、あくまでも、特定の「土地」や「場所」の地名（＝ゲニウス・ロキ）との結びつきが志向される。そこを舞台として、いまだ名づけえぬものとしての固有のペルソナ（＝顔）が、そのつど新たに立ちあらわれてくるしぐさや、立ち居振る舞いが、巧みに演出される。

　この間の経緯を理解するための端的な指標が、能

『能画巻物』より「翁」（国立能楽堂蔵）

の興行をはじめる際には必ず演じられたとされる『翁（式三番）』の存在である。[65]『翁』の演目で用いられる、翁（白式尉）と三番叟（黒式尉）の二つの尉面（じょうめん）は、すでにして反復可能な「類的記号」の位置づけにありながら、その固有名を決定的に欠いている。しかしシテ方のつとめる翁（白式尉）を狂言方の三番叟（黒式尉）がもどいて（＝再演して）みせるという、シニフィエ（しぐさのもどかれる側面）とシニフィアン（しぐさのもどく側面）とがペアとなった、その内部化された閉じた関係構造ゆえ、『翁』の演目は、限りない汎用性をもち、つまりはどこにでも、なににでも適応可能である。

加えて折口の説くところによれば、シテ方の翁（白式尉）はあとからの付加で、三番叟（黒式尉）によるそのもどき芸こそが、『翁』の演目の本体なのであった。ならばもどき芸としての三番叟は、まさしくシニフィエ（しぐさのもどかれる側面）なきシニフィアン（しぐさのもどく側面）ともいうべく、あてどなく浮遊し、外部へと拓かれているのであって、その欠損を補うべく、いまだ名づけえぬものとしてあった、特定の「土地」や「場所」の地名（＝ゲニウス・ロキ）が、シニフィエ（しぐさのもどかれる側面）として、そのつどあらたに呼び起こされてくる。そこ（＝舞台）にみずからの居場所（niche）をえて、固有のペルソナ（＝顔）を、そのつどあらたに立ちあらわす、いわば「プラットフォーム」みたようなはたらきを担っているのである。[66]

ここまでくれば、謡曲『三輪』の舞台も、もはや「三輪」の地でなくていい。そのペルソナ（＝顔）も、必ずしも「三輪明神」である必要はない。「類的記号」としての『翁』の演目を経由し、「泉州信太」の地を舞台に、信太の森のきつねと顕れた「葛の葉」との出会いと別れを「模倣、再現」する能の演目が、もうひとつあらたに作られたとして（もちろんそんな演目は存在しないのだが）、ちっともおかしくない。

ところで、ここにいう「模倣」や「再現」は、アリストテレスの『詩学』にいうミメーシス

［65］『翁』の演目についてはすでに、世阿弥の『風姿花伝』や禅竹の『明宿集』の段階で、儒、仏、道と結びつけた様々な解釈と意味づけの試みがされている。近年では寺院の「後戸」でおこなわれた「呪師猿楽」にその源流を求める説が、山路興造『翁の座―芸能民たちの中世』（平凡社、一九九〇）や、天野文雄『翁猿楽研究』（和泉書院、一九九五）などによって提唱された。他にも、狂言方の黒尉がシテ方の白尉に先行するとした折口の発想に寄り添いつつ、民俗芸能のなかの仮面や賤民芸能者の色濃い関与をそこに見てとる乾武俊『黒い翁』（部落解放人権研究所、一九九九）、童子形と老体との相互嵌入のイメージを翁の形象に見てとり、その宇宙論的な位置づけを試みた山折哲雄『神と翁の民俗学』（講談社、一九九一）、日本の翁の形象が朝鮮半島のシャーマニズムの影響下に成立した可能性を追求する金賢旭『翁の生成―渡来文化と中世の神々』（思文閣出版、二〇〇八）など、多岐にわたる。

［66］注［54］折口前掲書。折口は、『翁』の演目のもどきとして一番目ものの「脇能」を位置づける。ならば以下に続く、二番目ものの「修羅能」、三番目ものの「蔓物」、四番目ものの「雑能」、五番目ものの「切能」もすべて、固有の地名（＝ゲニウス・ロキ）と固有のペルソナ（＝顔）を伴って演じられることで、それを欠いた『翁』の演目のもどきとなっている点に注意しておきたい。

の訳語である。詩劇の創作方法としてのミメーシスはしかし、単なる「模倣、再現」にとどまらない、より積極的でクリエイティブな概念としてとらえられる。[67]

詩人の仕事とは、実際に起こった出来事を語ることではなくて、起こるであろうような出来事を語ること、つまり、もっともな展開で、あるいは必然的な展開で、起こりうる出来事を語ることにあるという点である。すなわち、「出来事を語る点では似ているが」歴史家と詩人の違いは、語る際に韻律を用いないか用いるかということにあるのではなく（例えば歴史家のヘロドトスの著作は、韻律を伴った文章に直すこともできるが、それでも依然として、韻律の有無にかかわらず、歴史叙述であることに変わりないであろう）、歴史家は実際に起こった出来事を語り、詩人は起こるであろうような出来事を語ることにある。

これを要するに、詩作におけるフィクションの必要性について述べているのであろう。「実際に起こった出来事を語る」のは**歴史家**の仕事にまかせておけばよい。そうではなく、「起こるであろうような出来事を語る」のが**詩人**の役目なのだ。その際には作為の介入が欠かせない。そうした作為を感じさせないためにも、「もっともな展開で、あるいは必然的な展開で」、これから「起こるであろうような出来事を語る」のでなければならない。つまりはその時々の「出来事／事件」の一回性を、「ストーリーを組み立て」ることにより、舞台の上で模擬的に再演してみせること、それがアリストテレスいうところのミメーシスの本義なのであろう。単なる「模倣」にとどまらない、「再現（再演）」としてのミメーシスの、より積極的でクリエイティブな性格が、ここに示される。

『詩学』テキストに「詩人の仕事」とあるところを、「演技する身体」と置きかえれば、一層わかりやすい。たとえば世阿弥の場合がそうであったように、能の演目においては、「作者（＝詩人）」と「演技者」とは、絶えず相即的な関係にあった。「演技する身体」に求められた、そこでの役割は何であったか。舞台となった「土地」や「場所」に特有の地名（＝ゲニウス・ロキ）を、模擬的に「再現（再演）」し、その舞台の上に特定のペルソナ（＝顔）を、あたかもかけがえのない唯一単独のものとして立ちあらわすこと、これである。能の演目の眼目は、まさにここにあった。

たとえば那須野の殺生石と化して、人々に祟りをなす「玉藻の前」の悪霊に引導を渡すべく、謡曲『殺生石』の最後で源翁和尚は次のようにいう。[68]

[67] 注 [55] アリストテレス前掲書 p.70。
[68] 注 [52]『殺生石』前掲書。

汝（なんじ）、元来（がんらい）殺生石。問ふ、石霊（せきれい）、いづれの所より来たり、今生（こんじょう）かくのごとくなる。急々に去れ、去れ。

だが、能の演目が演じられるかぎり、いつでも、どこでも、きつねたちはそのつど新たに立ちあらわれ、そのつど別個のペルソナ（＝顔）でもって、その時々の舞台（現場）に、何度でもくり返し立ちもどってくるのだ。

# 終章　民主の〈かたり〉
## ――三谷邦明が源氏物語研究に遺したもの――

**三谷邦明**（一九四一～二〇〇七）は民俗学者三谷栄一の子息で、早くに左翼思想に傾倒し、偽名（ペンネーム）を用いて学生のころから同人誌などに、いくつか政治的な文章を寄せていた。そののち早稲田高等学院の教員を経て横浜市立大学の教授となり、多くの後進を育てた。旧来の国文学研究の枠組みにとらわれず、ロラン・バルトの記号論やレヴィ＝ストロースの構造主義、ミハエル・バフチンの多声話法論などの研究手法を積極的に取り入れ、全共闘運動の嵐が吹き荒れる七〇年代、「バリケードの中の源氏物語」の著書をもつ藤井貞和らとともに若き研究者集団「物語研究会」を立ち上げ、左翼系の綱領を掲げる日本文学協会の機関誌『日本文学』などを主な舞台に、八〇年代以降の国文学研究を牽引した。主な著書に、『物語文学の方法Ⅰ・Ⅱ』（有精堂、一九八九）、『源氏物語躾糸』（有精堂、一九九一）、『物語文学の言説』（有精堂、一九九二）、『源氏物語絵巻の謎を読み解く』（三田村雅子との共著、角川選書、一九九八）、『落窪物語 堤中納言物語』（共著、小学館、二〇〇〇）、『源氏物語の言説』（翰林書房、二〇〇二）などがある。病床にあって校閲作業を続けた『源氏物語の方法』（翰林書房、二〇〇七）がその最期の遺作となった。

## はじめに――抜き取られた「躾糸」

『源氏物語 躾糸(しつけいと)』という奇妙なタイトルの啓蒙書を三谷が書いた（口述筆記させたらしい）のは、今から三十年も前のことになる。その後数年して、その書が「ちくま学芸文庫」の一冊に加えられた際、「「躾糸」という漢字が読めない人もいたり、躾糸という習慣もなくなってきた」との理由で『入門 源氏物語』に改められ、「躾糸」の語はタイトルから消えてしまった。[1]しかし今から思うに、この「躾糸」という語が、存外重要だったのではないか。

「躾糸」とは、仕立ておろしの着物が型崩れしないよう、おおざっぱに縫い取りしておくものので、初めて袖を通すとき、それを抜き取るのが習わしであった。あまり着物（和服）を着なくなった昨今、眼にする機会もなくなったが、フリルの付いたスカートの裾まわりや、背広の背の裾割れ部分を〔×〕のかたちに仮縫いした糸などに、かろうじてその痕跡をとどめる。

タイトルに「躾糸」の語を用いたことについて、三谷は簡単に触れるだけで、あまり詳しい説明をしていない。仕立ておろしの着物に初めて袖を通すのと同じに「入門の意」を響かせたとも、「源氏物語を〈読む〉ための通過儀礼を試みようとしたから」とも、また「源氏物語が織物（テキスト）であるから」ともいっている。だがそれだけでは単なる洒落た言い回し以上に出ず、文庫化される際に、タイトルからはずされて（抜き取られて！）しまったとしても致し方ない。

思うに「躾糸」は、それが付いているか、付いていないかで、製作者の側から使用者の側への、所有権の移転を徴づける、多分に両義的なちょうつがいのはたらきをしていたのだと思う。たとえば有機農法で作られた野菜などの表示にしばしば見られる、製造者から消費者へと差し向けられた、ささやかなメッセージみたようなものなのだ。それを言語テキストに置き換えたなら、作者（発話主体）みずからが自作テキストについて言及し、そうすることで当該テキストを読者へ向け、贈与、付託するメッセージに相当しよう。

だが、テキストのことばの「集合」の、その内部へと作者（発話主体）のことばを繰り込む

〔1〕三谷邦明『入門 源氏物語』（ちくま学芸文庫、一九九七）。

自己言及は、「ウソつきクレタ人」の例がよく引き合いに出されるように、本来サブジェクト・レベルに控えるべき作者（発話主体）が、オブジェクト・レベルへと介入し、水準を異にした二つのレベルが混同されることで、パラドクス（論理矛盾）を招き寄せる。ラッセルのいうように、自分自身（発話主体）のことばをもその部分（構成要素）として含み込むことばの「集合」という、集合論上あってはならないパラドクスがそこに生ずるからだ。[2] とはいえそれは、生身の作者の、そのなまの〈声〉が、テキストの内に聴かれるという現象となってあらわれる。

## 一　鮟糸としての「固有名」

バートランド・ラッセルやウィトゲンシュタインなどのビック・ネームで知られる分析哲学の領域では、固有名のあつかいが、ことのほか重視される。[3] 固有名は、他に代えがたい個物を指し示すゆえ、ことばと現実とを、互いに結びあわせる「留めピン」のような役割を果たすとされるからだ。[4] 固有名の果たすこの役割、なんとなく三谷のいう「鮟糸」と似てはいまいか。

今しがた「ことばと現実とを、互いに結びあわせる」と述べた。だがカントのいう〈物自体〉のように、あるいはラカンがいう〈現実界〉のように、「現実」はこれをじかにとらえることができない。意味付けの連鎖としてのことばの網の目を通して、それを事割り（＝理（ことわり））し、分節化することでしか、いわゆる〈現実〉なるものは、すでにして記号化されているという意味で、カッコ付きのかたちでしか、私たちの前に立ちあらわれてこない。ソシュールのいう言語記号の恣意性は、この意味でも理解されねばならない。したがって日本語とフランス語のように言語の体系（ラング）がちがえば、分節化の仕方もちがってくる。それに付随してカッコ付きの〈現実〉も微妙にちがって見えてくるし、微妙にちがって体験されてくる。

この間の事情をとらえてウィトゲンシュタインは「言語ゲーム」という概念を起ち上げた。ゲームの規則を定めたのは誰で、それはいつから始まったのかを言うことはできない。なぜならその規則のなかに私たちはいて、その外にでることは容易でないからだ。したがって、その〈真〉であるか〈偽〉であるかを客観的に判定することも、原理的にはできない。

固有名とて、同じである。たとえば、「ヘスペラスはフォスフォラスである」という説明記述は妥当であろうか。ヘスペラス（暮れの明星）とフォスフォラス（明けの明星）はどちらも金星を指す。同じ対象を指し示す固有名が複数ある場合、一方の固有名だけでもって、その対象

［2］三浦俊彦『ラッセルのパラドクス──世界を読み替える数学』（岩波新書、二〇〇五）。

［3］マルクス主義批評家のテリー・イーグルトンが脚本を手がけた一九九三年公開の映画『ウィトゲンシュタイン』では、ラッセルとウィトゲンシュタインの両者の学説上の対立が、興味深く描き出されていた。

［4］野本和幸・山田友幸『言語哲学を学ぶ人のために』（世界思想社、二〇〇二）。

を十全に言い尽くすことができない。しかも両者はもともと同じ対象を指し示すのだから（これを同じとして実体化してとらえた時点で、すでにして論理的に間違っていると思うのだが）、論理的には、「ヘスペラスはヘスペラスである」、もしくは「フォスフォラスはフォスフォラスである」と言い替えられる。だがこれではなにも説明したことにならず、文として無意味である。同じことが、「『虞美人草』の作者漱石は夏目金之助である」という文に対してもいえ、固有名それ自体では、〈真〉であるか〈偽〉であるかを容易に判定しえない。「漱石は漱石である」、もしくは「夏目金之助は夏目金之助である」と論理的に言い替えたところで、どちらも同義反復の無意味な文となってしまうからだ。

そこでラッセルは「固有名」を、述語化したいくつかの説明記述の束へと集約させ、指示対象との一義化された関係を保証するための「確定記述」として、次のような変換式を考えた。

「ヘスペラス」であるような何らかのもの（星）が、少なくとも一つある。
「ヘスペラス」であるような何らかのもの（星）は、多くても一つである。
「ヘスペラス」であるようなすべてのもの（星）は、「フォスフォラス」である。

ラッセルはこのようにして、ぶれのない正確な「確定記述」が、論理的なかたちで得られるとした。ラッセル流の論理学においては、固有名はこのように様々な述語化された説明記述の束（たば）としてとらえられる。たとえば「プラトンに師事した哲学者である」とか、「アレクサンダー大王の家庭教師である」とか、「『形而上学』や『詩学』の執筆者である」といったような、「〜である」というかたちに述語化された、そのいくつかの様々な説明記述の最終的な収束地点に、固有名としての「アリストテレス」という語が指し示すであろう、その指示対象（言語外的な指示対象＝実体）が位置するとラッセルは考えたのである。

それでは、架空（フィクション）の固有名の場合も、同じ変換式が適用されるのだろうか。たとえば漱石の小説『虞美人草』のヒロインに与えられた「藤尾」という架空の固有名がある。その固有名を用いた、「『虞美人草』のヒロイン藤尾は、九尾のキツネである」という文がここにあるとして、これをいくつかの説明記述へと変換するなら、次のような「確定記述」が得られよう。

「藤尾」であるような何らかのもの（人間）が、少なくとも一つある。
「藤尾」であるような何らかのもの（人間）は、多くても一つである。

「藤尾」**である**ようなすべてのもの（人間）は、「九尾のキツネ」**である**。

ただしここで示される「確定記述」は〈真〉ではなく、明らかに〈偽〉として、ただ単に退けられるだけだ。人間がキツネであるはずもなく、キツネが人間であるはずもないのだから。

## 二　いくつもの可能世界を拓く「固有名」

固有名を、いくつかの述語化された説明記述に置き換え、そうすることで、その〈真〉であるか〈偽〉であるかの判定を試みたラッセルの、なんとも奇妙奇天烈な（厳密にして数理論的な！）論理展開に対し、固有名それ自体に「確定記述」の可能性を見ようとしたのがソール・クリプキである。明け方か夕刻かのちがいによって「ヘスペラス」が「フォスフォラス」とその名を変えるように、夜空の星も季節によってその位置を変える（ように見える）。だが北極星だけは一点に固定して動かない（ように見える）。他の星々は北極星を**基軸**に、そのまわりをぐるぐると廻っている（ように見える）。その北極星と同等の、言語体系の中での固定化して動かない**基軸**の役割を、クリプキは固有名に見てとろうとする。

たとえば「織田信長」という固有名があるとして、その信長が本能寺の変で明智光秀に討たれなかった可能性を考えてみる。すると実際の歴史経過とは違った、もうひとつ別の歴史が拓けてくる。家康と同じく七十歳近くまで信長が生きたと仮定して、それを論理的に突き詰めていけば、それはそれで、もうひとつ別のリアルな歴史的現実が可能となる（ただし飽くまで論理の上での仮想現実という条件付きでだが）。その際、「織田信長」という固有名が存在しない可能性というものは、そもそも想定されない。なぜなら特定の固有名を前提とし、その前提の上に立って、初めて複数の可能性が拓かれるのであって、その逆ではないからだ。それら複数の可能性を成り立たせる共通基盤に、まずは固有名が先行してある。こうした事態を別の観点からとらえなおせば、固有名は、あたかも領域横断的に流通する〈基軸通貨〉のように、それら複数化された可能性の間を等価交換し、結びあわせる「留めピン」のはたらきをする。

もちろん「本能寺の変」もまた、特定の歴史的な「出来事／事件」を指し示す固有名である。ならばそれを新たな「留めピン」として、次なる別の可能性（たとえば山崎の合戦で光秀が秀吉に勝利するというような）が拓かれてくる。

「可能世界意味論」と呼ばれるクリプキのこの図式の下では、実際に推移した歴史的現実と、それとは別の可能世界とは、権利的に等価の、横並びの併行関係（パラレル）に置かれる。私たちの認識する〈現実〉は、ことばを通してあらわれる二次的な生成物であり、「固有名」の名づけ行為をその都度の転轍点としつつ、数ある言語ゲームのなかから選びとられた可能世界のうちのひとつにほかならない。いくつもの「偶然」の積み重ねの結果、その選択的帰結として、たまたま実現をみたものにほかならないのだ。とはいえ、この与えられた〈現実〉のなかにいる私たちにとって、それは唯一の「必然」であり、他の可能世界のあることを、ついに知らない。

この間の事情を、哲学者の青山拓央は、クリプキの著書『名指しと必然性』に拠りつつ、次のように説明している。[5]

ある個体の諸可能性は、その起源から未来へと向かう様相的な分岐として理解できるでしょう。たとえばアリストテレスの諸可能性は、その起源─たとえば受精卵や新生児──を様相的な原点としたとき、そこからの未来へと開かれる諸可能性なのです。それゆえ、私たちがアリストテレスに結びつけている主要な記述のすべてをアリストテレスが満たさなかった可能性も、ごく自然なものとなります。アリストテレスが幼少期に音楽を志し、プラトンの弟子にもアレクサンダー大王の教師にもならなかった可能性は、起源からの分岐的な可能性のひとつとして理解されるのです。他方、起源は様相的原点として固定されていますから、その起源が別様であったことはありえません。

さらに「固有名」の名づけ行為について、続けて次のようにいっている。

個体の時空的同一性の活躍は、いわゆる指示の因果説にも見出せます。この説がかなりの説得力をもつのは、対象の名づけが、個体の起源やそのすぐ後の時点においてなされるのが普通だからです。対象をそのごく初期の段階——理想的には起源——で捉え（ほとんどの場合は直接見聞きして捉え）、それに名前を与えることで、そこから開かれる未来への諸可能性を、その名前のもとで語ることができます。ここでは名前が、ある原点からの様相的・時間的分岐図を指す力をもっており、命名儀式とはちょうど、この原点に「ピンを刺す」ような作業だと言えます。

固有名の特性をあらわすことばとして、「原点」とか、「起源」とか、「名づけ」とか、「命名儀式」などの表現が、随所で用いられていることに注意したい。この世界は絶えず生成変化を

[5] 青山拓央『分析哲学講義』（ちくま新書、二〇一二）p.187。

くり返しており、手持ちのことばでは言いあらわせない、名づけえぬものやことの、次から次の発生に、私たちは常に突き当らざるをえない。身近なところでいえば、新たな生命（新生児）の誕生という「出来事／事件」などが、その典型事例として挙げられる。いまだ名づけられずにあるその何ものか（＝何ごとか）には、ただちにしかるべき〈名〉が与えられなければならない。クリプキはその行為を「ピンを刺す」作業になぞらえた。

　新たな固有名の出現（＝名づけ、命名儀式）によって、それまでの世界は一旦リセットされ、新たに組み替えられ、そのつど更新されていく。固有名によって徴(マーキング)づけされたその「出来事／事件」の痕跡（それは痕跡であって「出来事／事件」そのものではない）を「起点」に、世界は新たな可能性へと拓かれ、未来へ向け、多様に「分岐」していく。

　下図に示したように、述語化された説明記述の収束点に固有名を位置づけたラッセルの発想を、ちょうど百八十度反転させるか

ラッセル・クリプキの固有名の位置づけ

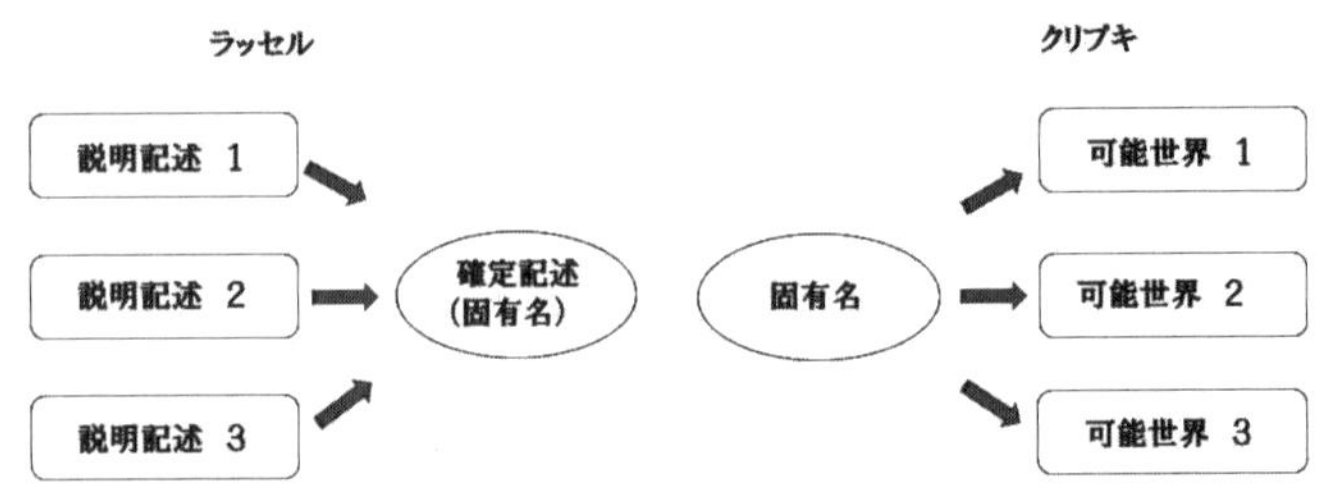

たちで、最初の始発点に、まずは固有名の「名づけ／命名儀式」があったとクリプキは考えたのだ。

たとえば「アリストテレス」と名づけられた特定の人物の誕生（紀元前三八四年ころとされている）という歴史的な「出来事／事件」がまずあり、それを指し示す固有名の「名づけ／命名儀式」がまずあって、その人物が哲学者ではなく音楽家を志した可能性とか、哲学者となってもアレクサンダー大王の家庭教師にはならなかった可能性とかが、後から拓かれてくる。それら複数化された可能世界へと「分岐」していく「原点／起源」に位置して現実世界と切り結び、あたかもその世界に「ピンを刺す」ような役割を「固有名」は果たしており、その意味において「必然」なのである。

ちなみにクリプキがいう「必然」とは、すべての可能世界において成り立つことをいい（したがって固有名は「必然」なのである）、一方「偶然」とは、ひとつ以上の、ただしすべてではない可能世界においてしか成り立たないことについていう。なにが〈真〉で、なにが〈偽〉であるかの判断基準が、クリプキにおいては、「偶然」が「必然」へと移行する過程として読み換えられたと、これを理解してよいかもしれない。

## 三　架空（ニセ）の「固有名」のあつかいをめぐって

分析哲学のルーツをたどれば、ヨーロッパ中世の「普遍論争」に行き着く。プラトンのイデア論に依拠して、ことばによる普遍的な概念は、神の知性に由来するとした「実在論（リアリズム）」がまずあって、それを代表するのがトマス・アキナスであった。それに対し、個々の事物や個々の経験がまずあって、普遍概念はあとから付けられた「名前」にすぎないとする「唯名論（ノミナリズム）」を代表したのがオッカムのウィリアムである。中世スコラ哲学の中心命題であった神の形而上学（主語や主格に第一原因としての「神」を常に位置づける記述のあり方）は、このオッカムにより真っ向から否定され、あらゆる説明記述の中から神の〈名〉を削除することで、近代的な科学思想が始まったとされる。いわゆる「オッカムの剃刀」である。

ウィトゲンシュタインの言語ゲーム理論にも明らかなように、ことばの先行性に注目する分析哲学は、「唯名論」の立場に、より親和的だ。神とか真理とかの普遍概念はあとから付けられた名前（＝言語記号）にすぎず、とはいえその名前（＝言語記号）を通してしか、私たちは世界を把握しえない。こうして世界との直接的な接点は見失われ、すべての価値を横並びの等価に置く、ポストモダンの価値相対主義の風潮が一世を風靡する。

そうした中、具体個別の「出来事／事件」を指し示す固有名に、「ピンを刺す」はたらきを見るクリプキの登場は、イデア論的な形而上学を復権させ、拠るべき基準を打ち立てようとするあらたな試みとして注目されている。そればかりか、いったい誰が、どのような立場で「名づけ／命名儀式」の権限を行使するのかといった、固有名の名づけをめぐる権力闘争の様相をも明るみに出すことを可能にした。

身近な例でいえば、ジブリアニメ『千と千尋の神隠し』（二〇〇一年公開）の隠れた主題に固有名があった。「名」を与えたり、奪ったり、忘れていた「名」を思い出したり、奪い返したりといった、固有名をめぐる作中人物の間での攻防戦は、「名づけ／命名儀式」による可能世界への拓かれを、いったい誰が主導するのかという、固有名の名づけをめぐる力のせめぎ合いの〈場〉としてもとらえられよう。

天野文彦はまた、『世阿弥がいた場所』において、観世座か日枝座か、それとも田楽座（新座、本座）かなどといった違いを超えて、権力者（将軍）を中心に「能界」が次第に組織化され、さらに「世阿弥」以下の芸能者の阿弥号が、第三代室町将軍足利義満による命名であった可能性について言及している。[6] その「名づけ／命名儀式」の様相をあたかも可視化するかのよう

［6］天野文彦『世阿弥がいた場所』（ぺりかん社、二〇〇七）。

にして、古川日出夫の小説『平家物語 犬王の巻』を原作としたアニメ映画『犬王』（湯浅政明監督、二〇二二）が、つい先ごろ公開された。

だが歴史上実在したことの明らかな、日枝座の「犬王（道阿弥）」を主人公に描き出されたアニメ『犬王』の作品世界はまだしも、宮崎駿によって作られた『千と千尋の神隠し』の方は、まったくの架空のフィクションである。クリプキの観点からするなら、こうしたフィクションの世界における固有名のあつかいはどうなるのか。

「ピンを刺す」にも、それが指し示すべき対象を、それらフィクションの固有名は〈現実〉の世界のなかにもっていない。レファラン（言語外的な指示対象＝実体）なきシニフィアン（ことばの意味するはたらき）として、徹頭徹尾、中空に浮遊しているのであって、他に替えがたい個物を指し示す固有名の定義からは、大きく外れているように見える。

クリプキの言い分を聞いてみよう[7]。

一角獣という種は現実には存在せず、また一角獣の神話の中で一角獣について成立すると見なされた外見をもち、内部構造は異なる（あるものは爬虫類、あるものは哺乳類、あるものは両生類）ような幾つかの異なった仮説上の種に関して、これらの異なった神話上の種のうちどれが一角獣であったかを言うことはできない。もし私のように、神話上の一角獣は特定の種であると思われているが、神話は種を一意的に決定するための内部構造について不十分な情報しか提供していないと考えるならば、それが一角獣という種だと言えるような種は、現実的にも可能的にも存在しないのである。（傍点原文）

固有名による「ピンを刺す」はたらきを、クリプキは、「名づけ／命名儀式」という意味で「自然種名（普通名詞）」にも見ている。そして一角獣は「自然種名（普通名詞）」ではないと言う。それには自然科学的な〈知〉の裏付けがないからだ。

なんとも奇妙な論理展開ではある。これを敷衍していえば、「自然種名」のキツネに対し、その「集合」を構成する部分（構成要素）として、「九尾の狐」や「荼枳尼天」、「玉藻の前」や「葛の葉」などの個物がある。生物学的な分類基準に基づいて、普通名詞としてのキツネは「自然種名」として、その指示対象をすべての可能世界のうちにもっているので「必然」だ。しかし神話や説話伝承上の存在である「九尾の狐」以下には、実在したと確証される指示対象がなく、

［7］ソール・クリプキ『名指しと必然性』（産業図書、一九八五）p.186。

「偶然」に左右される公算が大きい。したがってクリプキに言わせると固有名とは見なされない。体系性を備えた科学的な言説（それ自体、実はひとつの言語ゲームでしかないのだが）に対し、「神話は種を一意的に決定するための内部構造について不十分な情報しか提供していない」からである。

さらにクリプキは、次のようにも言っている。

架空の固有名に関しても、私は似たような見解をもっている。シャーロック・ホームズのような手柄を立てた探偵が実際にいたという発見だけでは、コナン・ドイルはこの男についていて書いていた、ということを示すことにはならない。実際にはとてもありそうにないことだが、ドイルは純粋に架空の話を書いており、それが偶然の一致から実在の男に似ていたにすぎない、ということは理論的には可能である。（「この作品の登場人物は架空のものであり、現存あるいは過去の人物へのいかなる類似も、純粋に偶然的なものである」という典型的なことわり書きを見よ）。同様に私は、シャーロック・ホームズが存在しないことを認めるならば、いかなる可能な人物についても、彼が存在したならシャーロック・ホームズであっただろうということはできない、という形而上学的見解をもっている。（傍点原文）

くり返し言うが、なんとも奇妙な論理展開である。「架空の固有名」は、〈現実〉の世界の中にその指示対象を持っていない。だから「架空」なのだ。たとえ類似した対象があったにしても、それは「偶然」にすぎないのであって、それを「架空の固有名」の指示対象として同定するわけにはいかない。架空の固有名と通常の固有名とは、これを区別してあつかわなければならない、とクリプキは言う。ならば固有名の特性として挙げられた、「原点」とか、「起源」とか、「名づけ」とか、「命名儀式」とかの働きと、架空（ニセ）の固有名とはどう関係づけられるのか。それについてクリプキは、多くを語っていない。しかし少なくとも「ホームズ」シリーズの作者コナン・ドイルの固有名には、「ピンを刺す」はたらきを期待してよいはずだ。

事は二段構えでとらえられなければならない。架空の人物としてシャーロック・ホームズを創造した際に、作者コナン・ドイルが行ったのは先に第Ⅱ章で見た能の演目『源氏供養』と同様の、二重の詐術行為であった。ひとつはホンモノの固有名の「名づけ／命名儀式」をまね、その働きになぞらえて、ニセの固有名の「名づけ／命名儀式」を行ったこと。そして二つ目は、ホンモノの可能世界をもどき、それがさも論理的妥当性をもつかのように偽装して、私たちの生きる〈現実〉の世界とは別の、というかその内部に「入れ子」に組み込むかたちで、おのれの「名づけ／命名儀式」を転轍点として、いくつもの可能世界を創り出したこと、これである。私たちの生きるこの〈現実〉自体、数ある可能世界のひとつにすぎない。だがそのなかに生きる私たちにとって、それは唯一かけがえのない世界としてあらわれてくる。確かにシャーロック・ホームズは、私たちの生きるこの〈現実〉の世界には存在していないかもしれない。しかしコナン・ドイルが「ホームズ」シリーズの中で「名づけ／命名儀式」を行うことによって、〈現実〉の世界の内に「入れ子」のかたちで組み込まれた、そのフィクショナルなテキストの、可能世界のなかにおいては、充分にその存在感を示すことが可能なのである。

## 四　方法としての「カテゴリー・ミステイク」

そして一層興味深いのは、もともと架空（ニセ）の固有名でしかなかったものが、それこそ三谷のいう「躾糸」よろしく、作者による「名づけ／命名儀式」のカッコを外され、「入れ子」構造のヒエラルキーを無視して、ホンモノの固有名と横並びに、同等の権利を主張して、この〈現実〉の世界の中で独り歩きを始めるといった事態が、しばしば起こってくることだ。

この傾向は、特に神話伝承や宗教テキストにおいて著しい。作者による「名づけ／命名儀式」の作為性が、そこではあまり明瞭でなく（そもそも神話伝承の世界や宗教テキストにおいては、作者や発話者が誰だかわからない場合が多い）、忘れ去られてしまっているからだ。一角獣やシャーロック・ホームズの実在（もしくはそのモデルの実在）をめぐる議論などに典型的な、架空（ニセ）の固有名の指示対象を、〈現実〉の世界のなかに求めていく、虚構と現実とを混同したカテゴリー・ミステイクが、もしくはオブジェクト・レベルと、それを「入れ子」に包み込むサブジェクト・レベルとを同列に置くロジカル・タイプの混同が、こうして頻繁に起こってくる。たとえば戦前の「皇国史観」では、『古事記』や『日本書紀』に記された天皇の系譜が、あたかも歴史的に実在したかのようにあつかわれ、皇紀二〇〇〇年の歴史的伝統が、人々の間で盛んに喧伝された。

実のところカテゴリー・ミステイクは常態であり、私たちの日々の暮らしというか、自然言語の使用の中で頻繁に起きている。先に見た自己言及のパラドクスも、「入れ子」構造のヒエラルキーを無化した、そうしたロジカル・タイプの混同から起こってくるのであって、ラッセルはこれを「タイプ理論」によっていくつかの水準に分け、階層化することで、パラドクスの生ずるのを避けようとした。主部と述部を、サブ・レベルとメタ・レベルに振り分け、「入れ子」としてカッコにくくり、さらに上位の審級へとメタ・レベルの階梯を次第と積み上げていくことによって。ウソつきのパラドクスでいえば、「私はウソをついている」ではなく、「私は「ウソをついている」~~といおう~~」というように。さらには「私は「私は「ウソをついている」~~といおう~~」~~といおう~~」（見せ消しは時枝誠記のいう零記号）というように。

だが通常私たちは、カテゴリー・ミステイクを犯していてもそのことに、あまり頓着しない。ヴィトゲンシュタインがいうように、そんなことに逐一かかずらわっていては、日々の暮らしが立ち行かない。日常言語学派の立場からすれば、カテゴリー・ミステイクは常態なのであり、むしろそれがないと、私たちの言語生活は硬直化し、貧しく想像力を欠いて痩せほそり、たちまちのうちに行き詰まってしまう。[8]

たとえば「藤尾」は、『虞美人草』に登場するニセの固有名である。しかしその名にあやかって、きかん気の牝犬やキツネを、比喩的に「藤尾」と名付け、ペットとして家族同然にあつかうということは充分ありうる。[9] その反対に、『虞美人草』には「比叡山」や「大森」などのホンモノの固有名が地名としてとりこまれ、上野の不忍池周辺を会場として明治四十（一九〇七）年に開催された「東京勧業博覧会」も、主要な舞台装置として作中にとりこまれてくる。[10] こうしたカテゴリー・ミステイクは、作者によって意図的に仕組まれた詐術行為であり、ある種の遊びを含んでいる。対象を直接指し示す固有名のはたらきをまね、そのはたらきになぞらえて「名づけ／命名儀式」を行うことで、可能世界のさらなるもどきでしかないフィクションの世界に、堅固なリアリティを付与しようとの工夫なのだ。また読者もそれに応えて、あたかもホンモノの「出来事／事件」の徴づけ(マーキング)のようにこれを受けとめ、虚構と現実とを横並びに等置するカテゴリー・ミステイクを遊ぶ。

なお、作者による「名づけ／命名儀式」ということで言えば、『虞美人草』での名指しは、「地の文」で作者（＝発話主体）がその権能を直接行使するのではない。作中人物相互の「会話文」のなかで、間接的なかたちで、つまりは、さりげなく、自然なかたちをよそおって示される場合が多い。たとえばヒロイン藤尾が初めて登場するのは第二章に入ってからだが、『プルター

---

［8］注［2］三浦前掲書は、人々の日常的な言語使用に対するラッセルの評価に触れ、「言語表現自体はすべてインクの染み、音波などの物理的対象として同じタイプに属する。それに対し、ある言語表現の指示対象である項（個物）は、別の言語表現の指示対象である述語（属性）より必ず低いタイプにある。言語表現が物質としてみな同じタイプに属しているため、言語使用者がタイプの区別を認識する妨げになってきた、とラッセルは再三述べている。タイプの差異のない〈言語そのもの〉について考える方がずっと楽なので、人はどうしてもそちらに流れ、実在世界のタイプ別の世界が忘れられてしまうのだ」（p.63）と述べている。ここに示される、「インクの染み」や「音波」などの物理的対象としてすべての言語表現を同列にとらえるロジカル・タイプの混同に、ラッセルがそれなりの関心を示していることに注意したい。

［9］平家物語研究者の兵藤裕己氏は、都心の自宅マンションの一室で、「藤尾」と名づけた牝犬をペットとして飼っていると、これはご本人から聞いた話である。

［10］塩崎文雄「女が男を誘うとき―『虞美人草』の地政学」、和田敦彦「博覧会と読書―見せる場所、見えない場所、『虞美人草』」（『漱石研究』16、翰林書房、二〇〇三）など。

ク英雄伝』のクレオパトラの一節を原書（英語）で読んでいるとの設定の下、「「小野さん」と女が呼びかけた」というように。

まずは藤尾の「会話文」のなかで、相手方の固有名として「小野さん」の名が示される。しかしこの時点では、ラファエル前派の影響を色濃く受けて、作中でファムファタル（運命の女）の役柄を宛てがわれた藤尾は、話者によって、まだ単に「女」としか呼ばれない[11]。それからなおしばらく叙述が続き、ようやくその場面も終わりに近づいたころ、今度は小野さんの発言のなかで、藤尾の固有名が次のように示される[12]。

「ホホホ私（わたくし）は清姫のように追っ駆けますよ」

男は黙っている。

「蛇（じゃ）になるには、少し年が老け過ぎていますかしら」

時ならぬ春の稲妻（いなずま）は、女を出でて男の胸をするりと透（とお）した。色は紫である。

「藤尾さん」

「なんです」

呼んだ男と呼ばれた女は、面と向かって対座している。六畳の座敷は緑り濃き植込みに隔てられて、往来に鳴る車の響きさえ幽かである。寂寞たる浮世のうちに、只二人のみ、生きている。

（『虞美人草』第二章）

固有名の「名づけ／命名儀式」によって、『虞美人草』の可能世界（もちろんニセの）は初めて、リアリティをもったかたちで拓かれてくる。だが、その「名づけ／命名儀式」は、『虞美人草』の世界が始まる以前のはるかむかしに、すでにして（たとえば作中では当年二十四歳の行き遅れの年増女として設定されている藤尾が、この世に誕生したであろう二十数年前の時点で）なされて

[11] 漱石の小説作品にあらわれるファムファタルの系譜は、『坊ちゃん』の「マドンナ」にはじまって、『三四郎』の「美祢子」の造形において集約的に示された。『虞美人草』の「藤尾」はその過渡的形態として露骨に悪女の描かれ方がされている。本章ではこれを、第Ⅳ章での議論にからめて、東洋の文化伝統のなかに見える「九尾の狐」の系譜に結び付けた。なおこれについては、深沢「夏目漱石『虞美人草』に見る、馬琴の〈影〉―三谷邦明のいう「躾糸」、ソール・クリプキのいう「名指し」を糸口に―（上・下）」（神奈川大学『人文研究』179・180号、二〇一三）を参照のこと。

[12] 『虞美人草』からの引用は、現代仮名遣いに表記を改めた新潮文庫本による。

[13] 主要作中人物の「会話文」のなかでの間接的な「名づけ、命名儀式」は、甲野さんの「固有名」についても同様である。しかし宗近君については例外で、「「いつの間に、こんなに高く登ったんだろう。早いもんだな」と宗近君が云う。宗近君は四角な男である」とあるように、作者（＝話者）による直接的な「名づけ、命名儀式」がされている。

いたかのように読みとられ、作中での名指しは、ただそれを引き受け、追認するだけであるかのように描かれる。[13] この因果関係の逆転には、作者による「名づけ／命名儀式」の作為性を隠蔽し、そこに示された露骨な権力行使を目立たなくする効果が期待されている。神話伝承の世界にも似て、それは実際にあった「出来事／事件」の叙述であるかのような錯覚を覚えさせ、読者をカテゴリー・ミステイクへと誘いこむ巧妙な仕掛けとなっているのだ。

分析哲学にいうところの固有名が、ことばと現実とを結びあわせる「留めピン」であるとは、以上のような意味として理解されねばならない。そしてふたたび三谷邦明のいう「躾糸」へと立ちかえるなら、「留めピン」としての固有名のはたらき（それゆえにクリプキはこれを「固定指示子」と呼ぶ）をまね、それになぞらえて、『源氏物語』のテキストのなかで「名づけ／命名儀式」を行う作者紫式部の、そのもどき行為に着目し、それを三谷は「躾糸」として新たにとらえなおそうとしたのではなかったか。

## 五　三谷邦明における「形而上学」の復権

作品のなかに作者の意図を探ったり、作品内容と作者の実生活との間に、緊密な照応関係を読み取ったりする「作者論」とか「作品論」とかいわれる分析手法が、すでにしてカテゴリー・

ミステイクを犯していながら、そのことに無自覚な、素朴で怠惰な〈読み〉としてうとんじられるようになってすでに久しい。作者の意図ということであれば、何らかの正しい〈主題〉が、作品のうちに隠されているはずで、その意図なり〈主題〉なりを読みとり、探り当てるための諸説がとなえられ、競合する。だが作品にとって唯一正しい〈主題〉など、はたしてあるのだろうか。そもそも作品は、ゆるぎなく固定化された完成態として、一義的な意味しか伝えないのであろうか。さらにはその作品に対し、特権的な地位を誇示する作者とは、いったい何者なのか。[14]はたまた、テキストが書かれたその当時の読者だけが、唯一正しい特権的な読者なのであろうか。もっと自由な、そして多様な〈読み〉があってもいいのではないか。

かくして〈読み〉の主導権は、一方的に「名づけ／命名儀式」の権限を行使する作者の側から、それを相対化し脱構築していく読者の側へと移行する。世の中に流通している既存のことばのあれこれを借りてきて、作者は作品を書いたのである。だとしたらそのことばのあれこれは、すでにして数多くの〈他者〉の手あかにまみれている。その〈他者〉のことばの痕跡をたどり

［14］儒教イデオロギーの観点から「誨淫の書」として貶められてきた『源氏物語』を再評価すべく、本居宣長は『源氏物語玉の小櫛』において「もののあわれ」論を展開した。三谷はこれに対し、近代的な文学観の先駆けと評価しつつも、多様な〈読み〉の可能性を一義化し、固定化する結果を導いたと批判する。

はじめるなら、作品——というか正確にはテキスト（それは先行テキストからの引用の織物としてある）は、様々な〈読み〉の可能性へと拓かれていくはずである。それが「テキスト論」という新たな装いのもと、一世を風靡する。いわゆる受容美学のはじまりだ。〈主題〉はもとからあるのではない。読者の〈読み〉の地平においてそのつど主題化され、焦点化され、前景化されて、事後的に立ちあらわれてくるものなのだ。

かくして、あらゆる〈読み〉の可能性を横並びの等価に置く、価値相対化の時代が到来したかに思われた。テキストは閉じていない。他の多くのテキストとの相関関係の中に置かれることで、おのずからに拓かれている。ならば唯一正しい〈読み〉など、はじめっからないのであって、それが置かれた歴史社会的な文脈によって、あるいは読者の置かれた個々の立場性（その所属する階級や地域特性、あるいは人種区分やジェンダーの違いなど）によって、様々なカテゴリー・ミステイクの可能性へと拓かれているし、拓かれていい。

もっとも、事はそのように順調に推移したわけではない。わけても国民国家としての日本を支えるイデオロギー装置として、その制度的役割を期待された国文学研究の世界のこと、歴史的実体としての「作者」や、完成品としての「作品」への物神崇拝（フェティシズム）的なこだわりは根強く、そうしたイデオロギー的立場を背後で支えているカテゴリー・ミステイクのあり様それ自体を対象化し、分析の俎上にのぼせようとする「テキスト論」は、絶えず胡散臭い目で見られてきたし、今もそうである。好ましからざるその「テキスト論」を、積極果敢に推し進める急先鋒に三谷邦明がいて、後進（かくいう筆者＝深沢もそのうちの一人なのだが）をまどわせているとして、大方の保守的な国文学研究者からは白い目で見られてきた。そうした批判に応えるべく、「作者論・作品論」に「テキスト論」を接ぎ木し、両者の断絶を乗り越え、橋渡しさせることを意図して、三谷は「躾糸」などという耳慣れないことばをもちだしてきたのではなかったか。

『源氏物語』のテキストには、叙述の途中で、作者の分身である「話者」や「語り手」が直接顔を出し、読者に向け、あれこれ言い訳して、今までの話しの流れから逸脱し、脱線するような発言（過剰で余計な！）がしばしば見てとれる。「話者」や「語り手」が、自らの語る行為について自己言及することで、多分に実体化された、こうしたメタ化されたメッセージを、『源氏物語』の研究者たちはいままで、「地の文」とか「草子地」と呼びならわしてきた。[15]これについて三谷は次のように述べている。[16]

［15］注［1］三谷前掲書によれば、「草子地」の語を最初に用いたのは、飯尾宗祇の『帚木別注』であるらしい。知られるように「帚木」冒頭には、「語り手」による長大な自己言及表現が位置付けられている。

［16］注［1］三谷前掲書 p.223。

「地」という言葉は、布や紙などの模様のないところを意味しています。生地なのです。つまり、会話・内話・和歌・書簡などが、テクストの模様であり、図なのです。ただし向かい合った男女の図が、壺に、錯視的に反転するように、「図」と「地」は反転することを想起しておくべきでしょう。

「話者」や「語り手」が、みずからの語る行為について自己言及することで、今まで「地」に沈んでいた、「こなた」によって指し示される〈我〉と、「そなた」によって指し示される〈汝〉とが対峙する、「二人称」の語りの〈場〉が、読者の意識の中で前景化され、「図」として浮かび上がってくる。たとえばルビンの壺絵のようにして。

この「二人称」の語りの〈場〉が、通常は「地」に沈んでいながら、テキスト総体を下支えする隠れたコンテキストとしてのはたらきを担っているのだ。そのことを指摘して、三谷はさらに次のようにも言っている。[17]

「草子地」は、「地の文」に含まれながら、「草子(さうし)」(巻き物などではない冊子(さつし)の音便)という言葉を使うことで、冊子全体の「地」となり、地の文を超越した地の文を意味しています。あくまでも「地」という言葉を使うことで、言説そのものであることを主張しながら、地の文を全体として超越している。語り手の存在を述べているのです。超越とは、地の文で描かれている出来事を、過去のこととして全体的に掌握していることを意味しています。語り手は、物語の出来事が終わった地点＝「冊子」から登場し、その出来事を超越的に表出しているのです。

ここで三谷が用いている「超越」の語は、いささか誤解を招く。むしろ「基底」とか「底板(そこいた)」、おいてあるところの「二人称」の語りの〈場〉とか、幾重にも重層化した「入れ子」構造の一番の外枠、などと言い替えるべきであったろう。「超越」の語を「入れ子」という表現に置き換えるなら、物質的存在としての「冊子（＝書物）」をあいだに挟んで、作者紫式部と私たち個々の読者とが、「こなた」としての〈我〉と「そなた」としての〈汝〉の関係として、じかに向き合い、それこそフェイス・ツー・フェイスで対峙する、対等平等の、多分に民主的な、さら

［17］注［1］三谷前掲書 p.224。

なる外枠としての「入れ子」のことだと理解できるはずだ。ただし、「「地」ということばを使うことで、言説そのものであることを主張しながら」と述べられているように、それはテキストの外側に、歴史的実体としてあるのではない。あくまでもテキストの内部において〈実在〉しているのだ。一番の外枠としての「二人称」の語りの〈場〉は、「地の文」として、すでにしてテキストの内に書き込まれている。たとえばバフチンが、次のように言うような仕方で[18]。

> 言語外の状況は発話の外的な理由にすぎないのではけっしてなく、それは発話にたいして機械のように外部から作用したりしない。そうではなく、状況は、発話のなかに、発話の意味成分の必須の構成部分として加わるのである。
> （傍点引用者）

その目で見、その耳で聴いたという意味で「話者」や「語り手」は、その出来事の当事者である。だが、その出来事を対象化して語るという立ち位置からすれば、局外者でもある。テキストの「内」と「外」とを自在に行き来する、トリックスターみたようなはたらきが、「草子地」には期待されている。「話者」や「語り手」と作者とは、必ずしもイコールで結ばれない。しかし「話者」や「語り手」は、紛うかたなく作者の分身でもある。テキスト内に実体化された、その「話者」や「語り手」による自己言及が、「草子地」としてあらわれるのだとしたら、そのメタ・メッセージのうちに、作者紫式部によるニセの「名づけ／命名儀式」のはたらきを見て、そこに、新たな可能世界（もちろんニセの）への拓かれと、「入れ子」構造のヒエラルキーを無化するような、カテゴリー・ミステイクへのいざないを期待してよいはずだ。

「躾糸」の語がタイトルから消えたかわりに、「あとがき」にしてはあまりに長すぎる「言語分析の可能性」と題された一章が、文庫版には新たに書き加えられている。そこで三谷は、「他の入門書のように、梗概や人物論あるいは作者論＝紫式部論などには言及していません」と述べつつも、従来からある「草子地論」に、その「入れ子」のカッコを外された「自由間接言説」[19]という、西洋散文小説でしばしば用いられる、やや破格の表現手法を、新たな方法概念として持ち込み、対峙させる。

[18] ミハイル・バフチン「生活のなかの言葉と詩のなかの言葉―社会学的詩学の問題によせて」（桑野隆、小林潔編訳『バフチン言語論入門』、せりか書房、二〇〇二）p.20。

[19] 通常の文法用語では「自由間接話法」と「話法」の語を用いる。しかし口頭ではなく書かれたテキストを対象とするので、三谷は「言説」の語を用いる。この「話法」にいち早く注目した三谷は、『物語文学の言説』（有精堂、一九九二）の「あとがき」において、それが持つ可能性について縷説している。なお「自由間接話法」については、平塚徹編『自由間接話法とはなにか』（ひつじ書房、二〇一七）に、現時点の研究状況を踏まえた詳しい考察がある。

三谷のいう「自由間接言説」とは、登場人物の思念が話者の「地の文」へとそのまま流れ込み、たとえば次の「明石」の巻の一節のように、作中人物の〈声〉に話者の〈声〉が上書きされ、二重に響くことで、カテゴリー・ミステイクを意図的に生じさせるような表現を言ったものだ。

いづ方となく行く方なき心地したまひて、ただ目の前に見やるるは、淡路島なりけり。

傍点を付した「なりけり」は、いったいだれによる〈判断〉なのか。話者が「淡路島であった」と、過去の出来事を説明しているともとれる。出来事の当事者である光源氏が「淡路島であったのだなあ」と気付く表現としても読める。つまりは「地の文」を担う話者と作中人物の二つの〈声〉が、話者の側に比重を置きつつ、重ねあわせに表現されているのである。これを三谷は「自由間接言説」として『源氏物語』のテキスト分析の根幹にすえた。

「自由間接言説」があるならば、その一方で「自由直接言説」もあるはずだ。「自由直接言説」の方はどうかといえば、十歳ばかりの幼い少女の様子をかいま見する「若紫」の巻での光源氏の眼に映った光景を、「幼心地にも、さすがにうちまもりて、伏し目になりてうつぶしたるに、こぼれかかりたる髪、つやつやとめでたう見ゆ」とある、その最後の「見ゆ」に、本来であれば行為主体である光源氏に対しては、「見たまふ」と敬語表現が用いられるべきなのに、それが不在であることにあらわれると三谷はいう。ここでもまた話者と作中人物の二つの〈声〉、というか〈視線〉が、作中人物の側に比重を置きつつ、「入れ子」構造のヒエラルキーを無化して、重ねあわせに示されている。[20]

作中人物と話者の双方の主体が、奇妙に重なり合うこうした表現に着目することで、「地の文／会話文／内話文（心中思惟の言葉、心内語、内言などとも言います）／草子地／和歌／書簡／朗詠」などの様々な水準に分かれたことばの複合としてある『源氏物語』のテキストの総体が、「こなた」によって指し示される〈我〉と、「そなた」によって指し示される〈汝〉とが、互いに対等平等で横並びの「入れ子」の大枠に組み込まれ、それを隠れたコンテキストとして「地」に沈めながら、その「入れ子」のカッコが「自由間接話法」や「自由直接話法」によってしばしば取り外されることで、すべての言説が横並びのパラレルの関係にあって、重層的で多義的

［20］中山真彦『小説の面白さと言語—日本現代小説とそのフランス語訳を手掛かりに』（新曜社、二〇〇四）は、翻訳を通してあらわれる散文小説の文体の、フランス語と日本語との構文上の違いを明らかにするとともに、「自由間接話法」という側面を通して見えてくる両者の共通点を明らかにしている。

［21］福沢政樹「「自由間接言説」「体験話法」について—すべての表現は潜在的に引用されている」（『説林』62、二〇一四）は、「自由間接言説」についての三谷の論を、批判的に継受した論として注目される。

な〈読み〉へと拓かれていく様相を明らかにしていく。[21]

その逐一を、具体的なテキストのことばの分析に落とし込んだ〈読み〉のあれこれが、その後の三谷の著書において、精力的に追及されていくこととなるのだが、驚くべきことに、「宇治十帖」の後半、中でも最後のヒロイン浮舟の内省をめぐる「手習」巻の文章は、浮舟自身による一人称の自己語りであるとまで、三谷はここで言ってのける。[22]

浮舟の一人称の語りにこだわっていくと、手習巻という巻名自体がそれを示唆していたといえるでしょう。自己の無意識的な世界までを露呈させる手習いという行為は、手習いをしている者だけが、「見聞」可能な出来事なのです。全知視点を拒否し、語り手を「見聞」した女房たちとして実体化した源氏物語にとって、孤立した世界にこもる浮舟を、かたわらで見聞できる女房という語り手はありえないのであって、自己が語る以外に出口はなかったのです。とくに、浮舟の語りである手習・夢浮橋巻のいくつかの場面・段落が、彼女の詠歌で終わるという設定は重要な意味をもっています。これもまた、語り手が浮舟であることを言説のうえで示唆しているのです。

作中人物が、その内側からテキストの「入れ子」構造を食い破る。[23] 本書の第I章であつかった『紫式部日記』の自己言及表現、なかでも「十一日の暁」[24] ではじまる年次不明の断片的な記述のありようと、なんとはなしその性格が似てきてしまうのだが、「作者」の〈死〉を高らかに宣言したロラン・バルトらの構造主義に導かれて、[25] 一旦は切って捨てた「人物論」や「作者＝紫式部論」を、こうして再び「テキスト論」にうちに方法的に取り込むことで、三谷は、自己への批判に応えようとしていたのではなかったか。

紫式部の固有名で名指される「作者」が誕生し、やがて『源氏物語』の固有名で名指される「作品」を書く。そのことは、研究者をも含めた読者の共通認識としてあり、疑うべくもない歴史的な「出来事／事件」として、クリプキが言うように「必然」なのである。そこを外しては、可能世界として様々に分岐する「テキスト論」の多様な〈読み〉の実践は、その存立の基盤を

［22］注［1］三谷前掲書 p.200。

［23］鈴木亘「ランシエールの自由間接話法、そしてドゥルーズ」（ニューズレター『REPRE』42、二〇二一）は、「書く主体と書かれる対象、引用主体と引用される対象とのヒエラルキー的区別の解消をもたらすもの」として自由間接話法の戦略的に用いられている様相を、ランシエールやドゥルーズの文体実践に見ている。

［24］「源氏の物語、御前にあるを」ではじまる道長との歌のやりとりは、明らかに後朝の歌を含意しており、そのことを見落としては、この記述の意味するところを取りのがすことになる。

［25］ロラン・バルト『物語の構造分析』（みすず書房、一九七九）。

失う。このしごく当たり前のことを、三谷は「躾糸」（それは取り除かれることをあらかじめ想定されているのだが）の語でもって前景化し、理論化しようとしていたのにちがいない。

## 六 「躾糸」のパフォーマンス

「こなた」としての〈我〉と「そなた」としての〈汝〉とが対峙する、「二人称」の語りの〈場〉によって、大きく「入れ子」に組み込まれた『源氏物語』のテキストが、そのうちに内包するカテゴリー・ミステイクの可能性に着目し、そこに「作者」をも含めた複数の〈声〉の重なりをみようとした三谷の試みを、映像として可視化したならばどうか。

その見やすい例として、二〇一一年公開の映画『源氏物語―千年の謎』（鶴橋康夫監督）がある。押井守のアニメ作品『スカイクロラ』を取りあげて、そこから固有名の問題を説き起こして始まった本書を、最終的に閉じるに当たり、同じく映像作品の紹介をもって終わるのも、それなりに筋の通った星座的布置（コンステラツィオン）（ベンヤミン）といえようか。

本書の第Ⅱ章において「源氏能」の分析を試みたわけだが、『源氏物語』を題材に選んだ映像作品は、近代以降、いくつも作られた。とはいえ、「源氏能」のそれを越えたとは、到底思われず、当代の美男美女を一堂に会し、そのスター俳優、スター女優の人気におもねって、これといった工夫もなく、ただ単に『源氏物語』のストーリーをなぞるだけの、なんともおそまつな代物ばかり。[26]三谷が言うように、『源氏物語』は『竹取物語』のようなand（そして、それから）型の、「できごとそのもの、できごとのおもしろさを伝えるための叙述」ではなく、why（なぜ、どうして）型の、「できごとそのものではなく、できごとの意味を問いかけ[27]」るテキストなのであって、それを視覚的な映像として再現するのはたいそうむずかしい。源平の争乱をあつかった『平家物語』のように、これといった大きな事件が起きるでもなく、『義経記』や『曽我物語』のように、手に汗握るアクション場面があるわけでもないからだ。

そうしたなか、『源氏物語―千年の謎』が、かろうじて鑑賞に堪えうるのは、高山由紀子の原作に負うところが大きい。[28]この映像作品では、『源氏物語』の主人公光源氏の恋の顚末に対

［26］たとえば『源氏物語 千年の恋』（堀川とんこう監督、二〇〇二年公開）は、光源氏役に天海祐希を起用して「異性装」の手法を取り込み、さらに吉永小百合演ずる物語執筆者の作者紫式部の世界を描き出すことで、世界を二重化しておきながら、それが時空的に交わることなく、ひたすら平行線をたどって描かれるだけだ。

［27］注［1］三谷前掲書 p.22。

［28］高山由紀子『源氏物語　悲しみの皇子』（角川書店、二〇一〇）、『源氏物語―千年の謎　独占公式本』（角川マガジンズ、二〇一一）などを参照のこと。なお二〇二四年度NHK大河ドラマ「光る君へ」（大石静作、吉高由里子主演）は、主人公に紫式部をあつかうそうだが、高山作品が達成した成果にどれだけせまれるか注視したい。

し、今まさにそれを描きつつある作者紫式部を取り囲む読者共同体の世界が、『紫式部日記』の記述内容を踏まえつつ、交互に転輸され、映しだされる。それこそ「躾糸」さながら、「入れ子」式でありながらも横並びの等価に位置付けられ、同時並行に描き出されるのである。そうすることで、あたかも「合わせ鏡」のように、二つの世界が、互いに互いを照らし出し、対比し合う関係に置かれている。作中人物たちのことば遣いや立ち居振る舞いもまた、それにしたがい、いま一方の世界が重ね書きされ、おのずと二重の意味を響かせていく。

もちろん違いも大きい。三谷のいう「言語分析」が、テキストの個々の言葉のうちに輻湊化された〈声〉の重なりを丹念に聴き取ることで、そこにカテゴリー・ミステイクへと読者をいざなう具体個別の意味のたわむれを見てとろうとしたのに対し、この映像作品では、次元を異にした二つの場面を、交互に転輸させる、いささか単純化された二元論的な手法が用いられていて、そこに映像表現としての限界があるともいえる。そこにはまた、述語面から主語面へとその比重を移した言文一致体の近代小説における文体の限界があるともいえよう。[29]

だが、映像作品なりの利点もあって、たましいのあくがれ出て虚空をさまよう六条御息所のキャラクターを、それこそあやつり人形よろしく、互いにあやつろうとする作者紫式部と陰陽師安倍晴明との確執が、トリックスターよろしく、カテゴリー・ミステイクを誘発する「躾糸」

の役目を、可視化されたかたちで示していて、なかなかに心憎い演出がされている。「史実（と、とりあえず言っておく）」と「物語」の二つの世界が、オブジェクト・レベルをサブジェクト・レベルが包み込む「入れ子」構造のヒエラルキーを無化して、互いに「図」となり「地」となるその反転の図式は、時空を超えて二つの世界を行き来する作者紫式部と陰陽師安倍晴明との、互いに分身関係ともいうべき特異な存在のありようと相俟って、今を生きる私たちの日常とは大きくかけ離れた千年前の「光源氏」のあやにくな恋の遍歴へと抵抗なく歩み入らせるための、巧妙な仕掛けともなっているのだ。

「躾糸」はなくてはならない。だが同時に、あらかじめ取り除(の)けておかなければならない。この二律背反(ダブルバインド)のうちに、「図」と「地」の反転をうながすちょうつがいの、その見えないはたらきが、おおいに期待されているのだからして。

［29］日本語構文における助詞・助動詞の機能の多様性が、言文一致体によって書かれるようになった近代文学のテキストにおいて失われ、極端に切り詰められ単純化されてしまった様相については、『日本語と時間』（岩波新書、二〇一〇）、『文法的詩学』（笠間書院、二〇一二）、『文法的詩学 その動態』（笠間書院、二〇一五）などの一連の著書を通して藤井貞和が批判的な分析作業を行っている。兵藤裕己『物語の近代―王朝から帝国へ』（岩波書店、二〇二〇）もまた、樋口一葉や泉鏡花に、言文一致体とは別の可能世界への拓かれを見出そうとしている。

# 初出一覧

はじめに―名前をめぐる問い―

＊「名指しと名のり、あるいは自己言及表現のパフォーマティブ―２０１４年度夏の大会シンポジウム「物語のパフォーマティブ」によせて―」(物語研究会『物語研究』15、二〇一五・三）の巻頭部分を独立させ、新たに再構成した。

第Ⅰ章　問題の所在
―テキストの「内」と「外」、もしくは『紫式部日記』に見る自己言及表現の行為遂行機能（パフォーマティブ）―

＊「名指しと名のり、あるいは自己言及表現のパフォーマティブ―２０１４年度夏の大会シンポジウム「物語のパフォーマティブ」によせて―」(物語研究会『物語研究』15、二〇一五・三）の後半部分を独立させ、新たに再構成した。

第Ⅱ章　真実から三番目に遠く離れて

―「源氏能」に見る、「歓待（ホスピタリティ）」の作法としての「名指し」と「名告（の）り」―

＊「真実から三番目に遠く離れて―「源氏能」に見る、「歓待（ホスピタリティ）」の作法としての「名指し」と「名告り」―」（神奈川大学人文学会『人文研究』207、二〇二二・十二）の論考を基に、新たに再構成した。

第Ⅲ章　はじめに「二人称」があった

―「第四の壁」のへだて、もしくは独我論のくびきからの解き放たれ―

＊未発表論考

第Ⅳ章　かたらう「能」と、かたどる「狂言」

―演能の〈場〉における、「アイ（間）」のはたらきをめぐって―

＊「かたらう「能」と、かたどる「狂言」―演能の〈場〉における、アイ（間）のはたらきをめぐって―」（神奈川大学人文学会『人文研究』190、二〇一六）の論考を基に、新たに再構成した。

第Ｖ章　きつねたちは、なにもので、どこからきて、どこへいくのか？
　――〈名〉を得ること、もしくは「演技する身体」の行為遂行機能（パフォーマティブ）――
＊「きつねたちは、なにもので、どこからきて、どこへいくのか？――〈名〉を得ること、もしくは「演技する身体」の行為遂行機能（パフォーマティブ）――」（小峯和明編『東アジアの今昔物語集』、勉誠出版、二〇一二）の論考を基に、新たに再構成した。

終章　民主の〈かたり〉――三谷邦明が源氏物語研究に遺したもの――
＊「夏目漱石『虞美人草』に見る、馬琴の〈影〉（上）――三谷邦明のいう「鰈糸」、ソール・クリプキのいう「名指し」を糸口に――」（神奈川大学人文学会『人文研究』179、二〇一三・三）の論考を基に、新たに再構成した。

# あとがき――ヴァルター・ベンヤミンに導かれて――

本書の第Ⅱ章で取りあげたベンヤミンの、その最初期の論考に、「キツネ」の呼び名について触れたものがあります。ベンヤミンによれば、この世界は神の創造行為に始まる。神により創造されたこの世界のあれこれを、人間は言葉による「名づけ」を通して、あとから〈追認〉するのです。

言葉による人間の、その「名づけ」行為をめぐって、ベンヤミンは、「命名する言語を言語一般と同一視すると、それによって言語理論は、最も深遠なる洞察を奪われてしまうことになる。――つまり人間の言語的本質とは、人間が事物を名づけることを謂う」（傍点原文）との、当該論考での中心命題ともいうべき記述に続け、次のように書いています。

引用は『ベンヤミン・コレクション1』（ちくま学芸文庫、一九九五）からのものです。

何のために名づけるのか？　人間は誰に自己を伝達するのか？――だがこの問いは、人間に向けられた場合、他の伝達（言語）に向けられた場合とは異なる問いになるのではなかろうか？　ランプは誰に自己を伝達するのか？　山々は？　狐は？——こうした事物に向けられた問いに対しては、答えは、人間に伝達する、となる。これは決して擬人観（アントロポロモフィスムス）に立って言うのではない。この答えの真実性は哲学的認識において証明されるし、またおそらく芸術においても証明されるだろう。しかも、もしもランプ、山々、狐が人間に自己を伝達しないのだとすれば、どのようにして人間はそれらのものを名づけられよう？　ところが、人間はそれらを名づける。それらのものを名づけることによって、人間は自己を伝達するのである。では、人間は誰に自己を伝達するのか？

（p14、傍点原文）

「人間は誰に自己を伝達するのか？」という同じ問いが、引用した最初の部分と最後とで二度、くりかえしなされていることに注意したい。そこで問われている「誰」とは、ベンヤミンによれば造物主としての第一者、すなわち神以外ではない。身の周りの道具としての「ランプ」や自然環境としての「山々」、そして人間以外の動物としての「狐」のそれぞれに、しかるべき「名前」を与える人間の、その「名づけ」行為を通じて、「ランプ、山々、狐」などの事物（＝被造物）が、自らを、人間に伝達する。さらにその「名づけ」行為によって、人間は、自らを、神に伝達する。神により創造された世界のあれこれ（＝被造物）を、自らの「名づけ」行為を通して「言語」に〈翻訳〉することで、それらのものを〈認識〉し、〈追認〉し、〈是認〉する。そうすることで人間は、造物主としての神に対し、みずからの応答責任をはたすのです。

「伝達」という言葉が、文中に何度もくり返し用いられているのは、言語のコミュニケーション機能を意識してのものでしょう。造物主としての神と、その神によって創造された事物（傍らにある「他者」としての人間もそこには含まれるでしょう）と、それを正しく〈翻訳〉することで〈認識〉し、〈是認〉する人間との、三者の間での伝達（コミュニケーション）という、あるべき理想の円環が、人間による「名づけ」という言語行為を通して、ここに成立します。

『言語一般および人間の言語について』と題された、難解をもって知られるこの論考は、ヴァルター・ベンヤミンがまだ二十四歳のとき、一九一六年に書き上げられたものです。主著となる大部の『ドイツ悲劇の根源』を、教授資格申請論文としてフランクフルト大学の教授陣に提出したものの、その内容のあまりの晦渋さゆえ突き返され、結果、アカデミズムへの参入をあきらめざるをえなかった一九二四年の時点よりも、さらに八年ほど前の、ごく最初期の、若書きの文章です。

ですが、若書きとはいえ、翻訳行為が持つその意味（のちに『翻訳者の使命』へとそれは結実します）や、社会変革へ向けてのその特異なビジョン（同じく『暴力批判論』へと結実します）、さらには複製技術による芸術作品の位置づけをめぐる議論（これまた『複製技術時代の芸術』へと結実します）などの、以後に展開されるベンヤミンの独創的な仕事のあれこれが、いまだ磨かれざる原石のかたちで、この文章のあちこちに、それこそ先取り的に散りばめられています。

「はじめに言葉があった」で始まる『ヨハネによる福音書』冒頭の表現や、知恵の実としての「言語」を神より与えられ、その似姿にかたち創られた人間（アダム）が、「あらゆる家畜、空の鳥、野のあらゆる獣に名を付けた」とされる『創世記』の記述を踏まえつつ、ベンヤミンは、造物主としての神の創造行為を、「言語」による〈翻訳〉を通して模倣・追認する人間の、神のそれにも似た「名づけ」行為の、原初における創造性（クリエイティビティ）に着目するのです。

翻訳と言うと、「英語」を「日本語」に翻訳するというようなケースばかりを考えてしまいます。しかしベンヤミンがここでいう〈翻訳〉は、そうしたものではありません。たとえば絵画の美的フォルムを言語化するとか、その逆に、言語化されたイメージを楽曲に置き換えて音の響きとして表現するとかいったように、互いに非対称の関係にある、異なった「媒質」間でのそれなのです。そうであるからには、日常卑近な話し言葉でしかなかった未熟な現地語を、『聖書』（それは書き言葉としてのギリシャ語やラテン語で書かれている）の〈翻訳〉を通して底上げし、そうすることで書き言葉としての「ドイツ語」をあらたに創出していったルターの営みなども、非対称の関係にあるという意味で、これに含まれます。そうしたベンヤミンの特異な翻訳概念の原点に、神の被造物としてのこの世界を、「名づけ」を通して言語に〈翻訳〉する人間の行為が位置付けられているのです。

　これについては、子供がその成長とともに、身の回りの人たち（＝他者）の存在をも含めた、「ランプ、山々、狐」などの事物のあれこれに、ひとつひとつ「名前」を与え、そうすることで、世界を〈認識〉し、〈追認〉していく過程と重ね合わせにイメージすると分かりやすい。まさしく〈世界の拓（ひら）かれ〉が、その「名づけ」行為を通して、次第と達成されていくのです。

「名づけ」を通して世界を在らしめた『創世記』や『ヨハネによる福音書』の記述からすれば、事物の「名前」は、他者に対するそれをも含め、当初はすべて、唯一単独的な、それこそかけがえのない「固有名」の位置づけにありました。それが、当初の「名づけ」行為における一回性を失ったとき、単なる「お喋（しゃべ）り」（ベンヤミンはこの語をキルケゴールから借りてきています）へと堕してしまう。

『言語一般および人間の言語について』の後半部では、事物（＝被造物）と、それを創造した神とのあいだに取り交された垂直的な関係を、もっぱらゲームのルールを共有する仲間内だけの水平的な関係に還元して、「言語」を、神やその被造物としての事物（傍らにある「他者」の存在をも含めて）とは切れたところで、単なる情報伝達の道具としか見ない、そうした堕落した状態（ベンヤミンはそれを「言語のブルジョア的理解」と呼んでいます）が、批判の対象としてやり玉に挙げられます。あれこれの「名前」が、日々の暮らしの中でルーチン化し、当初におけるその「名づけ」行為の個別具体的な〈時〉と〈場〉から遊離して、どれもこれもが抽象的な任意の「記号」へと堕してしまう。その浮遊するあれこれの「記号」をたくみに用いて、のべつまくなし言葉をくりだす、お定まりの「お喋り」の構図が、こうして立ち現われてくるのです。

ならば、どうするか。原初において可能であった、その「名づけ」行為の一回性（もちろんそれは、神話的想像力のなかで、あくまで作業仮説として言われたもので、ベンヤミンとしても、実際にそうしたことが原初においてあったと考えているわけでは必ずしもないことは、あらかじめ確認しておく必要があるでしょう）を、再度、人間の芸術表現の内に求め、回復していくこと、そうすることで、たとえていえば、子どもの成長過程での、〈世界の拓かれ〉に対するその都度の、あの新鮮な発見と創造の喜びを、人間の「言語」のうちに再び取り返すこと、これです。『言語一般および人間の言語について』の文章においてベンヤミンが伝えようとしていたのは、おおよそ、以上のようなことがらであったようにおもわれます。

細見和之『ベンヤミン「言語一般および人間の言語について」を読む――言葉と語りえぬもの』(岩波書店、二〇〇九)は、難解きわまるベンヤミンのこの最初期の文章を、段落ごと、一字一句、丹念に読み解いていった労作です。その解読作業を、精力的に押し進めるなか、著者の細見さんは、単なる任意の「記号」へと堕してしまった「名前」のあれこれに、当初における「名づけ」行為の一回性を再度取り戻していくための手立てを、芸術表現一般に求め、次のように言います。

少し長くなりますが、重要と思われる指摘なので引いておきます。

> 日本語で「キツネ」と呼ばれ、ドイツ語で「フクス」と呼ばれるあの存在にたいして、画家はどのような名前を与えるのか、音楽家はどのような名前を与えるのか、写真家はどのような名前を与えるのか、と問うことができる。もちろん、画家はまずもってそれを描くことによって名前を与えるのであり、音楽家は音の響きでその名前を綴るのであり、写真家は一瞬の姿を写真に定着させることによってその名を呼ぶのだ。その場合、それぞれの絵画、音楽、写真はそのキツネを指し示す任意の「記号」ではけっしてない。ベンヤミンはとりあえず狭義の言葉、ドイツ語や日本語の普通名詞のレベルで議論を展開しているが、

その背景にあるのはこのような考え方であると思われる。とはいえ、同じキツネを狭義の言語、ドイツ語や日本語で描いた詩が存在するとすれば、その作品もまた絵画、音楽、写真と同様に、そのキツネを指し示す任意の「記号」ではないだろう。そしてミニマムに言うと、その詩においてまさしく「キツネ」ないし「フクス」という単語が用いられているとすれば、その単語もまた任意の「記号」ではなく、絵画の絵の具、音楽の音、写真のフィルムの一部と同等の「媒質」であるだろう（さらに日本語の文字で、それを「キツネ」と表記するか、「きつね」と表記するか、「狐」と表記するかは、絵画においてどの色を用いるのかと同様に「任意」ではない）。（p133）

「絵画」、「音楽」、「写真」における表現行為の一回性に、「詩」のそれをも数え入れる細見さんのこのベンヤミン理解を、本書の意図するところに即してさらに敷衍（パラ・フレーズ）するなら、総合芸術としての「演劇」もまた、これに数え入れてよい。同じ演目が繰りかえし演じられたとしても、いつも同じではない。生身の身体をともなった人々の、その都度の、他に替えがたい一回的な出会いの〈時（とき）〉と〈場〉を演出し、提供する「演劇」は、ベンヤミンのいう「名づけ」行為の原初的な創造性（クリエイティビティ）を、すでにして充分に兼ねそなえていると思われるからです。

＊　＊　＊

さて、本書の各章をひとわたり見わたしていただければ、お分かりいただけるように、直近に起こった二つの出来事が、その論述のあり方を大きく方向付けています。ひとつはコロナ禍によってもたらされた、コミュニケーション形態の変容に対する強い危機感です。そしていまひとつは、人々の生身の身体に今現在も加えられつつある、ロシアのウクライナ侵攻により引き起こされた不当な暴力への憤りです。しかもこのふたつは、けっして別物でない。その根っこの部分で、同じことがらに、すなわち、その都度の一回性の軽視という問題につながれています。

今年で三年越しとなるコロナ禍により、美術館や博物館、劇場やコンサート・ホールなどの、人々が「集う」ことではじめて成り立つ文化活動は、不要不急の営みとされ、ほとんど活動停止の状態に追い込まれました。インフルエンザと同等か、それ以下に重症化率が低減して、最近ようやく以前の活動形態を取り戻しつつありますが、人数を限っての入場制限や、会場内での会話の自粛、マスクの着用が常時求められるなど、変則的な事態は、今も相変わらず続いています。

中でも生身の身体をともないつつ、その都度の出会いの一回性を特質とする「演劇」の〈場〉に対して、今般のコロナ禍が与えた影響は、極めて甚大でした。『複製技術時代の芸術』においてベンヤミンが問題化したように、「演劇」の持つその都度の一回的な性格は、複製技術に依拠して成り立つ映画やテレビなどの再現映像や、何度でもくり返し視聴が可能なＤＶＤやユーチューブなどの動画配信による、生身の身体をどこかに置き忘れた、遠隔からの、個別分断化された享受形態によってしては、けっして代替させることの出来ない質のものだからです。

中澤豊『哲学者マクルーハン—知の抗争史としてのメディア論』（講談社選書メチエ、二〇一九）によれば、『グーテンベルクの銀河系』などの著書で知られるマクルーハンは、「初期ヴォルテールの悲劇感覚」をテーマに博士論文を書こうとして壁にぶつかっていた弟子のケルコフに向け、こう助言したそうです（なおこのケルコフには『ポストメディア論—結合知に向けて』の著書があります）。

悲劇は芸術の形式ではないことを知っているか。悲劇はコミュニケーションの技術なんだ。劇場はギリシャ人がアルファベットの発明から自分たちを回復させる補助として考え出されたのだ。私はそれをアイデンティティの追求と呼んでいる。

文字言語（アルファベット）の浸透によって、いつでもどこでも、反復してコミュニケーションが可能な、バラバラの享受形態へと個別分断化されてしまった人々を、再度一箇所に集めることで（アテネのディオニュソス劇場は一万七千人の収容能力があったとされています）、マクルーハンの言うように、古代ギリシャ劇が、都市国家（ポリス）の構成員としてのアイデンティティを再確認するための、「コミュニケーションの技術」として機能していたのかどうか、それは定かではありません。むしろニーチェが『悲劇の誕生』でいみじくも述べたように、トラキア地方（現在の小アジア）からやってきた異邦の外来神であるディオニュソスに、というかディオニュソスを生け贄にささげ、その肉を喰らい、新酒の葡萄酒をあびるほど飲んで集団で狂喜乱舞する酒神賛歌（デュテュランボス）の狂騒の中、つかの間の精神浄化（カタルシス）を得る、そうした血塗られた供犠の〈場〉を、異物排除によって成り立つ自らの共同性の原点へと立ちかえる文化装置として、古代ギリシャ人たちは、悲劇の上演（ニーチェはディオニュソス的な要素とアポロ的要素との矛盾的複合としてこの悲劇をとらえています）に立ちあうことで、代替させていたのかもしれません。ですから、上演されたその作品の出来に満足いかないと、劇場に集まった観客たちは、「ディオニュソスとはまったく関係ないぞ！」との罵声とともに、ブーイングの嵐を浴びせたのです。

いずれにしろ「演劇」という〈場〉が、多くの人たちが実際にそこへと足を運び、つかの間の〈時（とき）〉を共にすごすことで成り立つ、複製の効かない文化装置であることは確かなのであって、三年越しのコロナ禍によって、人々の「集う」そうした〈場〉の、日々の暮らしの中での比重が、相対的に低下してしまったことは否定できない事実なのです。そしてなによりも深刻なのは、同じく生身の身体を介して、その都度の、他に替えがたい一回的な出会いの〈場〉としてあるべき研究教育の領域にまで、その影響が及んできていることです。というのも、学生たちを前にして教壇に立つという行為それ自体が、たとえていえば、ひとつの舞台（もちろんその舞台から客席へと降り立つことも含めて）でもあるからです。

ソーシャル・ディスタンスの励行や、不要不急の外出自粛、在宅勤務への強い要請があり、その代替措置として、私の勤める本務校でも、ここ数年は、ＺＯＯＭ機能を用いての遠隔授業や、オンデマンド配信による変則的な授業運営を余儀なくされました。ですがパソコンの画面越しに行われる受講生たちとの（多くの場合「顔」を伏せたままの）隔靴掻痒のコミュニケーション環境では、学的な知識を、交換可能な〈情報〉へと還元して、単なる「商品」として提供することしかできず、学生の側からすれば、新自由主義（ネオリベ）的な経済活動よろしく、対価を払ってその〈情報〉を買い取る消費者の立場へと、自らを追いやることにしかならない。対面での授業がほとんど不可能であったコロナ禍一年目の二〇二〇年度は特にひどい状況で、キャンパスへの入構はおろか、卒業式も入学式も行われなかった。その一方で、表向き華やかに、それこそベンヤミンが批判した、空疎で、無意味な「お喋り（しゃべり）」が、インターネットの通信機能を介して、あこがれの仮想社会（ユートピア）をあたかも先取りするかのように、縦横無尽に飛び交いました。

　しかもこれに味をしめたかして、ＺＯＯＭ機能を利用した遠隔形式の授業を、カリキュラムのなかに積極的に取り込んで、教室不足を補おうとする動きまで起こって（なんと勤務先の本務校では、受講生が多人数に及ぶとの理由で、リベラル・アーツとしての共通教養科目に限っては、二〇二三年度は遠隔形式で行うとの決定がなされ、これには強く抗議したのだが、入れられませんでした）、はてはキャンパス不要論（つまりはリベラル・アーツ不要論！）まで飛びだす始末。ましてや、キャンパスには来ずに、自宅からのオンデマンド配信で行う授業形態を、強く要望する教員まであらわれるに及んでは、もはや世も末というべきでしょう。そもそも研究教育の営みは、学的な知識を、単なる売り買い可能な「商品」として供給するだけの情報産業ではないのだからして、次代を担う若者の育成を市場（マーケット）の原理にゆだね、株式会社よろしく営利対象の顧客にしてしまってよいはずがないのです。

　それにしても、です。居ながらにして多様な情報にアクセスすることが出来、また海外をも含めて物理的に逢うことの難しい、遠方からのコミュニケーションを可能とするその利便性を充分に評価した上で言うことですが、生身の身体をどこかへ置き忘れたまま、インターネットを介して、それこそゲーム感覚で行われる、ときとして「顔」の見えない、そうした匿名化されたた、もしくは擬似人格としてのアバターへと代替されたコミュニケーション環境が、より広範なかたちで一般化することにより、それが社会に与える影響は、どのようなものとなるのでしょうか。

重田園江『真理の語り手―アーレントとウクライナ戦争』（白水社、二〇二二）は、トランプやプーチンなどの言動に典型的な反知性主義への傾向が、恥ずかしげもなく大手を振ってまかり通る、ポスト・トゥルース（脱真実）の時代の到来に、警鐘を鳴らします。ワシントンの連邦議会に乱入したトランプ支持派（ブラジルでも最近同じようなことが起きました）や、私的武装集団として徒党を組むQアノンのように、自分たちの好む情報しか受け付けず、偏狭な発想に進んで身を投ずる人々の群れ、その結果としての、まことしやかなフェイク・ニュースの横行と、根拠のない陰謀論のいたずらな拡散、身近なところでは、SNS上での誹謗中傷や、特定の個人を攻撃対象とした炎上現象が、インターネットを通じて社会に浸透し、いまや人々の間で常態化しています。中近東地域に限られない、世界各地でのイスラム原理主義の台頭や、「嫌中」

や「嫌韓」を声高に叫ぶ、日本でのネトウヨの動向も、これと無縁ではないでしょう。

彼ら彼女らは、インターネット以外の、それなりに精査され、社会的にオーソライズされた書籍や、公共性を重んじた新聞などの他の情報媒体に接することで、自らの情報環境の偏りを是正することなど、決してしない。というよりか、そうした情報媒体との接触を、人格形成の過程で習慣づけてこなかったがゆえに（貧困その他の理由により、そもそも本を読むような知的環境にめぐまれなかったということもあるでしょう）、入手することは容易なものの、それこそ脈絡を欠いて断片的な、ネット上の匿名化された情報にばかり頼り、それに全面的に依拠して、あたかもシミュレーション・ゲームを楽しむかのような軽い気持ちで、過激な行動に走ってしまうのです。そしてこうした傾向は、ロシアのような全体主義国家はいうまでもなく、欧米などの民主主義社会においても、ポピュリズム（大衆迎合主義）というかたちで現れており（インターネットにばかり依存してほとんど本を読まなくなった昨今の若者の傾向がおおいに懸念されます）、それへの危機意識の共有を、著者の重田さんは強く訴えています。かつてハンナ・アーレントが、ナチズムやスターリニズムを相手取って徹底批判した、社会の全体主義化の傾向は、必ずしも過去のものとはなっていないのです。

ロシアによるウクライナ侵攻をめぐっては、敵味方を問わず、そこで実際に戦闘に従事する兵士たち一人一人の存在のありように、さらには市街戦に巻き込まれてその命を不条理にも奪われつつある一般市民の、具体個別の「顔」に、思いを致すべきでしょう。生身の身体をともなった、それこそ他には替えられないそれぞれの生のあることに、いまこそ思いを致すべきなのです。なのにプーチンのような煽動政治家（デマゴーグ）は、それをあえて見ないで済ませる。どころか、旧ソ連体制下の監視社会へと逆戻りするかのように、情報統制によるメディア操作を積極的に行って世論を誘導し、対立する党派に対しては秘密警察による暗殺を密かに指令し、さらには敵対する国家へのサイバー攻撃を組織的に行っています。なぜそのようなことができるのでしょうか。どのような大義名分をもってすれば、そのような行為が正当化されるというのでしょうか。

　恒久平和の理念のもと、「すべての理性的存在者は、自分や他の人を手段としてだけ扱ってはならず、つねに同時に目的として扱わなければならない」としたカントの定言命法に思いを致すなら、基本的人権として第一に確保されるべき人々の「生存権」を無視し、軽視した時点で、どのような政治判断も、すでにしてその正当性を欠いています。目的と手段の取り違えは、人々に災厄しかもたらさない。ましてや目的のためには手段を選ばない全体主義の政治体制は、この世界を在らしめ、それを「善し（よし）」とした神のみわざにも悖（もと）るゆえ（驚くべきことに今般の戦争をロシア正教会の僧侶たちは積極的に支持しているときます）、それ自体、すでにして〈悪〉なのです。

ナチスの手を逃れるため、亡命先のパリから、さらに自由の国アメリカへと向かう逃避行の途上で、ベンヤミンはその行く手をはばまれ、四十八歳で服毒自殺を遂げます。そのスペイン国境を、わずか一日違いで越え出て、アーレントはかろうじて、そのあやうい生を、後につなぐことができた。生身の身体がそこなわれ、すべてが無に帰するとき、なにげない日常が、いかにあやういバランスの上に成り立っているか実感させられます。そしてこの世での地位や名誉、富や権力に対するあくなき執着が、なんとも愚かしく、いじましくも見えてきます。だとしたら、他に替えがたい、唯一の単独性として、一人一人の生をいつくしみ、いまこのときを生きてあることの奇跡を、だれしもが大切にあつかうべきであって、そのことを、声を大にして、これからも強く求めていくしかない。

世界のあちこちに居すわり、はびこる、独裁的な権力者たちが、たとえ聞く耳もたぬにしても――。

＊　　＊　　＊

二〇二一年春に『日本古典文学は、如何にして〈古典〉たりうるか？――リベラル・アーツの可能性に向けて』と題した著書を、武蔵野書院から上梓して始まった一連の三部作が、本書をもってようやく完結を見ることになります。

今まで書き溜めてきた論考を、研究生活の最後で一書にまとめ、重厚で高価な大冊のかたちにして世に問うようなことは、少なくともしたくなかった。というよりか、『源氏物語』や『平家物語』などにその対象テキストを絞り込み、特定の問題意識に基づいて持続的にそれを追及し、そのようにして研究成果を着実に積み上げていくといった根気の要る作業にはまったく向いていない、天性あきっぽい性格なのです。

結果、今まで書いてきた文章は、その対象テキストも、テーマも、それぞれバラバラで、そんなバラバラの文章を一書にまとめることなど、土台無理な話しなのでした。そうした事情もあって、三冊それぞれに別のテーマを立て、その上で章立てを考え、全体の構成にもあれこれ工夫を凝らし、体裁もそれぞれ違えてみたわけです。

とはいえ、文章は生き物です。そのときどきの時代状況と四つに組んで、それと互角に切り結ぶのでなくては、意味がない。したがって、今現在の時代状況に即応し、それへの応答責任を果たすべく、既発表の文章であっても徹底的に手を入れ、書き直し作業を行って、中にはそれこそ、元のかたちをほとんど留（とど）めないまでに形態変化を遂げてしまった文章も含まれています。

三冊目となる本書では、それがさらに進んで、当初はなかった図表や図版をふんだんに盛り込み、見開きページごとに注を組み込むやっかいなレイアウトも試みました。口絵にはカラー図版まで入れてもらって、それこそ武蔵野書院さんには、随分とわがままを聞いていただいたわけなのです。著作権に関する煩瑣な事務処理でお世話になった本橋典丈さん、そして当方の様々な要求を、今回も寛大に受け止め、引き受けて下さった院主の前田智彦氏には、この場を借りて感謝申し上げたい。

先日自宅に届けられた広報誌『武蔵野文学』第70集を、パラパラとめくっていたら、先の二冊の本の紹介が、研究書ではなく教科書のあつかいになっていて、なるほどと納得がいった。今まで書いてきた自分の文章が、同じ業界の同業者仲間（=国文学研究者）を相手に書かれたものではなく、その読者対象を一般学生に想定して、つまりはリベラル・アーツたることを多分に意識して、「こなた」としての〈我〉から、「そなた」としての〈汝〉へと向けて、それこそ自己内対話として書くよう心がけたものであったことに（ですからそこでの想定読者は何も知らないかつての自分なのです）、あらためて気づかされたのです。とはいえ、啓蒙の意図から文章の質を落とす、などというようなことは一切していませんので、あしからず。

それにしても、コロナ禍に明け、ロシアのウクライナ侵攻に暮れた、ここ何年間かの世界史的出来事は、歴史の大きな節目として、必ずや後世において、くり返し振り返られることとなるでしょう。だとしたら、従来のライフ・スタイルを一変させたこの時期を当事者として生き、その空気をめいっぱい吸い込んでそれに寄り添い、伴走するかのような心づもりで書き上げた本書を含め、武蔵野書院から出版をお願いした一連の三部作が、コロナ・ウィルスによるパンデミックと、国連安保理の重責を担うべきロシアによる、それこそ帝国主義段階へと逆戻りするかのような不毛な戦争とで明け暮れた、ここ数年間の異様な事態の記憶を、わずかながらでも呼び起こす、そのよすがともなれば、それこそ望外の喜びというものです。

新たな希望の歳を迎えるにあたって、著者誌す。

二〇二三年正月朔日

# 人名（固有名）索引

## か



## き



## く



## け



## こ

## さ



## し



## す



## せ



## そ



## た



## ち

## つ



## て



## と



## な



## に



## の



## は



## ひ

**ふ**



**へ**



**ほ**



**ま**

る



れ



ろ



わ

**著者紹介**

深沢　徹（ふかざわ・とおる）

1953年、神奈川県生まれ。神奈川大学教授

**著書・編著**

『中世神話の煉丹術―大江匡房とその時代』（人文書院、1994年）
『自己言及テキストの系譜学―平安文学をめぐる7つの断章』（森話社、2002年）
『兵法秘術一巻書 簠簋内伝金烏玉兎集 職人由来書』（編著、現代思潮新社、2004年）
『『愚管抄』の〈ウソ〉と〈マコト〉―歴史語りの自己言及性を超え出て』（森話社、2006年）
『新・新猿楽記―古代都市平安京の都市表象史』（現代思潮新社、2018年）
『日本古典文学は、如何にして〈古典〉たりうるか？
　　―リベラル・アーツの可能性に向けて―』（武蔵野書院、2021年）
『「この国のかたち」を求めて―リベラル・主権・言語―』（武蔵野書院、2022年）など。

演能空間の詩学
――〈名〉を得ること、もしくは「演技する身体」のパフォーマティブ――

2023年3月20日 初版第1刷発行

著　　者：深沢　徹
発 行 者：前田智彦
発 行 所：武蔵野書院
〒101-0054
東京都千代田区神田錦町3-11 電話 03-3291-4859　FAX 03-3291-4839
装　　幀：武蔵野書院装幀室
印刷製本：シナノ印刷㈱



ISBN 978-4-8386-1005-1　　Printed in Japan